港街の祭りで屋台を出店することに！
イカづくしの料理で街ゆく人々の
視線と胃袋をつかむ！
レジェンド
レイの異世界グルメ日記

地球の料理知識で
神聖な祭りを盛り上げる!?
セトも素材調達で大活躍！

レジェンド

レイの異世界グルメ日記

神無月紅
kannaduki kou

イラスト◆みく郎

キャラクター原案◆夕薙

口絵・本文イラスト
みく郎

キャラクター原案
夕薙

装丁
coil

レジェンド
レイの異世界グルメ日記

[CONTENTS]

第一章 ✿ ソラザス豊漁祭 …… 008

第二章 ✿ ガラリアの祭事 …… 107

第三章 ✿ アプルダーナ料理大会 …… 205

エピローグ …… 284

あとがき …… 286

[legend Gourmet Diary]

[CHARACTER]

レイ

事故死して異世界に転生した高校生。

魔術師ゼパイルから与えられた強靱な肉体と、膨大な魔力。そして魔獣術で生み出した相棒のセトと共に冒険者として活躍中。ベスティア帝国との戦争で戦果をあげ、『深紅』の異名を授かった。

セト

レイが魔獣術で生み出したグリフォン。魔物ではないため、人語を理解できる。他の魔物から獲れる魔石を吸収してスキルを覚えることで成長していく。生まれたばかりなので精神的に幼く、とても人懐っこい。

悠久の力　ランクD冒険者パーティ

レイがランクD冒険者へのランクアップ試験を受ける際、一緒になったメンバー。

キュロット

シーフ

スコラ

魔法使い

アロガン

戦士

レイがランクB冒険者へのランクアップ試験を受ける際、一緒になったメンバー。

シュティー

狐の獣人。弓術士。

ロブレ

狼の獣人。
槍を武器にしている戦士。

異世界エルジィン。

そこには多くの魔物が生息し、人間を脅かすことすらある。自分たちの生存領域を守るため、冒険者たちは武器を取り、あるいは魔法を身につけ、日々戦いながら生きている。

そんな世界に、とある日本の高校生が呼び出された。

名前は、佐伯玲二《さえきれいじ》。

交通事故で死んだはずの玲二は、エルジィンで最強と謳《うた》われる伝説の魔術師ゼパイルによって、新たな存在――レイとして生まれ変わった。

生まれ変わったレイが手にしたのは、二つの『最強』。

一つは、ゼパイルとその一門が最期に全《すべ》ての技術を結集させて生み出した、強靭《きょうじん》な肉体。

もう一つは、失伝寸前だった魔獣術を使って生み出した相棒のグリフォン――セト。

レイはセトと共に、この異世界エルジィンで数々の伝説を刻んでいくこととなる。

……そしてこれは、この一人と一匹の、サイドストーリー。

武功以外に、多くの料理の発案者としても名を轟《とどろ》かせることになるレイの、グルメ記である。

第一章　ソラザス豊漁祭

活気ある街中に屋台が複数立ち並び、各屋台の料理を目当てに多くの客が集まっていた。

港街らしい海鮮串焼《くしや》き、炒《いた》め物に汁物など。客寄せする声や料理の感想を言い合う人たちの声に負けないほどに、ジュージューと食べ物が焼けるいい音と匂《にお》いが充満していた。

レイもまた、そんな周囲の屋台を眺めつつ、様々な料理の香りを楽しむ。

……ただし、今はレイがその料理を買いに行くことは出来ない。

何故《なぜ》なら、レイもまた一つの屋台の中にいて、ひっきりなしにやって来る客に対処しなければならなかったのだから。

もはや、レイが他《ほか》の屋台を眺めているのは半ば現実逃避でもあった。

そんな今の状況を思いつつ、レイは何故このようになったのかを思い出していた。

◆　◇　◆　◇　◆　◇

「うわぁ……やっぱり海は凄《すご》いな。直接見ると、改めて感じる」

視線の先に広がる大海原……どこまでも続く水平線を眺めながらレイが呟《つぶや》くと、そのレイを背中に乗せて空を飛んでいるセトも、その言葉に同意するように喉《のど》を鳴らす。

喉を鳴らすセトは、かなりの上機嫌だ。

大好きなレイを背中に乗せているというのもあるし、そんなセトと一緒に港街にやって来たというのも大きい。

港街は魚介類が美味《うま》いというのを経験から知っているので、料理に対する期待が大きいのだ。

そうして空から港街を眺めていたレイとセトだったが、当然ながらそのまま空を飛んで眼下にある港街……ソラザスに入る訳にはいかない。

ソラザスに入るには、きちんと手続きをする必要がある。

そんな訳で、レイはセトに頼んで地上に向かって降下して貰《もら》った。

ただし、ソラザスの門のすぐ近くではなく、少し離れた場所にだ。

これまでの経験から、セトが街の近くに降りると騒動になる可能性が高いと理解しているからだ。

……もっとも、セトは高ランクモンスターのグリフォンなのだ。一生のうち、目にすることなく死ぬ人間が多いような伝説級の存在がいきなり街の近くに姿を現せば、騒動になるなという方が無理だったが。

実際に今まで村や街でセトを見た者が騒ぎ、それによって騒動となったことがあるのだから、考えすぎという訳ではないだろう。

そのようなレイの意図を汲《く》んで、ソラザスから離れた場所に着地したセトだったが、それでも街道の側《そば》には商人、冒険者、旅人といった者たちがいて、無人という訳ではない。

そのような者たちはいきなりのセトの出現に驚くも、その背に人間が乗っているのを見てさらに驚き、その人間――レイが誰《だれ》なのかと言葉を交わす。

「お、おい。グリフォンに乗ってるってことは、あいつ……『深紅《しんく》』のレイじゃないか？」

「え？　嘘《うそ》。……でも、グリフォンを従魔にしているのなんて、深紅のレイ以外にはいないわよね。……だとすれば、もしかして本物？」

グリフォンなどという伝説級のモンスターを従魔にしている冒険者というだけでも噂《うわさ》は広がりやすいだろうが、レイは先に行われたベスティア帝国との戦争で多大な戦果をあげ、『深紅』の異名を授かっている。現在ミレアーナ王国内で〝グリフォンを従魔にしている〟と言えば、すぐに『深紅』が思い浮かぶくらいには有名になっているのだった。

もっとも、広まっているのはグリフォンの件と、帝国戦での戦果が主なため、レイの小柄で華奢《きゃしゃ》な姿から、本当にこれがあの『深紅』なのかと疑問を持つ者も多いだろうが。

「けど、本物だとしてレイがソラザスに何の用件だ？　街で特に問題らしい問題は起きてないぞ？いや、細かい問題は結構あるけど、異名持ちの冒険者に頼むようなものじゃない」

「それを私に聞かないでよ。……意外と、豊漁祭に参加しに来たとかじゃない？」

レイは周囲にいる者たちの言葉が聞こえてはいるものの、特に気にするようなこともなく聞き流していた。

しかし、豊漁祭という言葉を聞くと興味を抱く。

祭りということは、当然のように色々と美味い料理が食べられるのではないか、と。

幸い、急ぐ用事はない。ギルドからの依頼を片付けたら、数日はソラザスでゆっくりして、祭りを楽しむのも悪くないと思えた。

「セト、聞こえたな？　祭りだってよ。美味い料理を期待出来るかもしれないな」

レイの言葉を聞き、嬉《うれ》しそうに喉を鳴らすセト。

セトにしてみれば、せっかく港街に来たのだ。

そうである以上、美味い海産物を食べたいと思ってもおかしくはない。

そうして上機嫌な一人と一匹は、自分たちが周囲からどのような視線を向けられているのか気にした様子もなく――正確にはもう慣れただけなのだが――警備兵との手続きを行う。

「異名持ちのランクB冒険者が、一体何をしにソラザスに？」

冒険者のランクは、HからAまである。実際にはランクS冒険者もいるのだが、それはこの世界に現在三人しか存在していない。そんな中でランクBともなれば、高ランク冒険者と呼ばれる。

また、何らかの特別な活躍をした者だけが持つのが異名だ。

レイは隣国であるベスティア帝国との戦いで『深紅』の異名を授かった。その異名は、得意とする炎の魔法で、敵陣を燃やし尽くしたことからついたもの。さらにレイは、史上最速でランクBまで駆け上り、希少なモンスターを従魔にしているということもあり、今この世界で一番注目されていると言ってもいい冒険者であった。

そんな人物が突然やって来たのだから、驚くなという方が無理だろう。

「手紙の運搬だよ。俺ならセトに乗って移動出来て、速いからな」

手紙の運搬、つまりギルドからの依頼である。そう言われると、警備兵も納得するしかない。

グリフォンが具体的にどのくらいの速度で空を飛ぶのかは警備兵にも分からないが、それでも地上を移動するよりも高速で移動出来るのは間違いないのだから。

「だからって、異名持ちの……いや、もしかしてかなり重要な手紙なのか？」

「その質問に俺が答える必要もないと思うが。ただ、この手紙はそこまで重要なものじゃないよ。ギルドマスター同士のやり取りだ」

本当に重要な用件なら、ギルドマスター同士が使う、対のオーブという通信用のマジックアイテムを使う手がある。これがあれば遠距離でもすぐに連絡が取れる、テレビ電話のようなものだ。

それを使わずレイに頼んだということが、手紙そのものはそこまで重要ではないと示していた。

「そこまで重要なものじゃないのに、異名持ちが動くのか？」

「そうだな。普通なら俺が直接動くようなことはない。ただ、今回の場合は俺のちょっとした息抜きというのもあるんだよ。特にこのソラザスは港街だ。魚介類が美味いんだろう？」

レイの口から出た言葉に、警備兵は嬉しそうな表情を浮かべる。

数秒前までレイに怖々接していたとは思えない、そんな笑み。

ソラザス出身の警備兵にしてみれば、自分の生まれ育った街の食を目当てに来たと言われれば、誇らしく思う気持ちが勝っても仕方がない。

「そうか、そういうことなら歓迎するよ。それに……息抜きという意味では、ちょうどいい時期に来たな」

「豊漁祭か？」

勿体《もったい》ぶった様子の警備兵に対し、レイは先程聞こえてきた単語を返す。

まさかレイが豊漁祭について知っているとは思わなかったのか、警備兵が驚いている。

だが、それでもすぐに笑みを浮かべて頷《うなず》く。

「そうだ。ソラザスの行事の中でも、一番大規模な祭りだ。レイや……そっちのセトだったか？　そいつも満足出来る屋台が大量に出るし、もし何なら金を払って自分で屋台を出すことも出来るぞ」

「それは……ちょっと興味があるな」

レイは美味い料理を食べるのが好きだ。

それこそ、気に入った料理があれば、アイテムボックス——ミスティリングの中に収納しておくくらいには。

ミスティリングの中では時間の経過もないので、収納しておいた料理はいつでも出来たてを食べられる。

しかし、美味《おい》しい料理を食べることは好きだったが、自分で料理をするといったようなことはあまりない。

そもそも日本のどこにでもいる高校生でしかなかったレイだ。

多少の料理……それこそカレールーを使ってカレーを作ったりは出来るが、スパイスを組み合わせてカレーを作るといったことは出来ない。

パスタを茹《ゆ》でてレトルトのソースをかけることは出来るが、そのソースを最初から作ることも出来ない。

(あ、でもタラコパスタは作れたな。オリーブオイルにタラコを混ぜるだけだし)

そんな風に思ったものの、この世界でそれが再現出来る訳ではない。今のところ、この世界でパスタもタラコも発見していないためである。

しかし、料理は出来なくとも、豊漁祭において自分でも屋台を出せるのなら、それに挑戦してみてもいいかもしれないと、そう思う。せっかくここは魚介類の宝庫なのだから、それを美味く調理出来れば面白いだろうと。

「面白い情報を教えてくれてありがとうな。屋台か。出来るかどうかは分からないけど、可能なら参加してみるよ」

「おう、頑張れ。……ただ、これは異名持ちのあんたに言うことじゃないけど、港を仕切っている連中は結構閉鎖的だ。その連中には気を付けてくれ」

この場合の気を付けてくれというのは、レイの身の安全的な意味なのか、それとも港を仕切っている者たちの身の安全なのか。

その辺りはレイにも分からなかったが、祭りという名前がついている以上は港を仕切っている者たちが主役なのだろうと容易に想像出来る。

「分かった。出来るだけ気を付ける。向こうからちょっかいを出してきたら、話は別だが」

そう言い、今度こそ手続きを終えるとセトと共に街中に入る。

警備兵とのやり取りを見ていたためか、待っていた者たちがレイやセトに向ける視線からは恐怖の類《たぐい》が抜けていたのだが……レイがそれに気が付くことはなかった。

「へぇ、これは……さすが祭り前ってところだな。かなり活気がある」

ソラザスの中に入ったレイは、街中の様子を見て感心したように呟く。

セトもまた、レイのそんな言葉に同意するように喉を鳴らす。

まだ豊漁祭は始まっていないのに、それでもすでに結構な数の屋台が出ており、周囲には色々な料理の匂いが漂っている。

レイが拠点にしているミレアーナ王国辺境の町・ギルムでは、山が近いということもあって肉類はかなり安く入手出来るものの、魚はあまりない。

一応ギルムの近くには何本か川があるので、そこで川魚は獲《と》れるが……だからといって町に潤沢に流通させるような量は確保出来ない。

そうなると海から運んでくる魚が主になるのだが、そのような魚は基本的に塩漬けにされている。

それもちょっとした塩漬け程度といったものではなく、しっかりとした塩漬けだ。

塩抜きをしないと、とてもではないが食べられないようなものばかり。

……とはいえ、腕利きの料理人の手にかかれば、そのような塩漬けの魚も立派な料理にはなるのだが。

しかし、一般人ではそうもいかない。

一応アイテムボックスの廉価版を使ったり、水の魔法やマジックアイテムを使ったりすれば、新鮮なままギルムに魚を運ぶことも出来るが、当然ながらそのような魚は値段も高くなり、普通に暮らしている者はそう簡単に買えない。

そんな訳で、ギルムに住んでいる者にしてみれば、新鮮な魚介類というのは、かなり魅力的だったりする。

レイの場合は、以前他《ほか》の港街に行ったりもしたので、そこで大量に魚介類を購入してミスティリングに収納していたりしたが。

「さて……色んな屋台に寄ってみたいけど、まずは仕事の方を終わらせないとな」

レイの言葉に、セトは残念そうに喉《のど》を鳴らす。

セトも、出来れば今このまま真《ま》っ直《す》ぐ屋台に寄って、色々な料理を食べたいと思っているのだろう。

そんなセトの気持ちを理解しながらも、だからといって仕事をほっぽり出す訳にはいかないレイは、まずは面倒なことを終わらせようとし……だが、隣にいるセトの落ち込みようを見て、口を開く。

「そういえば、ギルドがどこにあるのか分からないな。場所を聞くなら、やっぱり人が多い屋台の方がいいか。あ、でも屋台で何も買わないで話だけを聞くってのは悪いか」

「グルルルルゥ」

レイの言葉の意味を理解したセトは、嬉しそうに喉を鳴らす。

それはつまり、屋台で何か適当な料理を買って、それでギルドのある場所を聞こうとしているというものだったのだから、当然だろう。

（ちょっと甘いか？　いや、けどいつもセトには苦労をかけてるし、たまにはいいか）

セトは生みの親であるレイのことが大好きなので、レイに何かを頼まれれば嬉しそうにそれを引き受ける。

レイもそれは理解しているのだが、それでもいつもセトに助けられているのは間違いなく、だからこそ、こういうときには多少セトに甘い行動をしてもいいだろうと判断していた。

そうしてレイはセトと共にいい香りがする屋台の一つに向かう。

「い、いらっしゃい。……えっと、一応聞くけど客だよな？」

屋台の店主は、レイとセトを見て恐る恐るといった様子で尋ねる。

屋台ではハマグリに似た――ただし掌《てのひら》より大きいが――貝が焼かれており、それが食欲を刺激する香りを周囲に漂わせていた。

「ああ、客だ。この貝は初めて見るから、どんな味か興味深いな。取りあえず四つくれ」

レイの言葉に本当に客だと理解した屋台の店主は、それでようやく安堵《あんど》しながら焼いていた貝の中でも食べ頃《ごろ》の四つを選んで皿の上に置くと、レイの方に差し出す。

貝そのものが大きいので、一つの皿に置くことが出来るのは二つがせいぜいだ。

また、皿には串《くし》が用意されており、それで貝の身を食べるのだと分かった。

焼き貝の料金を支払うと、レイは早速セトと共に貝を食べる。

形がハマグリに似ているだけあって、味もまたハマグリに近い。

噛《か》みしめると、貝の身から旨《うま》みが溢《あふ》れ出て口の中一杯に貝の濃厚なエキスが広がる。

ただし、ハマグリと全く同じかと言われれば、レイは素直に頷けなかったが。

（バターと醤油《しょうゆ》があれば最高なんだけどな）

やはりハマグリに合う調味料といえば、バター醤油だろう。

そんな風に思うレイだったが、バターはともかく醤油はこの世界で見たことがない。

普通の醤油ではなく、魚で作る魚醤の類ともなれば話は別だったのだが。

「どうだ？　美味《うま》いだろう？　うちの貝は新鮮で大きいんだ。味付けも秘伝の調味料を使ってる。見ろよ、この黒い塩。何でこういう風になるのか分かるか？」

秘伝と言う割りにはあっさりとレイに塩を見せる店主。

塩を見せてもそう簡単に同じものを作れるとは思っていないからだろう。

事実、レイはどうすれば黒い塩などというものが作れるのかが全く分からなかった。

詳しく聞くと、特殊な調味料を使って塩を煮たり炒《いた》めたりして味付けしているということだったが、具体的にどのような調味料を使っているのかは、さすがに教えて貰《もら》えない。

そんなレイの隣では、あっという間に焼き貝を食べ終わったセトがもっと食べたいといったように喉を鳴らしていた。レイ自身ももっと食べたかったので追加で焼き貝を購入しながら、ギルドの場所を聞くのだった。

「やっぱり港街のギルドはちょっと違うな。……壁が真っ白ってのは、一体どういう建築資材を使ってるのやら」

屋台の店主に教えられギルドに到着したレイは、その建物を見て感心したように呟《つぶや》く。

真っ白い壁は、見るからに美しい。……白いだけに、汚れも目立ちそうだったが。

ギルドということは、そこに集まるのは冒険者たちだ。

そして冒険者は、全員が絶対にそうだという訳ではないにしろ、力に驕《おご》った者も多い。

そのような者たちが集まるギルドが、このように清潔感と清廉さを感じさせる白い壁というのは、何ともミスマッチな感じがするのは間違いなかった。

(もしかしたら、ここの冒険者に乱暴者はいないって可能性もあるしな)

自分でも、それはないだろうという予想を抱きつつ、レイはいつものようにセトにはギルドの前で待っているように言って、ギルドの中に入る。

このギルドも今までレイが訪れたギルドと同じように、酒場が併設されている形だ。

そしてギルドの中に入ると、いつものように冒険者たちが無遠慮に見つめてくるのかと思ったのだが……そんなレイの予想は外れた。

ギルドの中では、皆が忙しく働いていたのだ。

冒険者というのは色々な意味で同業者をよく覚えている。それは、今後仲間に出来そうな奴《やつ》を探すため、臨時で一緒にパーティを組んで合同依頼を請けることがあるため、あるいはライバルを蹴《け》落《お》とすためであったり、本当に理由は様々だ。

特に、レイは膝《ひざ》までの長さのローブで、さらにフードを被《かぶ》って顔を隠しているという怪しげな風《ふう》貌《ぼう》をしているため、余所者《よそもの》だとすぐに分かるはずである。だが、見知らぬレイが入ってきたというのに、そんなレイを見ても構っているような暇はないと、冒険者たちの何人かはギルドから出ていった。

そしてカウンターの向こう側でも、ギルド職員たちが忙しそうに働いていた。

(ここまで忙しいってことは、何かあったのか？　けど、深刻そうな様子には見えないな)

皆、忙しいと口にしつつも、その表情に浮かんでいるのは嬉《うれ》しそうな色だ。

忙しそうではあるが、問題がないのならそれは気にしなくてもいいだろうと判断しながら、レイはギルドのカウンターに近付いていく。

ギルドの受付嬢もレイが近付いてきたのに気が付き、頭を上げる。

「いらっしゃいませ。ご用件は何でしょうか？」

「ギルムから手紙の配達の依頼で来た。これが手紙で、こっちがギルドカードだな」

「……え？　ランクB……深紅のレイ⁉」

レイのギルドカードを見た受付嬢が思わずといった様子で叫ぶ。

この街はそれなりに多くの冒険者が集まってくるものの、ここを拠点にしている冒険者の中に、異名持ちはいなかった。

だからこそ異名持ちの……それも最近ではかなり有名になっているレイがやって来たことに驚き、叫んだのだろう。

「いや、出来ればそんなに大声で言わないで欲しかったんだけど」

そう言うレイだったが、すでに今の受付嬢の声はギルドの中に響き渡っていた。

それでもレイがそこまで責めなかったのは、セトと一緒にいる以上、レイの正体はすぐにでも知られると思ったからだろう。

「す、すみません。まさかこのような有名な冒険者の方が来るとは思っておらず」

自分の失態を理解したのだろう。受付嬢が急いで頭を下げる。

「いや、気にしないでくれ。セトと一緒に来た時点で、知られるのは時間の問題だったし。それより、ギルムのギルドマスターからここのギルドマスターへの手紙だ。依頼はこれで完了したと考えていいのか?」

「あ、はい。問題ありません」

レイの言葉を聞いた受付嬢は、すぐに依頼の完了の手続きをすませる。

「これで完了です。こちらが報酬です」

そう言い、受付嬢から数枚の銀貨を貰う。

普通に考えれば、レイのような異名持ちの高ランク冒険者に対する依頼料としては破格の安さだ。

しかし、レイはその依頼料に不満はない。

依頼料が安いというのは、前もって聞かされていた。それに、様々な指名依頼を請け、さらに戦争での報奨金等で金に困っていないレイである。だから報酬が安くても問題ないということではなく、レイにとっては、行ったことのない港街に行くついでに依頼を請けたというくらいの認識だったのだ。

「その、レイさん。レイさんはこれからすぐギルムに戻るのでしょうか？」

恐る恐るといった様子で尋ねてきた受付嬢に、レイはあっさりと口を開く。

「豊漁祭ってのがあるんだろ？　それを楽しんでいくつもりだ。……ああ、そうそう。そんな訳で、いい宿を紹介して欲しい。セト……グリフォンを預かってくれる厩舎《きゅうしゃ》があるような宿」

普通に考えれば、それは難しいだろう。

実際、レイも半ば無理だろうなとは考えていた。厩舎がある宿はそれなりにあるが、グリフォンが側《そば》にいると、普通の馬は恐怖で暴れ出してしまうのだ。

もし仮に、グリフォンのようなモンスターを預かれる宿があったとしても、それは基本的に、高級宿と呼ばれる宿。豊漁祭という祭りが控えている今、祭りを楽しむために来ている者たちが、いい宿の部屋は取ってしまっているだろう。

だが、そんなレイの予想は外れた。

「ありますよ。いえ、正確にはギルドで契約している宿がありまして、そこはいざというときのためにいつでも使えるようになっています」

「それはありがたいけど、そういう部屋を俺が使ってもいいのか？」

レイにしてみれば、そういう部屋というのはギルドのお偉いさんや、ギルドと親しい関係にある貴族が使うような部屋といった印象があった。

しかし受付嬢はそんなレイの言葉に首を横に振る。

「レイさんは異名持ちの高ランク冒険者なんですから、その宿に泊まる資格は十分にあります！　それに、皆さん祭りの準備で気が立ってて、ちょっとしたことで喧嘩《けんか》になったりするんですよ」

それはつまり、ギルドとしてはレイに喧嘩で暴れて欲しくないということなのだろう。

一軍すら燃やしつくすというレイの噂《うわさ》について知っていれば、そのように考えるのは当然だった。

そして実際、レイも誰《だれ》かに喧嘩を売られれば、それを買うつもりではある。

とはいえ、ギルドの方で気を回してくれるというのなら、それを受け入れないつもりはない。

「分かった。じゃあ、利用させて貰うよ。その宿を教えてくれ」

レイの言葉に、受付嬢は心なしかほっとした様子を見せる。

これで余計な騒動は起きなくてすむと、そう思ったのだろう。

「宿の名前は『海《うみ》の雫亭《しずくてい》』となります。場所は……」

受付嬢から海の雫亭という宿の場所や宿泊料金について聞く。

ギルドが押さえている部屋とはいえ、当然ながら宿泊料金は必要になる。

それでもギルドとの繋《つな》がりから多少は割り引かれる値段になるらしいが……金に困っていないレイとしては、値段は普通通りでもいいから、サービスの充実を期待したかった。

何しろレイは盗賊狩りを趣味としているので、その盗賊が持っていたお宝があれば金に困るということはない。また、レイの実力があれば報酬の高い依頼——それだけ危険も大きいのだが——を請けることも出来るし、いざとなれば強力なモンスターの討伐も出来る。

もっとも割引してくれるというのなら、無理に断る理由もないが。

「なるほど、よさそうな宿だな。取りあえず部屋でも取ってくるよ。それから、街中を回って豊漁祭の準備を見てくるかな」

「ぜひそうして下さい。ただ、祭りの準備ということで興奮したり気が立ったりしてる方もいらっしゃいますので、ご注意下さい」

「それは……まぁ、しょうがないだろうな」

レイも日本にいたときにそれなりに祭りには参加してきたし、学園祭にも参加した。

それだけに、祭りのときには気分が高揚するのも十分に理解出来た。

「向こうから絡んでくるようなことがなければ、こっちから絡んだりはしないから安心してくれ。じゃあ、海の雫亭とやらに行ってみるよ」

そう言い、レイは受付嬢に感謝の言葉を口にしてからギルドを出て……目の前の景色に感心する。

「うん、さすがセトだな」

ギルドの前で待っていたセトは何人もの人に囲まれていた。

ただし、それはセトという高ランクモンスターを自分のものにしようとか、倒そうとしているとかではなく、セトの愛らしさに、多くの者が笑みを浮かべて可愛《かわい》がっているという光景だった。

セトは普通のモンスターと違い、魔獣術で生み出されたものであるため、人の言葉を理解している。さらに、身体《からだ》は大きいが、生まれてからまだ三年も経《た》っていない赤ん坊だ。そのため人懐っこく、危害を加えられない限り牙《きば》を剥《む》くことはない。むしろ、グリフォンというだけで怖がられてショックを受けたりもする。

しかし、そんな事情は明かさず、単なる高ランクモンスターとして通っているため、普通の人間はセトを恐れ、遠巻きにするのが常だったのだが……

（普段ならこうも簡単にセトに慣れるってこともないと思うんだけど……祭りか）

ギルドの受付嬢から聞いたように、祭りの準備をするということで街ゆく人たちの気分も高揚している。

つまりテンションが高くなっており、だからこそセトのような存在を前にしても、怖がるよりは、そのテンションに身を任せてすぐに仲よくなれたのだろう。

テンションが高くなって喧嘩っ早《ばや》くなり、それでレイに絡んでくるのはごめんだったが、こうしてセトを可愛がる方向に進むのなら、レイとしては大歓迎だった。

そうして満足そうに見ていたレイだったが、そんなレイの姿にセトが気が付く。

すると今まで周囲の人たちに遊んで貰っていたセトは立ち上がり、レイの方に向かう。

セトの周囲にいた者たちはそんな様子に驚きつつ、それでもセトを無理に止めようとはしない。

もちろん、もしここで止めようとしても、セトが止まるといったことはまずなかったが。

「セトと遊んでくれてありがとうな。祭りには参加するから、また街中でセトを見ることもあると思う。そのときはまたセトと遊んでやってくれ」

レイの言葉に、セトはまた遊ぼうねと喉《のど》を鳴らす。

セトの鳴き声を聞いても、その鳴き声の正確な意味は分からない。

しかし、今に限ってはセトの鳴き声を聞いた者たちは何となく、その言葉の意味を理解する。

またセトと遊ぼう。そう思いながら去っていく者たちを眺めていたレイだったが、セトがどうしたの？　と小さく喉を鳴らすのを聞き、その頭を撫《な》でる。

「お前は本当にどこにいても皆に好かれるな」

レイの言葉に、セトはそう？　と首を傾《かし》げる。

セトにしてみれば、自分は特に何かをしている訳ではない。

「とにかく、今は海の雫亭に向かうとしよう。そこならセトがいても問題ない厩舎もあるらしいし、きちんと部屋を取ったら街中を見て回らないか？　美味《うま》い料理を出す屋台とか、新鮮な魚介類とか買っておきたいし」

そう言うと、セトも美味い料理を食べられるかもしれないというのが嬉しかったのか、上機嫌にレイと共にギルドの前から立ち去るのだった。


「えっと、この辺りだと思うんだけど。もう少ししっかり宿の場所を聞いておけばよかったな」

ギルドから聞いた辺りにやって来てはいるのだが、目的としている海の雫亭という宿はどこにもない。……初めて来る場所なので、道に迷ったというのが正しい。

元々レイが微妙に方向音痴気味であるというのも関係しているのかもしれないが。

「レイ!?」

海の雫亭を探していたレイは、不意にそんな声をかけられる。

この街に自分を知っている者がいるのか？　と思ったレイだったが、セトを連れている以上はレイを深紅・レイであると認識するのは難しい話ではない。

だが、振り向いた先にいた女は、レイをレイであるとしっかりと認識した……それこそ顔見知りに会ったときのような様子だった。

そんな女の様子を見て、すぐにレイも相手が誰なのかを思い出す。

「キュロットか⁉」

「ええ。にしても、まさかこんな場所でレイに会うとは思わなかったわ」

キュロット。それはレイが以前、ギルムで冒険者のランクアップ試験を受けたときに一緒に試験に参加した『悠久《ゆうきゆう》の力《ちから》』というパーティの一人、シーフの女だ。

「いや、それはこっちの台詞《せりふ》だろ？　何でキュロットが？　というか、キュロットがいるということは、スコラやアロガンもいるんだよな？」

スコラというのは魔法使いで、アロガンは魔剣を使う戦士だ。

最初『悠久の力』はキュロットとスコラの二人だけのパーティだったのだが、一緒にランクアップ試験を受けた関係もあって、そこにアロガンが加わった形となる。

「当然いるわよ。あの二人は何とか屋台を用意しようとしてるわ」

「屋台？　……それはつまり、お前たちも豊漁祭に参加するのか？」

「ええ、せっかくの機会だし。……ちなみにレイは何をしにソラザスに？」

「ちょっとした骨休めだな。で、来てみたら豊漁祭があるって聞いて興味津々な訳だ。なぁ？」

「グルルルゥ！」

レイの言葉に、セトはその通り！　と喉を鳴らす。

そんなセトの様子にキュロットは変わらないなと笑みを浮かべ……そして、ふと気が付く。

そういえば以前レイと話をしたときに、料理についてそれなりに詳しくなかったかと。

ギルムでは、レイがミスティリングを使って美味い屋台や食堂の料理を大量に買っているというのは有名な話だ。また、セトに乗って様々な場所に移動していることもあり、色々な場所の料理を食べているという話も聞いていた。

つまり、レイは料理について詳しいのは間違いない。

……少なくとも自分よりも、とキュロットは予想した。

「ちょっと聞きたいんだけど、レイは豊漁祭に、客じゃなくて屋台側で参加するつもりはないの？」

「屋台側で？　まぁ、参加出来るという話は聞いたし、ちょっと考えない訳でもなかったけど」

基本的にレイは料理は食べる専門ではあるが、祭りということもあって自分で屋台を出してみても面白いかも？　と少しだけ考えたのは事実だ。

そう説明すると、キュロットの目が輝く。

「じゃあ、私たちと一緒に屋台をやらない？　レイがいれば、かなり有利だし」

この場合の有利というのは、レイの知識に加え、食材を大量に収納しておけるミスティリング、そして客寄せのセトという存在も含めてのことだろう。

「興味があったからそれはいいけど、何の屋台を出すんだ？　俺はこの街に来たばかりだけど、少し見ただけでももう色々な屋台が出てたぞ？」

レイが見たところ、一番多い屋台は魚の串焼《くしや》きだった。

これがギルムでは肉——種類は様々だが——の串焼きが多いのだが、魚の串焼きが多いのは港街ならではだろう。

もちろん調理の簡単さというのも影響しているが、とはいえ、串に刺して焼くだけという簡単な調理だからこそ、奥が深い。

魚の下処理、味付けはもちろんのこと、何よりも焼き加減の調整は難しい。

生焼けにしなかったり焦がさなかったりといった初歩的な技術はともかく、最善の焼き加減となれば素人がそう簡単に出来るようなものではなかった。

(祭りの屋台なんだから、雰囲気を味わうという意味で、料理の出来はそこまで気にしなくてもいいんだろうけど)

実際、レイも日本にいたときに祭りで屋台の料理を購入したりした。

その際の料理は、具が九割キャベツのお好み焼きであったり、たこの入っていないたこ焼きであったり……普通に食べようと考えたとき、とてもではないが金を出して買おうとは思えない料理だった。しかもそれでいて、値段はそれなりにする。

それでも許せたのは、祭りの雰囲気があってのことだろう。

「その辺は、そうね。レイの知識で何とか出来ない？　うどんとか、レイが考えたんでしょう？」

「そう言われてもな……。ここでうどんを作ってもいいとは思うけど」

辺境のギルム発祥と言われ、今では新料理ということでそれなりに注目を浴び始めている『うどん』は、レイが広めたものだ。

だからここで作ることが不可能という訳ではないが、大きな問題がある。

まず基本的に、ギルムで売られているうどんは、出汁《だし》に肉などを使っている。

ここは港街で新鮮な魚介類が大量に入手出来るのだから、魚介出汁のうどん……シーフードうどんといったものを作っても十分に売れるだろう。

しかしこの場合問題なのは、うどんの正確な作り方をレイが知らないということだった。

ギルムでうどんを広めたときも、あくまでレイが知っていた大雑把なうどんの作り方を料理人に再現して貰《もら》っただけ。それを改良し、しっかりと食堂で出せるようにしたのは、料理人が頑張ったからだ。

そうである以上、もしここでうどんを出すのなら、また一から港街の料理人に大雑把なうどんの作り方を教え、料理として完成させて貰う必要がある。

「無理だな」

あっさりとそう告げるレイ。

豊漁祭まで一ヶ月くらいの猶予があれば、どうにか出来ただろう。

だが、豊漁祭までは残り数日しかないのだ。

つまり、シーフードうどんを屋台で出すのは不可能に近い。

「じゃあ、他《ほか》に何かない？　どうせやるなら、目立って売り上げ一位を狙《ねら》いたいわ」

「というか、キュロットは俺が一緒に屋台をやるって前提で話してるけど、スコラやアロガンに確認しなくていいのか？」

「大丈夫よ。私がレイを戦力として欲しいと言ってるんだから、あの二人も文句は言わないわ」

自信満々に言うキュロットを見て、レイはそういうことならと、屋台に向いていそうな、そして目新しい料理がないか、真剣に考える。

今回は店を出す方で挑戦してみたいという考えがあったのも影響しているのだろう。

そんなレイの様子にキュロットは満足そうに頷《うなず》いてから期待の視線を向ける。

しかし、期待の視線を向けられても、すぐに何らかのアイディアが出る訳ではない。

レイが日本にいたときに住んでいたのは、山の近くだ。

一応海に面した県だったので、夏になれば海に遊びに行ったりもしたのだが……そう思っていたレイは、ふと一つの光景を思い出す。

「イカだ！　キュロット、この辺りってイカは獲《と》れるか⁉」

「イカ？　えっと、そうね。それなりに屋台で売られているのは見たわ」

「それなりに売られてるってことは、今が旬《しゅん》の季節なんだよな？」

日本にいたときは、特にイカの旬を気にしたことがなかったレイだったが、現在それなりに獲れているということは、イカの旬の季節なのだろうと予想する。

「旬かどうかは分からないけど、毎日そこそこ獲れてるみたいよ？」

「なら、いい。俺が以前行ったとある港街には、イカのカーテンと呼ばれるものがあった」

「……イカの、カーテン？」

イカとカーテンという、全く関連性が分からない言葉に、キュロットは理解出来ないといった様子だ。

普通ならそうだろうし、もしレイが何も知らない状況でそのようなことを言われれば、恐らくはキュロットと同じような表情を浮かべるだろう。

「ああ、そうだ。イカのカーテン。正確には、イカの身を干して紐《ひも》に順番にぶら下げていくといった感じだな。白いイカの身がびっしり並べてぶら下げられるから、イカのカーテン」

レイの説明で、完全ではないにしろ、何となくその言葉の意味を理解したのだろう。

キュロットは予想外の光景を思い浮かべ……その顔に笑みを浮かべる。

「面白そうね。けどそれって、準備はどのくらい大変なものなの？」

「どうだろうな。イカを仕入れることが出来れば、捌《さば》くのは全員でやって、あとは一夜干しにしたイカを、その場で焼いて売るって感じだから……問題なのは、捌くのと一夜干しにする方法だな。やり方知ってるか？」

「そもそも一夜干しって何？」

そこからかと思うものの、基本的にギルムにやって来る魚介類は、保存食となるように塩漬けにされているものが大半で、一夜干しにされているものを見る機会はない。

一夜干しについて説明すると、キュロットも何となく分かったのか、納得した様子を見せる。

「その場合の味付けはどうするの？」

「え？　あー……そうだな。塩？　いや、違う。塩水に漬けてだったか？」

このときレイが思い出したのは、一夜干しではなく、魚の干物を作るときに塩水に三十分ほど漬けてから干すという知識だった。

それは一夜干しではなく普通の干物の作り方なのだが、同じように干すのだからそう違っていないだろうと判断し……実際、そんなレイの予想は間違っていない。一夜干しであっても、塩水に漬けたり、あるいは塩を振ったりしてから干すのだから。

とはいえ、具体的にどのくらいの塩を入れればいいのかは分からないので、その辺は誰《だれ》かの手助けが必要だろう。

「じゃあ、そのイカのカーテンで一夜干しってのを売りましょう。他の料理はある？」

キュロットにしてみれば、どうせやるのだからトップを目指したい。

他にも何かイカの料理がないかと言われたレイは、少し悩む。

もちろん、単純にイカの料理ということであれば他にもいくつか思い浮かぶ。

しかし、それはイカと野菜を使ったサラダであったり、イカの炒《いた》め物であったり、簡単な……それこそ、この港街であれば普通に食べられているような料理だ。

（イカ、イカ、イカ……何か特徴的なイカ料理……あ、イカ飯）

レイにとって、本来ならイカ料理と聞いて真っ先に思い出してもおかしくはないような、特徴的なイカ料理。それがイカ飯だった。何しろイカの中に米や餅米《もちごめ》を入れて炊き上げるという、かなり豪快な料理だ。

この世界にも、美味《おい》しい料理がいくつもあるものの、凝った料理というものはあまりなく、単純に素材を煮る、焼く、炒めるといった調理方法のものが多い。

恐らく、イカの中に何かを詰めて調理するという料理も、ないだろう。目新しさという意味でも、提供のしやすさという意味でも、イカ飯は今回の屋台に合うはずだ。

「イカ飯って料理が……あ、駄目だ」

これだ！　と思ってキュロットに言おうとしたレイだったが、イカ飯を作るのに足りない材料がいくつもあることに気が付く。特にイカ飯の主役でもある米がないのは致命的だろう。

また出汁醤油《しょうゆ》で煮るのだが、その醤油も……魚醤の類《たぐい》はあれど、普通の醤油がない。

「ちょっと、何が駄目なのよ？　イカ飯？　ってどういう料理なの？」

「いや、この料理はちょっとその……米という穀物が必要な料理だけど、ここには米はないだろ？」

「聞いたこともないわね。レイはその米というのは持ってないの？　レイなら何でも持ってそうだけど」

「たしかに俺は色々アイテムボックスに溜《た》め込んでるけど、手に入れられないものは収納しようがない。だからイカ飯は取りあえず忘れて、別の料理を……ん？　ちょっと待った」

話していて、ふと麦飯という食材を思い出す。

麦飯というのは正確には、米を炊飯するときに麦を入れるもの。だがレイが今思いついたのは、米を抜きにして麦だけで米のように炊くというものだ。

麦だけで炊いた場合どうなるのかは分からない。それでもある程度は似たものが出来るのではないか？　とそうレイは思った。実際には麦飯と言われているものの中には、米を入れないで麦だけで炊くものもあるので、全《すべ》てが間違いという訳でもないのだが。

「俺が知ってる料理と全く同じには出来ないかもしれないが、イカ飯に似たようなのは出来るかも」

そんなレイの言葉に、キュロットは……そしてセトも嬉《うれ》しそうな表情を浮かべる。

とはいえ、麦を米の代わりに出来るかどうかは、実際にやってみないと何とも言えない。

試してみて成功すればいいが、失敗したらまた別の料理を考える必要があった。

それに醤油がない以上、味付けの面でも、レイが思い浮かべているようなイカ飯を作るのは難しい。

そうである以上、イカ飯という名の全く違う料理になりそうではあった。

「色々と相談したいことがあるわね……。レイはどこに泊まってるの？　相談をするなら、私たちがレイの宿に行って相談した方がいいでしょ？」

「俺か？　泊まっているというか、これから海の雫亭とかいう宿に部屋を取りに行く予定だ。ギルドの方で部屋を確保してるらしいから、そこを使うことになる……と思う」

実際にレイはまだ海の雫亭に行ってないので、まだ部屋を取れると決まった訳ではない。

それでもギルドでのことを考えると、恐らく無事に部屋を取れるだろうとは思っていた。

「偶然ね。私たちもそこに泊まってるわよ。いい宿だから、レイが泊まるのも分かるけど」

「キュロットたちも？　そうか、ギルドと契約している宿なんだから、それも当然なのかもしれないな」

「案内するわよ。スコラとアロガンも宿に戻ってくるでしょうし」

そう言い、キュロットはレイとセトを案内するように歩き出すのだった。


「へぇ、ここが……見た感じ、それなりにいい宿みたいだな」

キュロットに案内された海の雫亭という宿は、それなりに高級そうではあるが、それでも街の中の最高級といったほどではなく、そこそこに高級、もしくはどちらかと言えば高級といった宿。

普段は、ギルムの中でも最高級の宿の一つである『夕暮《ゆうぐ》れ小麦亭《こむぎてい》』を定宿にしているレイだったが、別に高級宿でなければ泊まれないといった訳ではない。

快適に暮らせるのなら、宿のランクには特に拘《こだわ》ったりはしない。とはいえ、それでも安宿では快適な寝泊まりが出来ない以上、自然とレイが泊まるのは高級宿になるのだが。

また、レイだけではなくセトが入れる厩舎《きゅうしゃ》も必要なので高級宿になりやすい。

「え？　おい、お前……レイか!?　何でお前がこんな場所にいるんだよ！」

キュロットやセトと共に海の雫亭を見ていたレイだったが、不意に後ろから聞こえてきた声に振り返ると、そこにいたのはやはり思った通りの二人だった。

魔剣を使う戦士のアロガンと、魔法使いのスコラ。双方共にキュロットの仲間だ。

アロガンは、初めて会ったときはレイに対して強烈なライバル心を抱いていた。

その関係もあってか、今もこうして素直に再会を喜べないらしい。

「俺がここにいるのは気晴らしだな。で、キュロットに会って一緒に屋台をやらないかと言われた」

「おい、キュロット。勝手に決めるなよ！」

「何よ、いいじゃない。レイがいれば便利なんだし、私たちが知らない料理も知ってるんだから」

アロガンとキュロットが言い合いをしている間、レイはスコラと挨拶《あいさつ》を交わす。

「久しぶりですね、レイさん。まさかこんな場所で会うとは思ってもいませんでしたが」

「ああ、そっちも……うん。色々と苦労してそうだな」

「あはは。そうでもないですよ。あの二人は何だかんだと仲良しですから」

『ちょっと待った！』

スコラの言葉が聞こえたのだろう。アロガンとキュロットは声を揃《そろ》えてスコラに待ったをかける。

二人にしてみれば、自分たちが仲間であるというのはともかく、仲良しであると認識されるのは決して許容出来なかったのだろう。……それでも声が揃っている辺り、説得力はないが。

「取りあえずちょっと待っててくれ。まずはカウンターで部屋が取れるかどうか聞いてくる」

ギルドからの紹介ではあるが、それでもきちんと確認しておきたかった。

もし海の雫亭で部屋を取れなかった場合、改めてどこか別の宿を探す必要があるのだから。

しかし、幸いなことにギルドからの紹介だと言って紹介状を渡すと、何の問題もなく部屋を取ることが出来たので、レイにとってはそれが少し意外だった。

普通に考えれば、それのどこが意外なのかと思うだろう。だが、これまで様々な……数え切れないほどトラブルに巻き込まれてきた、それこそトラブルの女神に愛されていると言っても過言ではないレイなのだから、もしかしたら……と思っていたのだ。

具体的には小柄なレイの外見から弱い相手だと侮り、絡んできて金を奪おうとするような者がいたりといったように。

そんなトラブルの類もなく、セトが使う厩舎も無事に用意され、レイとしては文句の一つもない結果となる。

「じゃあ、俺の部屋で相談するか。もう色々決まってることもあるんだろうが、それについても教えてくれ。それ次第では今の案を変更する必要があるし」

「ちょっと待て。何でレイが仕切ってるんだよ。全く、だからレイが参加するのは……」

「アロガン。ほら、いいから行くわよ。今回の一件はレイがいないと出来ないんだから」

キュロットがアロガンに言葉をかけると、不承不承ながらもそれに従い……レイたちは宿の従業員の案内に従って、部屋に向かうのだった。


「へぇ、ここが。……随分といい部屋ね。私たちが使ってる部屋よりも上なのが悔しいけど」

「仕方がないよ。レイさんは異名持ちの高ランク冒険者なんだから。僕たちもいずれはこういう部屋に泊まれるように目指して頑張ろう」

「そうね。……で、まずは料理についてだけど、レイから色々と聞けたわ。私たちがやるのは、イカ料理よ。それもただのイカ料理ではなく、見て驚くようなイカ料理」

そう言い、キュロットはレイから聞いたイカのカーテンやイカ飯について説明していく。

それはアロガンやスコラの興味を引くのに十分だったが……一つの懸念も出る。

「問題は、それだけのイカを手に入れられるかどうかだろうな」

アロガンのその言葉に、得意そうに話していたキュロットも言葉に詰まる。

これが、平時なら話は別だろう。

しかし、今は豊漁祭の準備が進められており、そしてここは港街だ。

それに参加する者たちにとって、魚介類はあればあっただけいいだろうから、皆《みんな》こぞって海産物をかき集めている可能性があり……そんな中で、今からイカを大量に入手出来るかと言われれば、少し不安が出る。

「それでも何とかするしかないでしょ。それに……ちょっと前に聞いたのを思い出したんだけど、イカは今年かなり豊漁だって話だったわ。多分、私たちが使うイカも十分にあるはずよ」

「そうなると、次の問題は麦だね。イカ飯だっけ？　それに使う麦もどうにか入手する必要があるし……そして最大の問題は、やっぱり誰が調理をするかだよ。イカの一夜干しは僕たちでも出来るけど、イカ飯の方は麦を詰め込んだイカを煮込むスープが必要になるし」

「その件だが、俺に奥の手がある。正直、かなり邪道な方法だが……」

「何？　どうするつもり？　この状況を打開出来る一手があるの？」

「ああ。今も言ったが、これは邪道だ。……こういう手段を使う」

そう言い、レイはミスティリングから大きな……子供なら数人は入れそうな鍋《なべ》を取り出す。

同時に、部屋の中には食欲を刺激するような香りが漂い始めた。

「これは俺が以前、気に入った食堂で鍋ごと買ったスープだ。これ以外にもまだかなりの量がある。種類もだ。それを使えば、イカ飯を煮込むスープという点では問題ないと思う」

自分たちで屋台を出すのに、スープは自分たちで作るのではなく、レイが持っていた出来合いのもの。……ただし、しっかりとした料理人が作った一級品のスープではある。

そんなスープを使おうというレイの提案に……だが、意外なことに三人から否定の声はない。

あるいはこれが料理人の出す屋台なら、レイの提案に反対する者もいただろう。

だが、ここにいるのは料理人ではなく冒険者だ。そして屋台は、挑戦してみようという程度の気持ちなだけに、出来合いのスープを使うことにも特に問題はなかったらしい。

そうなると、次はどういう味付けのスープでイカ飯を作るかということになる。

レイのミスティリングに入っているスープは多種多様だ。

次々とスープの入っている鍋を取り出しては、一口ずつ味見していく。

「うーん、ちょっとこれは味が濃くない？　肉の味が強すぎて、イカに合わないと思うけど」

「こっちの野菜スープは美味《おい》しいよ。ただ、優しい味だからちょっと物足りないかな」

「なら、やっぱりこっちの魚介類のスープがいいんじゃないか？」

キュロット、スコラ、アロガンがそれぞれにスープを味見しながら意見を交換する。

「イカと同じ、魚介類のスープの方が相性がいいのは分かるが、他《ほか》にも同じようなスープがあるかもしれないぞ？　港街なんだし」

レイの意見に、アロガンは不満そうな表情を浮かべながらも渋々納得した様子を見せる。

「なら、レイはどのスープを使えばいいと思うんだ？」

「そうだな。肉……というか、ハムと野菜のスープならどうだ？」

そう言い、レイは一つの鍋からスープを一口分ずつ皿に入れて渡す。

（本来のイカ飯なら、出汁醤油か何かで煮るのであって、具入りのスープで煮たりとかはしないんだが。……今さらの話か。そもそも米や餅米《もちごめ》じゃなくて麦を入れて煮るんだしな）

レイが日本にいたとき、母親が何度かイカ飯を作ったことがあった。

美味《うま》いと思いはしたが、実際にどのようにして作っていたのかは知らない。

また、中学校の修学旅行で北海道に行ったときもイカ飯は食べたものの、それは駅弁だ。

「このスープ、美味いな。けど……イカと一緒に煮て、味が喧嘩《けんか》しないか？」

「うーん、私はそれなりに上手《うま》くいくと思うけど。この料理ならそこまで肉の味も強く出てないし」

「肉と野菜と魚介類。三つを合わせても、それが美味しいとは限らないんだよね」

「スコラの言い分も分かるけど、豊漁祭まで時間がないのよ。とにかく試してみる必要があるわ」

「ちょっと待った。試すと言われても、俺が持ってるスープは限られているぞ。料理人に頼めば、同じような味のスープは作って貰《もら》えるかもしれないけど……」

そう、それがレイたちの大きな弱点だった。

レイが持っているスープはかなりの量があるものの、それでも鍋に入っている分しかない。

そのスープでイカ飯を煮た場合、麦がスープを吸い取り、水分はどんどん減っていく。

もちろん減った分だけ水を足せばいいのかもしれないが、そうなれば当然スープの味は薄まっていき、代わりにイカの出汁が出てハムと野菜のスープから魚介スープになっていく。

「選択肢としては二つ。今も言ったように料理人にこのスープを味見して貰って同じようなスープを作る。厳密には違うだろうが、似たような味にはなるだろう。こっちの方が安全だな。そしてもう一つは、このハムと野菜のスープだけではなく、色々なスープを使ってイカ飯を作る」

どうせなら全く違う味のスープで複数の種類のイカ飯を作っても面白いのではないかと思ったのだが……

「ここは安全策でいきましょう。下手に色々な種類のスープを使ったら、混乱しそうだし」

キュロットのその言葉で、次は料理人を探すことになったのだが、これはすぐに解決した。

海の雫亭の厨房《ちゆうぼう》で働いている料理人の一人が協力してくれることになったのだ。

本来なら豊漁祭ということで宿に泊まっている客も多く、また食堂は宿の客以外も使えるようになっているので、かなり忙しいのは間違いないのだが……それでも宿の料理人にしてみれば、今まで食べたことがない料理を知ることが出来るというのは、協力するメリットが大きかったのだろう。

また、料理人を助《すけ》っ人《と》として頼めたのはスープだけではなく……

「え？　本当か？　本当にイカをそんなに大量に仕入れられるのか？」

「うん、大丈夫。うちはそれなりに漁師たちとの繋《つな》がりも深いし。それに、イカといっても少しくらい形がおかしいのとかでもいいんだろう？　それなら問題ないと思うよ」

レイたちに協力してくれることになった料理人……ダラーズが笑みを浮かべてそう言う。

今回の屋台はイカのカーテンとイカ飯がメインである以上、イカは必須《ひっす》となる。

そんな大量のイカをどう入手するのかというのは、大きな問題だった。

それをこうしてどうにか出来たというのは、レイたちにとって非常に大きい。

「よし！　これで勝ったも同然だな！　イカのカーテンで俺たちが一位を狙《ねら》うぞ！」

アロガンのそんな声に、他の面々もやる気を見せる。

こうして一行はダラーズを仲間に加えて、豊漁祭の屋台を出すことになったのだった。

◆◇◆◇◆◇

「うがあああああ！　何でこんなに皮を剥《む》くのが面倒なんだよ！　それに、手が何か痒《かゆ》くなってるんだけど⁉」

イカの下処理を行っていたアロガンは、我慢の限界が来たといった様子で叫ぶ。

とはいえ、その気持ちはレイにも分かる。イカの皮を剥くのは、かなり手間なのだ。

耳の部分を身から外し、そのままイカの皮と一緒に身から剥《は》がしていく。

だが、このときに力加減を間違えたりすれば、皮は途中で破れてしまう。あるいはイカの耳と一緒に身の部分も破けてしまう。

そうなると、手で引っ張って皮を剥く必要があるのだが、皮が滑って剥ぎにくい。

それでもイカの外側の皮はまだ剥きやすいのだが、イカは内側にも薄皮がある。

この薄皮を剥くのは外側の皮を剥くのとは比べものにならないくらいに難しい。

また、レイは平気だったものの、アロガンはイカの内臓を取り除く際にそこに触れると、痒くなってしまうようで、これがまた、アロガンにとってはかなり面倒なことだった。

「なぁ、ダラーズ。このイカの皮って剥く必要があるのか？　イカ飯の場合は皮がついてたように思うんだけど。それに内側の薄皮とか、そのままでも構わないと思うんだが」

「ですが、レイさんの言うイカ飯とこれから作るイカ飯は違うのでしょう？　だとすれば、色々と試してみる必要がありますよ」

（イカ飯って、表面の皮がついている方が美味そうに思えるんだけどな）

そう思うレイだったが、実際に本物のイカ飯を食べたことがあるのはレイだけだ。

またダラーズが口にしたようにレイが知っているイカ飯と違うものになる以上、色々と試してみるのが悪いという訳ではないのは間違いなかった。

（それに、イカ飯はともかくイカの一夜干しの方は皮を剥いだ方が美味いのは間違いないし）

そんな風に考え、結局レイもまた料理のことはダラーズに任せた方が確実だろうと判断する。

「ダラーズ、ちょっと来て。イカ飯に使う麦ってこういう普通の麦でいいの⁉」

キュロットが麦を手にダラーズに尋ねると、ダラーズはすぐにそちらに向かう。

（麦ってのも、大麦や小麦以外に結構種類があったと思うけど……この世界だとそこまで品種分けされたりはしていないのか。そうなると、余計に高品質で、イカ飯に合う麦を見分ける目が必要になるな）

これがレイの食べ慣れている米なら、あきたこまちを始めとして品種が多数ある。

レイが日本にいたとき、レイの家では稲作はやっていなかったものの、親戚《しんせき》の家では稲作が行われており、レイの家で食べる米はその親戚から買っていた。

だからこそ米については多少なりとも知識があったものの、麦については詳しくない。

「ふむふむ。うん、この麦はそれなりにいいね。ただ、上質だからといってイカと合うかだけど」

「それは実際に試してみるしかないだろ。……ちなみにスープの方はどうなったんだ？」

レイは以前ハムやベーコンと野菜のスープがイカ飯に合うだろうと予想していた。

実際その意見にはダラーズも同意だったが、問題なのはダラーズがそのようなスープを作れるかどうかだった。もちろん全く同じスープという訳ではなく、似た方向性のスープという意味で。

「そっちは問題ないですよ。レイさんが持ってたスープには及ばないまでも、それなりに美味いスープにはなってるので。……ただ、具の野菜を出来ればもう少し変えたくて」

変えたいと言うダラーズだったが、自分で言っておいてそんなに時間がないというのは理解出来ていたのだろう。その言葉にはどうしても力がない。

「ともあれ、麦も用意出来たんだし一度イカ飯を作ってみましょう。それでどう改良していくのかを決める必要があるわ。時間がないんだから、急いでやるわよ！」

キュロットの指示に従って、取りあえず一度イカ飯を作ることになったのだが……

「レイ、このイカ飯というのは一体どれくらいの時間煮込むの？」

「長ければ長いほど、味が染みて美味いんじゃないか？」

レイはキュロットに答えながら、日本にいたときに母親が作っていたイカ飯を思い出す。

そのときは夜に作り、そのまま一晩寝かせて翌日に食べることもあった。

同じくらい寝かせれば、イカの中に詰めた麦にもしっかりと味が染みるのは間違いないだろう。

問題なのは、豊漁祭まで時間がないということだ。

試しに作ってみるにしても、一晩味を染み込ませるような時間的な余裕はない。

いや、一度や二度であれば出来るかもしれないが、それを何度も繰り返す時間はなかった。

「そうでしょうけど、あまり時間はかけられないわね。取りあえずこれが最初だし、まずはある程度のところでやってみましょう。……アロガン、イカの一夜干しの方の準備はどうなってるの？　そっちはイカの下処理だけだから簡単でしょ？」

「馬鹿《ばか》を言うな！　痒くなるんだぞ！　それを我慢して作業してるのに」

アロガンが不満そうに言うも、スコラの方は黙々とイカの下処理を行っている。

「ダラーズ、イカ飯が終わったら一夜干しの味付けを塩水にするか、塩を振るか決める必要がある。どっちの方がいいかは……まぁ、こっちは一夜干しって名前だけど乾かすのは数時間だから、どっちも試してみればいいかもしれないな」

「そうだね。そっちは色々と試してみよう。ちなみに、味付けが塩ということは、そのまま炙《あぶ》って食べる感じでいいのかな？　他に調味料は？」

「あー……一応あるんだけど、ちょっと作るのは難しいな」

レイにとって、イカといえばマヨネーズなのだが、そのマヨネーズは作るのが難しい。

卵と油と酢を混ぜればいいというのは分かっているが、具体的にどのくらいの分量を混ぜればいいのかが分からなかった。レイにとってイカとマヨネーズは至高の組み合わせなのだが。

（マヨネーズに七味唐辛子を振り掛けて、軽く炙ったイカの一夜干し……うん。凄《すご》く魅力的だ）

レイは酒があまり得意ではないが、酒のツマミになるような料理は好きだった。

そういう点で、イカの一夜干しというのもレイにとってはかなりの好物なのだ。

他《ほか》にもモツ煮込みのような類《たぐい》は好んで食べる。

「作るのが難しい？　……そうなると仕方がないか。では何か別の味付けを考えないと」

「酸味のある果実の果汁をかけると、さっぱり食べられると思う」

「なるほど。それはありかもしれないな。他には……そこまで塩気が強くないソースか」

二人であぁだこうだと言っている間に、イカ飯の入ったスープがかなり煮えてきた。

そして、試しに食べてみようという段になり……

「レイ、これはどうやって食べるの？　小さいイカだから、そのまま？　それとも切って？」

「どっちでもいいけど、今回は切って食べるか」

なお、イカ飯の胴体部分の先端は短い木の串《くし》で留められている。レイの拘《こだわ》りというのもあるが、そのようにしなければイカの中に詰め込んだ麦が出てきてしまう。

キュロットが包丁を使ってイカ飯を切ると、全員で早速味見をする。するのだが……

「うーん……やっぱりこの短時間だと味はそこまで染みてないな。イカの方はそれなりだけど」

レイの言葉に、話を聞いていた者たちがそれに同意するように頷《うなず》く。

イカにはそれなりに味が染みているものの、中の麦は食べられるが、特筆するほど美味くはない。

「これは……しっかりと味が染みればそれなりになるだろうけど……このままだとちょっと厳しいかもしれないね。麦ではなく……パンを使ってみるのはどうだろう」

「パンを？　いや、けどさすがにそれはちょっと合わなそうな気がするんだが」

アロガンが何となく嫌そうな表情を浮かべて、そう返す。

キュロットやスコラも言葉には出さなかったが、そんなアロガンの言葉に同意しているようだった。

焼き固めたパンをスープで柔らかくして食べたり、あるいはスープやソースをパンにつけて食べたりすることは普通にある。

しかし、イカ飯で米の代わりにパンをイカの中に詰めるというのは、あまり合わないような気がするというのは、レイもまた同意だった。

しかし、ダラーズはそんなレイたちの意見を聞きながらも、パンで試すことを主張する。

「麦だと味が染み込むのに時間がかかる。けど、中身がパンならすぐに味が染み込むだろう」

「それは分かる。けど、そうなると今度はパンに味が染み込みすぎて、イカの方に味が染み込まないんじゃないか？　かといってイカに味が染み込むまで待ってると、パンはグズグズになる。その辺はどうするんだ？」

「その辺はパンの質を変えるしかないだろうね。普通のパンではなく、保存食用の焼き固めたパンを細かく切ってイカの中に詰めるといったような感じでね」

「それは……それなら上手《うま》くいくか？　試してみないと何とも言えないけど」

アロガンとダラーズの会話を聞いていたレイは、米代わりになるもの……と聞いてふと思い出す。

（たしか、米みたいなパスタがあったよな？　クスクス？　うん。そんな名前の。あれなら米みたいに見えるし、全く同じとはいかないまでもパンよりはイカ飯になるんじゃないか？）

クスクス、それは世界最小のパスタと言われているもので、外見は本当に米のようだ。

レイが考えたように、パンよりは米の代わりになる可能性は高い。ただ、問題は……

（クスクスってどうやって作るんだ？）

クスクスを使う上で、唯一にして最大の問題点だった。

以前にも、レイはうどんを作った際にパスタも作れるのでは？　と考えたことがある。

しかし実際には、うどんとパスタの作り方の違いが全く分からずに諦《あきら》めた。

である以上、やはりここでクスクスを一から作るというのは無理だった。

「レイ？　どうしたの？　もしかして……何かいいアイディアでもあった？」

イカのカーテンやイカ飯といった料理を知っていたレイだけに、もしかしたらイカ飯の問題点をどうにか出来るのではないかと、キュロットが期待に満ちた視線を向ける。

しかし、レイはそんなキュロットの言葉に対して首を横に振る。

そもそもの話、レイが知っているのはあくまでも日本にいたときの知識だ。

それもＴＶや料理漫画から入手した知識でしかない。

それが、この世界の料理人が全く想像も出来ないような料理の知識であってもおかしくはないのだが、それでも結局のところ中途半端な知識でしかない。

レイが日本にいたときに料理店でバイトでもしているか、あるいは料理が趣味であれば多少は話も違ったのかもしれないが……生憎《あいにく》と、そのようなことはなかった。

だからこそ、結局レイが出せるのは断片的な知識になってしまうのである。

（麦に味が染みるのが時間がかかるんだろ？　だとすれば……そういえば、米を炊くときに三十分から一時間くらい水につけておくとかあったな。それは使えないか？）

そう思いついて口にすると、ダラーズはそんなレイのアイディアに頷く。

「やってみる価値はあるかもしれませんね。それと、どうせなら他にもイカ料理を試してみるといいでしょう」

「他のイカの料理って、何か珍しい料理を作れと？　そうなると……イカそうめんとかくらいしか思いつかないけど、それは難しいだろうしな」

「イカそうめん？　それはどういう料理です？」

レイの口から出てきたイカそうめんという料理が気になったのか、ダラーズは興味深そうな視線をレイに向けてくるが……レイは残念そうに首を横に振る。

「これは魚を生で食べるって料理法だ。俺はあまり気にしないけど、この辺では生で魚を食べる習慣はないだろう？　そう考えると、ちょっと難しいな」

イカそうめんというのは、簡単に言えばイカの刺身だ。当然そうめんとついているからには、普通の刺身ではなく、そうめんのように細長く切って食べる。

だが、この辺りでは生で魚を食べるという習慣がない以上、イカそうめんは売れない。

それどころか、気持ち悪いと思われてしまうだろう。

屋台で料理を売ろうとしているのに、気持ち悪いと思われてしまうのはマズい。

「魚を生で……もしそのような真似《まね》をしたら、間違いなく屋台としては終わりでしょうね。料理人としては若干興味がない訳でもないんですけど」

ダラーズの言葉に、キュロットたちは信じられないといった表情を浮かべる。

その表情を見れば、イカそうめんがここで受け入れられる可能性が低いのは明らかだった。

「他にとなると、それこそイカと野菜の炒《いた》め物とか、イカのスープとか、そういうのしか思い浮かばないな。ああ、でもイカの炒め物とかなら屋台で作るのにいいかも」

「それどういうこと？　何でイカの炒め物は屋台で作るのにちょうどいいの？」

「イカは料理をするときに、長く炒めると水分が出て味が落ちる。だから、イカの炒め物を作るときは強火で素早く炒める必要があるんだ」

「でも、そうなると野菜とかに火が通らないんじゃない？　野菜が生だとちょっと」

「そういうときは、最初に野菜には火を入れておくといい。えっと……何だったか……」

レイは料理漫画で見た技術を思い出そうとする。

（油通し……いや、油はそんなにない。だとすれば、お湯で下茹《したゆ》でするとか？）

なお、当然ながらダラーズは海の雫亭で働く料理人だけに、イカの特性についても知っているし、下茹でという調理法も知っていた。

「下茹でってそういうものなのね。それだと、最初に野菜を大量に下茹でしておけば、調理するときに便利になると思うんだけど……どう？」

キュロットは自分の思いつきにどう？　と得意げな視線をレイとダラーズに向ける。

レイはそれなりにいいアイディアだと思ったのだが、ダラーズは首を横に振る。

「ある程度の量ならともかく、一気に全《すべ》ての野菜をとなると、どうしても時間が経《た》つにつれて味が落ちてしまいます。……まぁ、屋台で出す料理と考えれば、そこまで気にする必要はないのかもしれませんが。それでも、出来る限り美味《おい》しい料理を作りたいですしね」

ダラーズのその言葉に、キュロットが言葉に詰まる。

美味《うま》い料理を出して豊漁祭の屋台の中でトップに立ちたい。

そう思っているキュロットだけに、ここで料理の味を落とすような判断はしたくなかったのだろう。

「わ……分かったわよ。ちょっとした思いつきだっただけだし」

「キュロットらしいね。でも、調理の手間が省けるというのは、料理をする上で大きいよ？」

キュロットの様子を見て、スコラが笑みを浮かべながらそう告げる。

料理の手間が省けるというのは、スコラが普段から料理をすることが多いからこその意見だろう。

「なら、そうだな。一気に全部やるんじゃなくて、ある程度ずつ下茹でしていくというのでどうだ？　それなら、茹でてから味が落ちる前に料理出来るだろ」

結局アロガンの意見が通り……そうなると、次にどんな食材を炒めるのかという話になる。

イカはもう決まっているが、炒め物というのは一緒に炒める食材によって大きく味が変わる。

イカの味を引き出すような食材もあれば、イカと味を殺し合ってしまう食材……場合によっては、イカの不味《まず》さを引き出すような食材すらある。

「ありきたりの食材だと、他の屋台でも同じような食材を使っていたら、お客さんが飽きてしまうかもしれないし……そうなると、やっぱり珍しい食材を使いたいわね」

「でも、キュロット。珍しい食材を使うとなると、問題も色々とあるよ？」

スコラがキュロットに心配そうに言い、その言葉の先をレイが続ける。

「そうだな。まず珍しい食材となれば高い。食材が高いと料理の値段に響く。また、珍しい食材と言えば聞こえはいいが、未知の食材を怖がる者もいるだろう。他にも珍しい食材を美味く調理出来るかという問題もある」

レイの口から次々と出てくる言葉に、キュロットは戸惑った様子を見せながらも口を開く。

「取りあえず、調理するのはダラーズに任せればいいでしょう？　値段は……別に珍しい食材だからって、高い訳じゃないわ。美味しくても安くて知られていない食材とかがあるはずよ」

「そんな都合のいい食材があればいいんだけどな。……ダラーズ、何か思い当たるのは？」

駄目元で尋ねるレイだったが、ダラーズは首を横に振るだけだ。

料理人だからこそ、ダラーズはこの街の色々な食材を知っている。

そんなダラーズであっても、そう簡単にキュロットの言うような都合のいい食材は思いつかなかった。

その後、皮を剥《む》いて下処理をしたイカがあるのだからと、色々な食材を買ってきて炒め物を試していくことにした。幸いにして、現在はイカ飯に使う麦を水で浸している状態なので、ダラーズも加わって。

「うーん、どうせなら季節の野菜……今が旬《しゅん》の野菜とかを使いたいところなんだが」

レイのその言葉に、ダラーズやキュロットは当然のように同意し、スコラはそういうものかと納得しつつ、アロガンは自分の好きな野菜を入れて欲しいと消極的な反対をする。

だが、旬の野菜というのは当然ながら味もいいし、何よりも旬だけに大量に採れるので、値段も安い。

だからこそ、屋台で料理の一つとして出すには値段を抑える意味でも味の意味でも、旬の野菜を使いたいという主張は当然のように通る。

「旬の野菜を使うにしてもどんな野菜を使うかね。イカと一緒に炒めてお互いの味を引き立てる野菜なのはともかく、そこまで高くなくて、下処理も簡単なものとなると……」

屋台で大量に消費する以上、下処理が大変な野菜は避けたいところだった。

そうして皆で色々と相談した結果、最終的にダラーズの推薦もあって決まったのは、レタスに近い食感を持つ葉物野菜と、アスパラや長ネギに似ている野菜。

どの野菜も今が旬で、それなりに多く出回っていて、イカとの相性もいい野菜だ。

「あとは、スープはどうする？　やっぱり魚介類のスープでいくのか、それともここは港街だけにあえて山の幸を使うのか。……キノコとか木の実とか、それなりにイカに合いそうだけど」

「でもイカ飯はスープごと出すんですすよね？　なら、別にスープは必要ないのでは？」

「……は？」

ダラーズのその言葉を聞いたレイは、最初その意味をしっかりとは理解出来なかった。

レイの中では、イカ飯というのはあくまでもイカ飯だけで食べるというもので、煮込んだ出し汁と一緒に食べるという認識はない。

しかし、それはあくまでもレイが本物のイカ飯を知っているからこその話だ。

ダラーズは、スープを使ってイカ飯を煮込んでいるのだから、イカ飯とスープを一緒に出すのだと思っていたのだろう。

「イカ飯ってのは、基本的にはイカ飯だけで食べるのが普通なんだよ。……あー……でも、そうだな、一緒に出せばスープを無駄にしなくてもいいのか」

「本来の、レイが知っているイカ飯とは違うかもしれないけど、それでいいんじゃない？　この豊漁祭で出す特別なイカ飯なんだから」

キュロットのその言葉にレイは頷き……そして、五人は料理の研究を続けるのだった。

◆◇◆◇◆◇

わあああああああああっ！　と、そんな声が周囲に響き渡る。

港街ソラザスにおける最大の祭り、豊漁祭が始まったのだ。

豊漁祭を楽しむ者たちにしてみれば、いよいよ待ちに待った祭りが始まったのだから、喜ぶのは当然だろう。……中にはテンションが上がりすぎて奇声を発しているような者もいたが。

豊漁祭はそこまで厳格な祭りではなく、豊漁になることを願って……もしくは豊漁だったことに感謝をするために開かれる祭りだ。

言ってみれば、皆で飲んで食べて騒いで……そんな祭りだった。

もちろん、中にはそれなりに堅い内容も含まれてはいるものの、祭りを楽しむ者の大半は騒いで遊ぶことを目的にしている者が多い。

そんな中で張り切っているのは、客を迎える屋台の面々だ。

そんな中……開始直後からもの凄《すご》く目立っている屋台があった。

「ちょ……おい、見ろよ。あの屋台……白い、何だあれ？」

屋台の軒先に吊《つ》り下がっている白い物体に興味を持った一人が、真っ先に近付いていく。

普段であれば、怪しい屋台だと近付かなかっただろう。

しかし、今は祭りが始まったばかりで多くの者が興奮し、少しでも美味い料理を食べたいと考えていた。だからこそ、少しでも好奇心が刺激されればそちらに足が向いてしまう。

ある意味で、これもまた祭りのマジックだと言ってもいいだろう。

そうして屋台に近付くと、その屋台の周囲にあった白いものがイカなのだということに気が付く。

「いらっしゃい。うちのイカのカーテンはどう？　今なら最初のお客さんだからサービスするよ」

客寄せのキュロットが男に向かってそう告げる。

キュロットの格好も、屋台の売り子をやるということで、いつもの冒険者のものとは違い華やかだ。

元々、キュロットは顔立ちもそれなりに整っているので、そのような服を着ると映える。

また、普段の強気な性格も今は何重にも猫を被《かぶ》っているために表に出るようなことはなく、そんなキュロットの美貌《びぼう》とイカのカーテンに興味を持った者が屋台に集まってきた。

なお、屋台にはレイがいる以上、当然ながらセトもいるのだが、祭りの中でセトが姿を現せば一体どのような騒動になるのか分からないので、今は屋台の後ろに隠れていた。

「えっと、お薦めは何なんだ？　このぶら下がっているイカか？」

「そうですよ。これはイカの一夜干しといって干し魚の簡単なものです。イカを干すことによって余分な水分がなくなって、美味しさが凝縮してるんです。干してる時間も短いので普通の干し魚とは違って水で戻す必要もなく、そのまま焼いて食べられますよ」

慣れない言葉遣いに苦戦しながらも、キュロットが説明する。

そんなキュロットの説明を聞き、イカの一夜干しに興味を持ったのか、最初に話しかけてきた客が頷《うなず》く。

「分かった。じゃあ、そのイカの一夜干しってのをくれ」

「ありがとうございます。イカの一夜干し、一枚注文入りました！　最初のお客さんですので、特別に一枚サービスさせて貰《もら》います！」

キュロットの言葉に、屋台にいたスコラがイカの一夜干しを二枚手に取り、火で炙《あぶ》っていく。しっかりと火を通しても、カチカチにならずに柔らかいままだ。

「美味そうだな。じゃあ……俺はこっちのイカ飯ってのをくれないか？」

「毎度あり」

別の客の注文に、イカ飯担当のアロガンが無愛想にだが礼を言い、皿にハムと野菜のスープで煮込んだイカ飯を出す。

スープやその具材と一緒に出され、イカの中に入っているのは米や餅米《もちごめ》ではなく麦。

レイの知っているイカ飯とは大きく違うのだが、それに違和感を覚えるのは本物のイカ飯を知っているレイだけだろう。ましてや、そのイカ飯は十分に美味い料理となっているのだから、文句を言う者がいるはずもなかった。

「美味っ！　これ……美味いな！　こんな料理、初めて食ったぞ！」

イカ飯を食べた男は、その味に驚きの声を出す。

ガツンとくるような印象の強い料理という訳ではないのだが、それでも一口食べると、もう一口、さらに一口……といったように口に運んでしまうような不思議な魅力のある味だった。

その美味さに、続けて一夜干しも注文し……そしてまた初めて食べる美味さに驚く。

塩漬けとは全く違って、柔らかな触感でありながら、プリプリとした歯応《はごた》えが楽しめる。

一夜干しということで完全に水分がなくなっている訳ではないが、イカの身の水分が減ったことによって旨《うま》みが濃縮されている。

「他《ほか》には何かないのか？　もっとイカ料理があったら食わせてくれ！」

「残念ですが、他にはありきたりの料理しかないですよ。あるのはイカの炒《いた》め物です。ただ……これ、ちょっと器が特殊なんですけど、どうします？」

ダラーズがフライパンにイカと野菜を入れて炒めながらそう言うと、器が特殊という言葉に興味を持った男がイカの炒め物を注文する。

その注文を受けたダラーズは、強火で一気にイカと野菜を素早く炒めるとそれを入れ物に盛り付ける。

その入れ物は、パン。正確にはフランスパンに近い形で、もう少し幅が広くなっている。

そのパンの中身……柔らかく白い部分はくり抜かれており、その空いた部分にイカの炒め物を入れていく。

「お待ちどうです、どうぞ。この入れ物のパンも食べられますので、一緒にどうぞ」

器となっているパンと中身のイカの炒め物。その両方を同時に食べられるというのはこの街ではかなり珍しいもので、祭りということもあってテンションの高い者がそれを嬉《うれ》しそうに食べる。

イカの炒め物は美味《うま》いが、それでも特筆すべき料理という訳ではない。

それでもパンの器とイカの炒め物の相性の良さに加え、珍しいものを楽しみたいという客には大満足の評価だったようで、屋台前で美味いと叫ぶ声が響く。

そして珍しいイカ料理を食べている者たちを見て、多くの者がそれぞれ興味を持った料理を注文していく。

レイたちにとっては嬉しい悲鳴と言うべきだろう。

特に予想外だったのは、イカ飯がかなり売れていたことだ。

レイの知っているイカ飯とは全く違い……そもそもイカ『飯』とあるのに、イカに入っているのは米や餅米ではなく麦なので、ある意味名前負けしてるような感じではあったが。

また、当然だがレイの知っているイカ飯……餅米が使われているモッチリ、ネットリとした食感は楽しめないものの、麦がイカの旨みやスープを吸っているので、それを噛《か》めば口の中にスープとイカの味が広がり、これはこれで十分に美味い。

ダラーズが試行錯誤し、レイたちも何度となく味見をした結果出来たイカ飯は、間違いなく美味いのだ。

（別に俺の知ってるイカ飯が全《すべ》てじゃないしな。これはそういう料理として、これから広まっていくんだろうし。イカの一夜干しは、こっちもまたかなり売れてるな。というか、このままだと売り切れるんじゃないか？）

イカ飯も一夜干しも、双方共に作るのにそれなりに時間がかかる。

一夜干しはその名の通り干す必要があるし、イカ飯の場合はイカの中に入れる麦は水に浸《つ》けておいて吸水させる必要があるのだ。

それだけに、料理が足りなくなったからといってすぐに追加で作れるというものではない。

もちろん、ある程度の予備は用意してあるのだが……

「ちょっと、レイ！　イカ飯に使う麦の吸水をしておいてくれる⁉」

客の多さに、レイと同じく不安に思ったのだろう。キュロットがレイに向かって頼む。

「分かった。すぐに行ってくる！」

元々、料理が足りなくなったときのために、海の雫亭の厨房《ちゅうぼう》を借りられるようになっている。

その厨房には他にも色々と材料は用意されており、何かあったときにはすぐ対処出来るようになっていた。

レイは屋台から離れようとし……自分も行きたいと立ち上がりかけたセトを止める。

「セトが表に出ると、人目を集めてしまう。いらない騒動が起きるかもしれないから、ここで待っていてくれ。大丈夫だとは思うけど、もしここで何かあったら、そのときは頼む」

「グルルゥ？　グルルルルルゥ」

レイの頼みに、セトは残念そうにしながらも喉《のど》を鳴らして了承する。

本来なら、セトはレイと一緒に祭りの雰囲気を楽しみたかったのだろう。

しかし、実際にはレイにそんな余裕はない。

現在、レイたちの屋台には多くの客が集まっており、それを捌《さば》くので精一杯なのだから。

もう少し客が少なくなって余裕が出来れば、レイもまたセトと一緒に他の屋台を見回ってもいいかと思うが……今のところ、その目処《めど》は全く立てられそうになかった。

（それに、俺たちの屋台に限らず、どこも最初は忙しい。もう少し人が少なくなってからなら、どの屋台も落ち着いて料理出来るだろうし）

もちろん、全ての屋台がそうだという訳ではない。

最初はあまり客がいなくても、客の間の情報網……いわゆる口コミで繁盛する屋台もあるだろう。

レイはセトと別れて海の雫亭に向かう途中、いくつかの屋台にはまだあまり客の姿がないのを視界に入れながら、そんな風に思う。

そんな中、レイたちの屋台以上に人気のある屋台がいくつかあった。

（ジュース……果実水を売ってる屋台が人気だな。いやぁ、その気持ちは分かるけど）

レイは人の集まっている屋台から空に視線を上げる。

まさに祭り日和と言うべきか、空には雲一つ存在せず、地上に太陽の光が降り注いでいる。

レイは簡易エアコン機能のあるドラゴンローブを着ているのでそこまで暑くはないが、普通の者たちにしてみれば暑いからこそ喉が渇き、冷たい果実水を売っている屋台に殺到してもおかしくない。

また、暑さ以外にも、祭りが始まったということで興奮し、それで喉が渇いた者もいるだろう。

大人であれば、喉が渇いたのなら酒を飲むという者も多いのだろうが……こうして見る限りでは、果実水を売っている屋台には十分に大人の姿も多かった。

（冷蔵庫みたいな、何かを冷やすマジックアイテムって、かなり高かったと思うんだけど。結構な数の屋台で使ってるみたいだな）

レイが拠点として使っているギルムは、辺境ということもあって珍しいモンスターの素材や高ランクモンスターの魔石を容易に入手出来る。

もっとも、それはあくまでも辺境以外の場所に比べると容易にという意味で、実際に魔石や素材を手に入れるには、自分でモンスターを倒せるだけの実力を身につけるか、もしくはギルドに依頼したり商人から買うための報酬が必要になったりするのだが。

ともあれ、そのように魔石や珍しい素材を入手しやすいギルムには、冒険者だけではなく、多くの錬金術師も集まってくる。

そのおかげでギルムの錬金術のレベルは平均的に高く、マジックアイテムの普及率も高い。

そんなギルムではあっても、物を冷やすマジックアイテムというのはそれなりに高価で、ましてやこの地域でこんなに多くの屋台が入手出来るような物ではないはずなのだが……

（ちょっと気になるけど、考えても答えは出ないか。何らかの理由でマジックアイテムを安く入手出来たとか、そういう話なんだろう。……うん？）

マジックアイテムを使う屋台の多さについて考えていたレイだったが、そんな中でふと一軒の屋台に目を奪われる。

その屋台に客が多数いて注目した訳でも、客がいなくて注目した訳でもない。

ただ、その屋台の前にいる、何だか柄の悪そうな者が気になったのだ。

その上、屋台の店主は柄の悪い男たちに何度も頭を下げ、金が入っていると思われる革袋を渡していた。それを見れば、その柄の悪い者たちがどのような者なのかを理解せざるを得ない。

（いわゆる、みかじめ料とかなんだろうな。祭りだと、そういうのもいるんだろ）

レイにしてみれば、そういうのも一種の必要悪といった認識がある。

何らかの騒動が起きたときに、自分の代わりに前に出て貰うために。

だからといって、レイはそのような金を支払うつもりはなかったが。

「うおおおおっ！　向こうで売ってるイカのスープ、もの凄《すご》く美味いぞ！　イカの中に麦？　が入ってて、食い応えも最高だ！」

不意にそんな言葉が聞こえてくる。

それは明らかにレイの屋台の料理を示しており、知り合いにその美味さを語るテンションの高さもあってか、話を聞いた知り合いもイカ飯を買いに向かっていくのが見えた。

レイはそれを非常に喜ばしいことだと考えていたし、実際にその通りではあったのだが……見逃していることもあった。

それは、イカ飯を絶賛する大きな叫びを聞いた者の中には、先程レイが見た、屋台からみかじめ料を貰っていた者たちも含まれていたということだろう。

顔に浮かんだのは、欲望に塗《まみ》れた笑み。

それほど美味い屋台なら、当然のように売り上げもまた多いだろうと。

それはつまり、この港街の裏側を仕切っている自分たちに支払われる金額も、大きくなるはずだと。

男たちにとって幸運だったのは、レイが男たちの様子に気が付かなかったことだろう。

男たちにとって不運だったのは、男たちがレイの存在に気が付かなかったことだろう。

もしどちらかが気が付いていれば、小さな騒動……それこそ祭りで興奮して起きた喧嘩《けんか》だという話で終わっていたのは間違いない。

だが、レイは男たちの笑みに気が付かないまま、料理が売り切れになる前に食材の補充をしないといけないと、足早にその場を去るのだった。


周囲から漂ってくる食欲を刺激する香りの誘惑を振り切り、海の雫亭に到着したレイ。

宿の中に入ると、タイミングよく厨房で働いていた料理人の一人と顔を合わせる。

「レイさん？　どうしました？　忘れ物ですか？」

レイたちが今日の屋台のために、かなり頑張って料理の研究をしていたのを見ていた者だ。

もっとも、レイたちのチームの大半が素人でしかなかったので、本職の料理人として色々と言いたいこともあったのだが、それでも熱心な姿は嬉しそうで、応援もしてくれていた。

材料の補充ですか、ではなく忘れ物ですかと聞いたのは、レイが戻ってくるのがあまりにも早すぎたからだろう。それこそ、まだ祭りが始まってから二時間も経《た》っていない。

そんな料理人に対し、レイは嬉しそうな笑みを浮かべつつ口を開く。

「実は、料理が予想以上の売れ行きでな。その補充に来た」

「へぇ、それは頑張ってますね。まさか、こんなに早くそこまで売れるとは。じゃあ、どうします？　食材を持っていくのに協力しましょうか？」

「アイテムボックスがあるから、その心配はない」

最初はミスティリングの中に食材を入れておくという意見もあったのだが、ミスティリングの中は時間が流れない。

であれば、麦に吸水させるといったことも出来ない。

もっとも、それなら前夜までに吸水させた状態でミスティリングの中に入れておけばよかったのだが、その辺はキュロットのあまりアイテムボックスに頼りたくないという意見から却下となってしまった。

便利なんだから、使えばいいのでは？

レイはそう思ったが、豊漁祭に屋台を出すのはキュロットが非常に楽しみにしていただけに、出来れば他の屋台と同じ条件で楽しみたかったのだろう。

その結果として、こうしてレイが面倒な真似《まね》をすることになっているし、結局のところ食材を運ぶのにアイテムボックスを使うのだから、あまり意味がないような気もするが。

とはいえ、レイもまた、少しくらいこういう楽しみ方をしてみるのもいいと思った。

（こういうの、何て言うんだったか。不自由を楽しむとか。そんなのを何かで聞いたな）

そんな風に考えつつ、レイは厨房の中でミスティリングに各種食材を収納していく。

特に多いのは、やはりイカ飯だ。

イカの一夜干しも結構な売れ行きだったが、それでも屋台の状況からすると、まだ余裕があった。

これはイカの一夜干しを使ったイカのカーテンで屋台を目立たせようと考えていたため、元々屋台の周囲にたくさん一夜干しをストックしていたからである。

……衛生的に、街中でイカのカーテンは大丈夫なのか？　と思わないこともなかったのだが、この世界は日本のように衛生状態を執拗《しつよう》に気にしたりはしない。

もちろん、地面に落とした食べ物をそのまま客に出すなんてことは論外だったが、イカのカーテンのように干しているだけなら何の問題もない。そのくらいの価値観だ。

「さて、取りあえずこれで持っていくのは全部だな。あとは……」

「レイ、ほら。お前も料理を作ってばかりだと、腹が減るだろ。これでも食べて頑張れ」

厨房から出ようとしたレイに対し、そこで昼食や夕食の仕込みをしていた料理人の一人がレイにサンドイッチを渡す。港街だけあって、魚介類がたっぷりと入ったボリュームのあるサンドイッチ。

なお、海の雫亭の料理人たちのレイに対する好感度はかなり高い。

何故《なぜ》なら、レイが自分たちの知らない料理を知っており、そのレシピを隠すことなく教えてくれるのが理由だ。……もっとも、料理の大雑把な概要しか教えられないのだが。

それでも今まで全く思いつかなかったような料理のアイディアをレイが話し、それをどうやって実現するのか試行錯誤するのが楽しいと感じるのは、料理人として当然だった。

「悪い、助かる。……どの屋台も美味《うま》そうな料理を作っていて、匂《にお》いが漂ってくるんだよな」

「あははは。でも、レイたちがやってる屋台も、他《ほか》の屋台にしてみればそういう風に思われてるんだろう？　ならお互い様だと思うけどどな」

サンドイッチを受け取り、それを作ってくれた料理人とそんな会話を交わす。

とはいえ、レイたちの屋台で出しているのはイカの一夜干しとイカ飯、イカと旬《しゅん》の野菜の炒《いた》め物だ。もっと強烈に嗅覚《きゅうかく》に訴えるもの……それこそ串焼《くしや》きとかに比べると、香りの面ではどうしても負けてしまう。

一応イカの一夜干しは表面を炙《あぶ》っているし、炒め物はそれなりに周囲に香りが漂うのだが、それでも串焼きと比べると匂いの強さで勝つのは難しい。

(イカ焼きが出来れば、醤油《しょうゆ》の焦げる香りで圧倒的に勝てそうなんだけどな)

日本の屋台ではお馴染《なじ》みの、イカ焼き。

生地で素材を包むたこ焼きとは違って、本当にイカ本体に醤油を塗って焼いたその香りは、強烈な威力を持っているのだ。

レイもまた、イカ焼きは好きだった。普通に食べても美味いのだが、祭りという特殊な雰囲気の中で食べると余計に美味く感じる。

「とにかく、サンドイッチは助かった。しっかりと味わって食べさせて貰《もら》うよ」

そう言い、レイは厨房を出て、屋台の方に向かう。

そして道を歩きながらサンドイッチを取り出し、周囲の様子を眺めていると、大人だけでなく子供の姿も多いことに気が付く。

豊漁祭というのは、豊漁を祝って……もしくは願って行うものらしい。皆で食べて飲んで騒いでといったような、非常にお気楽な祭りだ。

そんな祭りだけに、子供たちも嬉《うれ》しそうに小遣いを握って走り回っていた。

「あっちに甘いお菓子が売ってるってよ！　早く行こうぜ！　でないとなくなっちまう！」

「待ってよお兄ちゃん！　置いていかないでよ！」

「ったく、しょうがねーな。ほら、手を出せ。人が多いから、はぐれないようにしないとな」

そう言うと、年上の少年は妹と思《おぼ》しき子供に手を伸ばす。

妹はそんな兄の手をしっかりと握り、笑みを浮かべて一緒に人混みの中を走り出した。

そんな兄妹《きょうだい》の姿に平和を感じながら、レイはサンドイッチを食べる。

外側はしっかりと焼き上げておいて、中はふんわりとした食感の白身の魚。かかっている緑色のソースのコクと相性が抜群で、かなり美味い。

白身魚の次は、ホタテに近い食感を持つ貝のサンドイッチ。生臭さが一切なく、なのに魚介特有の海の香りがするような磯《いそ》の味が感じられるよう蒸し上げられており、酸味の強いソースで和《あ》えられている。

それもまた当然のように美味く、すぐにレイの胃の中に収まる。

そして最後のは、エビ。それもパンからはみ出さんばかりのかなり大きなエビが、クルミのような濃厚な味を持つソースと一緒に挟まっていた。

(どうせならエビフライとか食いたいな。……エビの食感って最高だし。パン粉で揚げれば……問題は油か。結構油は貴重品なんだよな)

レイは地球にいた頃《ころ》から、カニよりもエビ派だった。

カニも嫌いではないのだが、エビのプリプリとした食感の方にどうしても惹《ひ》かれてしまう。

何故自分がエビ派になったのかまでは覚えてなかったが。

世間一般には、エビよりもカニの方が美味いと言う人が多いと聞いたことがあるので、自分が少数派だというのは理解している。

（あ、でもこの世界ならまだそこまで派閥は出来てないだろうから、エビフライを広めれば……いや、卵を大量に用意出来ないか。用意出来ても、大商人や貴族の食べ物になるな）

せっかく美味い料理が出来たとしても、高額になってしまえば普及が出来ない。

レイにとって、それは非常に残念な話だった。

そんなことを考えながら歩いていると、ちょうどサンドイッチを食べ終わり……そのタイミングで、レイの視線の先には見覚えのある屋台が見えてきた。

レイがいなくなってからある程度時間が経ったためか、屋台の周囲にはまだ結構な人数が集まっているものの、祭り開始時と比べるとそれなりに落ち着いたように見える。

「それでも、まだこんなに集まってるのは……イカ飯が原因か」

イカ飯が珍しい料理だから、口コミで人が集まっているというのもあるが、最大の理由は、イカ飯がスープとして売られていることにある。正確には、イカ飯が入っているスープ皿に理由があるのだ。

一夜干しはもちろん、イカの炒め物もパンを器にしているので、食べ歩きが出来る。

だが、今回作ったイカ飯はスープという形で売られていて、使い捨て出来るようなトレーではなくスープ皿を使って提供している。そして、イカ飯の値段にはその皿の値段も含まれているため少し高めの値段設定なのだが、食べ終わったあとスープ皿とスプーンやフォークを返却すれば、その分の料金を返して貰えるシステムなのだ。

屋台側としては、戻ってきた食器を洗うという手間が出てくるので、客が大勢いるときはかなり忙しくなる。今も、アロガンが調理の方をスコラとダラーズの二人に任せ、必死になって皿を洗い続けている。

キュロットはと視線を向けると、こちらも必死になって多くの客を呼び寄せていた。

効率を考えれば、客が多くなってきたらキュロットも調理に回り、また客の波が一段落したら客寄せをすればいいのだが……

(あれは完全に客寄せに夢中になっていて、屋台の方は見えていないいな)

なまじスコラやダラーズが客を捌《さば》き切れているので、それもあってキュロットは自分が客寄せに集中しても問題ないと判断しているのだろう。

あるいは、客からチヤホヤされているのが嬉しいのか。

(あまり人が多いところは得意じゃないんだが……食材の補充をする必要もあるし、俺も屋台の方に行くか。忙しそうだしな)

仕方がないと諦《あきら》めて、レイは屋台に向かっていく。

「悪い、待たせたか？　食材の方はしっかりと持ってきたぞ」

「遅いわよ！　ほら、レイも盛り付けを手伝って！」

「あ、出来れば一夜干しの補給お願いしたいんだけど。大分数が減ってきたし」

キュロットとスコラがそれぞれレイに向かって言ってくるが、レイは少し迷い……やがてスコラの頼みを聞き、イカの一夜干しを屋台に飾り付けていく。

そんなレイに不満そうな様子を見せたキュロットだったが、この屋台の一番の売りはやはりイカのカーテンだ。だというのに、そのカーテンは現在かなり隙間《すきま》が目立つようになっていた。

最初からこれがメインだということでかなりの量を用意してあったのだが、それでもイカの一夜干しは予想以上に売れたのだろう。

完全に干した……レイの認識ではスルメのように硬いのではなく、かといって生のまま焼いたイカともまた違う、イカの一夜干しでしか楽しめない独特の食感。

そういう普通とは違う食感が珍しく、イカのカーテンという外見的な珍しさもあって、多くの客が求めに来たのだろう。

レイはミスティリングから取り出したイカを、次々に吊《つる》していく。

（とはいえ、このイカはまだ一夜干しになってないんだよな。……客足がもう少し落ち着けば、干す時間が出来るかもしれないけど。……難しいか）

屋台の前に並んでいる客の列を見ながら、最初からもう少し一夜干しを用意しておけばよかったと反省する。

実際、結構な数を用意してはいたのだが、イカのカーテンの物珍しさやイカ飯の評判によって、屋台にやって来た客の数がレイたちの予想を大きく上回ったのだ。

この辺は、普段屋台で買い物はするが、屋台を出したことのないレイやキュロットたちの経験不足ゆえだろう。

一応料理人のダラーズもいるが、ダラーズはあくまでも宿の厨房《ちゅうぼう》で働いている料理人で、屋台を使った商売をしたことはない。……もしそういう経験があったとしても、今日は普通の日という訳ではなく、豊漁祭という祭りだから、読み違える可能性は大いにあっただろうが。

いつもと違った非日常的なイベントだけに、客の財布の紐《ひも》も緩くなってしまう。

その結果として、レイたちの屋台はかなりの集客力を叩《たた》き出していた。

なお、普通なら近くの屋台が大繁盛しているのは他の屋台にとっては気に食わないものだが……行列に並ぶのを嫌がった客がレイたちの屋台近辺の屋台に流れており、それによって客が増えているので、むしろ好意的だった。

「よし、イカは干したぞ！　ここからここまでが干したばかりのイカだから、注意してくれ」

レイの言葉に、一夜干しを切って焼いているスコラが真剣な表情で頷《うなず》く。

イカが干されている場所はしっかりと確認しているので、間違うことはないだろう。

もっとも、もっと客が多くなってスコラがキャパオーバーしたら分からないが。

「レイ、今度はこっちを手伝って！　洗い物が溜《た》まってるの！」

イカを干す作業が終わるや否や、キュロットがレイに向かってそう叫ぶ。

レイは急いでそちらの方に向かう。

(屋台って、こんなに忙しかったんだな。いや、普通の屋台ならここまで忙しくなかったのかもしれないけど。ただ、どうせやるんだからしっかり成果を出したい)

料理を買う側であった場合は、経験することがなかっただろう忙しさ。

だが、今が祭りだということも関係しているのか、その忙しさは決して嫌なものではない。

レイはそうして屋台を手伝っていたが、不意に屋台に並んでいた客がざわめいたのに気が付く。

何だ？　と疑問に思って視線を向けると、そこには一人の客の姿。初老の男だ。

特別な人物には思えないが、間違いなく客たちは皆、その男を見ている。

「お、おい。何でチーリウさんがここにいるんだ？」

「いや、屋台の味を知る者として有名なチーリウさんだぞ？　むしろ、何で今までこの屋台に来なかったのかが不思議だろ。……チーリウさんは、一体どう評価するんだろうな」

「うーん、でもチーリウさんだぞ？　そう簡単に褒めるようなことは……」

そんな会話がレイの耳に聞こえてくる。

客たちは小声で話しているようだったが、常人よりも聴覚の鋭いレイの耳には聞こえていた。

そして会話から、このチーリウという男がどのような存在なのかは理解出来た。

（いわゆる、批評家とか……そういう感じか？　料理漫画とかでは、そういうキャラもいたけど）

そういう風に納得するレイだったが、相手が有名人だからといってやることは変わらない。

その人物に他の客が順番を譲ったのは若干思うところがない訳でもなかったのだが、客の全員がチーリウに譲るのを許容しており……いや、それどころかチーリウに対して好意的であるのを見れば、客が全員納得しているのに、レイがそれに不満を言うような真似《まね》は出来ない。

そうしてチーリウはイカの一夜干し、イカの炒め物、イカ飯と全《すべ》ての料理を購入する。

基本的に屋台の料理というのは、食べ歩きをするような形式となっている。

しかし、それが嫌で落ち着いて食べたい者や、何よりもレイたちの屋台のように器を返却する必要があったりする場合は、屋台の側《そば》で食べられるように簡易的な椅子《いす》やテーブルも用意されている。

チーリウも近くにある椅子に座り、レイたちの屋台で買った料理を並べる。

まずはじっと料理を観察し、目で楽しめるかどうか、そして食欲を刺激する香りかどうかを確認すると……まず最初に手を伸ばしたのは、中身をくり抜いたパンを器にした、イカの炒め物だった。

炒める際に強火で一気に炒めているので、水分は食材に閉じ込められている。しかし、それでもどうしても時間が経《た》てば食材から水分が滲《にじ》み出てパンを濡《ぬ》らし、最終的にはパンを持っている手を濡らしてしまいかねなかった。

だからこそ、最初にイカの炒め物を選んだのだろう。むしろ、すぐにその可能性に気付いて炒め物を選ぶあたり、食の知識が豊富だということを示していた。

男は、一口、二口、三口……と無言で食べ続ける。

そして一旦《いったん》食べるのを止めると、イカの炒め物が入っているパンをしっかりと見て……また、再び食べ始める。

真剣な表情でイカの炒め物が入ったパンまで食べ終わると、次にイカの一夜干しに手を伸ばす。

イカの一夜干しは、食べやすいように焼いたあと包丁で切られている。

レイが欲しかったマヨネーズはないのでそのまま食べることになるが、塩味はついているので、味が全くしないということはない。

「ふむ」

イカの一夜干しを一口食べたチーリウの口から、感心したような呟《つぶや》きが漏れた。

ざわり、と。

その呟きに、周囲で様子を見ていた者たちがざわめく。

チーリウや他《ほか》の客たちの様子からすると、そんな呟きも大きな意味を持つらしい。

「なぁ、ダラーズ。あのチーリウって人知ってるか？　あんな風に一言漏らしただけで、周囲が驚くほどの人なのか？」

「美食家として有名なのは間違いないですよ」

イカの炒《いた》め物を調理しながら、ダラーズはレイに答える。

チーリウの様子に皆が意識を集中しているときも、ダラーズは自分の仕事をこなしている。

レイたちが屋台で出している料理の中で、調理技術が必要なのはイカの炒め物だけだ。一夜干しは焼けばいいだけだし、イカ飯も盛り付けるだけなのだから。

だからこそ、ダラーズは頑張って自分の仕事をこなしている。

とはいえ、それでもやはりチーリウの様子は気になるのだろう。

調理をしながらも、チーリウの方に視線が向けられている。

この屋台で出している料理のアイディアは、基本的にレイが出したものだ。

だが、レイの出したそのアイディアを売れる料理にしたのは、ダラーズだ。

だからこそチーリウが自分の考えた料理にどう反応するのかが気になるのだろう。

そんなチーリウは、現在イカの一夜干しを食べ終わると、最後の料理であるイカ飯を見ていた。

ハムと野菜で作ったスープの中に、掌《てのひら》よりも少し小さいくらいのイカがまるまる一杯入っているのだ。

そんな巨大な具は、見る者に驚愕《きょうがく》を与えるには十分だった。

イカ飯を受け取ったときにすでに一度見ているのだから、改めて見て再び驚きを露《あら》わにするなんてことはなかったが。

……もっとも、じっくり見たからこそ、屋台飯でこんなに贅沢《ぜいたく》なイカの使い方をするのかとか、何故《なぜ》こんなにイカが膨れあがっているのかとか、改めて興味を持った可能性はある。

「お、いよいよイカ飯を食べるぞ。……さて、食通として有名な人物が、イカ飯をどう判断するのか。個人的には、そこまで心配はしてないんだけどな」

当然の話だが、レイたちは屋台で出す前に味見している。

レイの知っているイカ飯とは随分と違う形になったものの、美味《うま》い料理なのは間違いない。これがイカ飯か？　と言われれば、レイも素直に頷けなかったが。

だがイカ飯という名前で料理を出した以上、少なくともこのソラザスにおいてイカ飯というのは、こういう料理として認識されるのは間違いない。

（もしかしたら、どこか他の場所では正しいイカ飯が伝わってるのかもしれないが）

レイよりも前に、何人もの地球人がこの世界にやって来ている。

彼らの伝えた知識の中に、イカ飯があってもおかしくはない。

……いや、実際にもしそのようなことがあった場合、数多《あまた》ある料理の中で何故ピンポイントにイカ飯？　と疑問に思ってしまうのだろうが。

「ほう、これは……初めての料理だ」

先程までは短い呟きだけだったチーリウが、イカ飯を口に運んで味わうと、その口から初めて感想を漏らした。

ざわり、と。チーリウの様子を見ていた者たちが驚きの声を発する。

チーリウにはそれだけの影響力があるのだろう。

「イカ飯はどうやら成功だったようだな」

レイのその言葉に、ダラーズは嬉《うれ》しそうな笑みを浮かべる。

自分の料理が褒められたのが嬉しかったのだろうか。ダラーズの手捌きにも心なしかエネルギーが溢《あふ》れているように見える。

チーリウの言葉と、ダラーズの料理。その二つを見ていた客たちは、自分たちも早くイカ料理を食べたいと希望し、次々に料金を支払ってくる。

ただし、出せる料理にはそれぞれ速度の違いがある。

イカ飯はもう出来ているので、皿に盛り付けてフォークやスプーンと共に渡すだけ。ダラーズはチーリウに褒められたこともあってか料理の速度が上がっていた。だが……そんな中で、スコラの担当しているイカの一夜干しだけが提供するまでに時間がかかっている。

一夜干しのイカを手に取り、一枚ずつ火で炙《あぶ》らなければいけないのだから、当然だろう。スコラもかなり急いではいるものの、限界はあるというものだ。

「おい、イカの一夜干しはまだかよ！　さっさと焼いてくれよな！」

イカの一夜干しを待っていた客の一人が、不満そうにそう叫ぶ。

ここの住人には漁師が多く、気の短い者も多い。

漁師が全員、気が短い訳ではないのだが、割合で考えればやはり気の短い者が多かった。少なくとも、今この場でレイは客を見てそう思う。

その客は漁師らしく顔が日に焼け、がっしりとした身体《からだ》付きをしている。

まさに海の男という表現が相応《ふさわ》しい、そんな人物だった。

……もっとも、だからといってスコラがそのような男の怒声に怯《おび》えるかと言えば、否だ。

スコラは柔和な顔つきをしているものの、多くの死線をくぐっている冒険者だ。

モンスターの中には、短気な漁師よりもよほど怖い相手が多い。

「もう少し待って下さい。こっちも頑張っています。しっかりと焼かないで、半生のイカを渡す訳にもいかないので。お客さんも、どうせなら美味《おい》しいのが食べたいでしょう？」

漁師はまさか、言い返されるとは思っていなかったのだろう。

一瞬意表を突かれた様子を見せ……そして怒るか、もしくは暴れるか？　とレイは何かあったら飛び出すつもりだったが、すぐに笑い声が周囲に響く。

「はっはっは。そうだな。悪い悪い。今のはたしかに俺が悪かった」

スコラに不満を言っていた男だったが、言い返してきた内容から自分に非があると気付いたのだろう。豪快に笑いながら謝罪の言葉を口にする。

それを見ていた他の客は、危ないこと……具体的にはスコラが言い返したのが気に食わず、男が暴れるといったようなことがなかったことに安心した。

せっかくの祭りなのだから、問題事に巻き込まれるのは誰《だれ》だってごめんだろう。

そうして周囲が安心している間にも、スコラは一夜干しを焼き続け……

「ほう、これは美味いな。これだけ待った甲斐《かい》があった」

スコラから受け取った一夜干しを食べた男は、その味に感心する。

漁師をやっているだけに、自分が一番イカの美味い食べ方を知っていると思っていた。

だが、スコラから買って食べた一夜干しは、イカについては詳しく知っていたつもりの男であっても、予想外に美味いと思う味だったのだ。

（この男は漁師、だよな？　なら沖漬けとかそういうのも……いや、沖漬けは基本的に生で食べるんだったか？　というか、そもそも醤油《しょうゆ》がないと……魚醤でいけるか？）

レイが知っている沖漬けというのは、醤油……もしくは香味野菜を入れた醤油に釣ったイカをそのまま漬けるというものだ。

また、レイがＴＶで見たイカの沖漬けは、醤油に漬けたイカを生で食べるというものだった。生で魚を食べる習慣のないこの世界で教えても、流行《はや》ったりはしないだろう。

（あ、でも別に生で食べる必要はないのか？　沖漬けにしたイカを焼いて食べれば……）

そのような食べ方は、イカの沖漬けを愛する者にしてみれば邪道だと怒られるかもしれない。

しかし、イカ飯をハムと野菜のスープで煮込み、中には米や餅米《もちごめ》の代わりに麦を入れるといったような……それこそ本物のイカ飯を知っている者には『それ、イカ飯？』と言われてもおかしくないような、ローカライズされたイカ飯を売っているのだ。

そうである以上、沖漬けを焼いて食べても構わないのではと思ってしまう。

「俺たちが獲《と》ったイカをこんな風に美味く料理してくれてありがとよ。これで不味《まず》ければふざけるなと怒鳴っていたところだが、これだけ美味ければ文句はねえ」

そう言って男は嬉しそうに笑い、イカの一夜干しを手にその場から去っていく。

それからも、同じようになかなか料理が出てこないことに不満そうにする者はいたが、大きな問題もなく、屋台の料理は無事に……あるいは予想以上に売れていくのだった。


「ふぅ、そろそろ人の数も少なくなってきたな。……昼前は死ぬかと思ったが」

レイは周囲の様子を見て、疲れた様子を隠すこともなく呟く。

この屋台で売っている料理は食事にちょうどいいと考えた者が多かったのか、昼前にはかなりの行列が出来る騒ぎとなり、かなりの忙しさだった。

しかし、今はその忙しさも一段落したところだ。

とはいえ、客が一人もいなくなったという訳ではない。

昼が終わり、多くの者がすでに腹を満たしただろうに、まだそれなりに客が並んでいる。

「お客さんが来てくれるのは嬉しいけど、休む暇もないとはねぇ……。ねぇ、お客さん。お客さんは何で私たちの屋台のことを知ったの？　こう言っては何だけど、ここは特別に目立つような場所でもないでしょ？」

キュロットが客の一人にそう尋ねる。

レイたちが屋台をやっているこの場所は、別に悪立地という訳ではない。だが、屋台にとっての特等席といったような場所ではないのも、事実。

特等席というのはたとえば、ソラザスに入ってすぐの場所や、街の中央付近にある広場の付近、あるいは、港街だから港の側《そば》も人が集まりやすいかもしれない。そういう場所にある屋台は何もしなくても多くの客が集まってくるだろうし、注目も受けやすいだろう。

だが、レイたちの屋台は普通の道端だ。

それなりに客は通るものの、どうしても一等地よりは劣るはずだった。

だというのに、レイたちの屋台には途切れず多くの客が集まっている。

キュロットがそんな疑問を抱くのは当然だろう。

そんなキュロットの質問に、客はしどろもどろになりながらも口を開く。

「えっと、その……チーリウさんが褒めていたから、それでだと思う」

チーリウ？　と一瞬理解出来ない表情を浮かべるキュロット。

昼の忙しさで、午前中に食べに来ていた有名人のことは綺麗《きれい》さっぱりと忘れてしまっていたのだろう。この辺は、キュロットがこの街の人間ではなく外部から来た人間だということが関係している。

もしキュロットがソラザスの人間であれば、かなりの有名人であるチーリウのことを忘れるようなことはまずなかったのだろうから。

「あ、あの人か。褒めてたの？　ここで食べていたときは、そういう感じには見えなかったけど。

……あ、でも珍しいとかそんな風には言ってたわね」

「それが珍しいんだよ。チーリウさんは美食家として有名なんだけど、基本的に評価を口に出したりはしないんだ」

それで美食家……つまり、料理の評価を出来るのか？　と疑問に思ったキュロットだったが、男の様子を見る限りでは問題ないのだろう。

問題がないどころか、実際にこうして自分たちの屋台が流行っているのを見れば、チーリウの影響力は間違いなく予想している以上に高いのだろう。

チーリウから、何か感想を引き出せたことが何よりも凄《すご》いこと、なんだろう。

「そんなに影響力があったのね。……私たちにとっては、繁盛したからありがたいけど」

そうキュロットが口にしたそのタイミングで、セトが喉《のど》を鳴らす音が周囲に響く。

キュロットと話していた客は、今の声は一体何だ？　と疑問の表情を浮かべるも、ふと後ろを見るとこの屋台に近付いて来る数人の男たちの姿を見つけ、顔を引き攣《つ》らせる。

そして、慌てて料理の料金を支払うと、キュロットに素早く声をかけた。

「あの連中は港を仕切っている中でも質《たち》の悪い連中だ。多分、この屋台が繁盛しているのを見て、因縁をつけて金を奪おうとしてるんだと思う。気を付けた方がいい」

そう言い、男は屋台の前から走り去る。

このままここにいては面倒に巻き込まれると判断したのだろう。

それでも最後にキュロットに注意をしたのは、キュロットが美人なだけにこれから来る者たちに酷《ひど》い目に遭わされないよう、隠れた方がいいという気遣いからに違いない。

そんな男の後ろで順番を待っていた者たちも、近付いてくる人物たちに気付くと、次々と逃げ去っていった。

「どうする？　いっそ先制攻撃で先に倒すか？」

アロガンのその言葉に、キュロットは少し考え……やがて首を横に振る。

「止《や》めておきましょう。あの連中は港を仕切っている者たちの一員らしいから、暴力沙汰《ざた》にすると私たちにとって不利な流れになりかねないわ」

「けど……見るからに因縁つける気満々だぜ？　どうするんだよ？　大人しく金を出すってのか？　せっかく働いて稼いだ金を渡すなんてのは、ごめんだな」

アロガンにしてみれば、この屋台をやるために奔走したのはいい思い出だ。

祭りは準備をしているときが一番楽しいとはよく言われることだが、だからといってその祭りの本番で悪意を持った相手のせいで楽しい気分が台無しになるのはごめんだった。

「落ち着きなさい。私たちはこの街の部外者なのよ。この街のやり方があるのならそれに倣うべきだわ」

そんな会話をしているところで、とうとうガラの悪い男たちが屋台の前まで到着する。

「おう、お前たち余所者《よそもの》のくせに、随分と稼いでるみたいじゃねえか」

「そうですね。豊漁祭ということで、お客さんたちにも喜んで貰《もら》えているようです。料理も珍しいものを用意した甲斐《かい》がありましたね」

キュロットにしては珍しい、猫を被《かぶ》った態度。

キュロットの素の性格を知っているレイたちにしてみれば、似合わないと思うのだが、それはあくまでもレイたちだけだ。

「そうか、そうか。繁盛してるようで何よりだ。だがな……」

そこで一旦《いったん》言葉を切った男は、次の瞬間にはキュロットを睨《にら》み付ける。

「港を仕切っている俺たちに挨拶《あいさつ》もないってのは、どういうつもりだ？　ああっ⁉」

そう叫ぶ男の態度には、一種の慣れがある。

それはつまり、普段からこのようなことをしているからなのだろう。

屋台の中からそれを見ていたレイだったが、その手はアロガンの肩を押さえている。

キュロットに絡んでいる相手が気に食わず、前に出ようとしているのだ。

あるいは、キュロットに自分のいいところを見せたいのか。

ともあれ、今はキュロットが大人しく相手をしているのだから、ここは任せようと考えたレイは、アロガンが動かないように押さえていた。

本来なら、レイもあのような相手に侮られるのは面白くない。

面白くないが、ここは自分のホームであるギルムではないのだ。

もしここで暴れた場合、自分だけならともかく他《ほか》の者たちにも迷惑をかけることになるかもしれない。そう思えば、今この場で騒動を起こすのは不味いと思えた。

「アロガン、今は我慢して」

スコラもまたレイと同じ結論に至ったのか、飛び出しそうなアロガンを押さえる。

もしこの場にギルムでのレイを知っている者がいれば、その我慢強さに驚いただろう。

外見があまり強そうに見えないこともあり、行く先々で喧嘩《けんか》を売られては完膚なきまでにやり返していたレイだ。

もっとも、レイがギルムに来た当初ならともかく、今のレイはギルムでも十分に有名となっており、ちょっかいをかけてくるのは、新参者かレイの噂《うわさ》を知っていても本人を見たことがないような者たちに限られてきていたが。

屋台の後ろでそのようなやり取りをしている間にも、キュロットと男たちとの会話は続く。

「俺たちに挨拶がなかったのは……そうだな、売り上げを半分寄越《よこ》せば、許してやるよ。ああ、それと姉ちゃんは俺たちにちょっと付き合って貰うけどな」

ピキリ、と。その言葉を聞いたアロガンの額に血管が浮き上がる。

アロガンはキュロットと仲間であると同時に、女として意識していた。

本人がそれを理解しているかどうかは、別の話だが。

そんなアロガンだけに、男たちがキュロットに対して露骨にそういう行為を強要している様子を見れば、我慢出来るはずもない。

「止めて下さい。私たちはきちんと許可をとってここで屋台をやっています」

「うるせえ。上が許可を出しても、俺たちが許可を出さなければ、屋台はやれねえんだよ!」

キュロットが言い返したのが面白くなかったのか、男は脅すように叫ぶ。

しかし、キュロットは普段からもっと恐ろしいモンスターとやり合っている。

あるいは平気で人を殺す盗賊の討伐にも何度も参加しているのだ。

キュロットに限らず、ある程度の強さを持つ者なら、相手がどれだけの力を持っているのかは推測出来る。

そしてキュロットが見た限り、男たちはせいぜい喧嘩慣れをしているといった程度だ。威勢はいいものの、それが見かけ倒しであるというのは明らかだ。

もしまともに戦った場合、それこそキュロット一人で全員を倒すのは難しくない。

しかし問題なのは、それを分かっているのが屋台側の者たちだけだということだろう。

キュロットに絡んでいる男も、その仲間たちも、まさか自分の前にいる華奢《きゃしゃ》とも言える女が、全員で襲いかかっても勝てるはずのない相手だと、分かるはずがないのだ。

（ある意味幸せな奴《やつ》らだよな）

いつもは革鎧《かわよろい》を来て冒険者らしい格好をしているキュロットだが、今日の役目はあくまでも屋台の客引き。服装は一般人らしいもので、冒険者とは思えない。

それに気が付かないで因縁をつけているのだから、男たちを幸せな奴らと認識してしまう。

しかし……そんな風に考えていたレイは、不意に聞こえてきた怒声で我に返った。

「てめえっ！　舐《な》めてんのか⁉　俺たちを敵に回していいと思ってんのか⁉」

レイが考えごとをしていた少しの間に、一体何があったのか。

気が付けばキュロットに絡んでいた男は顔を真っ赤にして怒鳴っていた。

その怒鳴り声を聞けば、顔が赤いのは恥ずかしさといったものではなく、怒りから来るものなのは間違いないだろう。

（この短時間で一体何があった？　……いや、本当に）

先程までは、キュロットが男の言葉を受け流していたように見えた。

しかし、今はとてもではないがそのようには見えない。

それどころか、キュロットの身体《からだ》からは険悪な雰囲気が発されている。

「なぁ、おい。ちょっと考えごとをしてたんだけど、この短い間に何があったんだ？」

周囲には聞こえないように、レイはそっと近くのスコラに尋ねる。

スコラはそんなレイの言葉に少しだけ遠い目をしながら口を開く。

「その、ですね。キュロットに絡んでいる男が、キュロットに向かって身体的な特徴を馬鹿《ばか》にするようなことを言ってしまって」

「身体的な特徴？」

「ええ。貧乳、と」

「あー……うん。キュロットってそういうのを結構気にしてるんだな」

レイは険悪な雰囲気を漂わせているキュロットを見て、そんな風に呟《つぶや》く。

レイから見て、キュロットは別に巨乳という訳ではないにしろ、貧乳と言うほどでもないように思える。

あくまでも服の上から見た感想なので、もしかしたら着痩《きや》せをしている可能性もあるが。

そんなキュロットだったが、自分の体形について気にしていたらしい。

しかも気の置けない同性の友人同士の軽口ではなく、男……それも顔見知りでも何でもなく、それどころか自分の立場を利用して自分たちから売り上げを奪い、さらには手を出そうとしているような、そんな下劣な男。

そのような相手に貧乳と言われ、キュロットが我慢出来るはずもない。

（これは、もういっそ暴れさせた方が……）

いいかもしれない。そう思ったレイだったが、それを口にするよりも前に事態は動く。

それも悪い方へと。

「ふざけるな、このクソアマがぁっ！」

キュロットと言い合いをしていた男は、口ではどうやっても勝てないと判断したのだろう。

暴力で相手を怯《おび》えさせようとし、大きく振るわれたその腕は……出し物であるイカのカーテンと、それを干していた場所に当たった。

木が折れる音がし、同時に干されていたイカが地面に落ちる。

それだけなら、拾って洗うなりゴミを取るなりすればまだ食べることが出来ただろう。

さすがに売り物には出来ないものの、レイたちが自分で食べる分には何も問題はない。

だが、キュロットに対して怒り狂っていた男は、地面に落ちたイカの一夜干しを思い切り踏んでしまった。

それこそ、踏んだ衝撃でイカの身が裂けるくらいの勢いで。

その光景を見た瞬間、アロガンの肩を押さえていたレイの手に力が入り……

「痛っ！　ちょっ、おい、レイ……？」

アロガンは肩に痛みを覚え、慌てたようにレイの方を見て……その動きを止めた。

ドラゴンローブのフードを被っているので、レイの表情の全《すべ》てを見ることは出来ない。

だが、それでも分かることが一つだけあった。それは、明らかにレイが怒っているということ。

キュロットが絡まれているときは、いざとなればキュロットが男をどうにでも出来るという思いから、絡んでくる男たちに不愉快さは感じていたものの、自分が直接出るような真似《まね》はしなかった。

だが、イカの一夜干しを叩《たた》き落とされ、さらに踏みつけられれば、許容出来るはずもない。

今回の料理は、レイがアイディアを出したものの、実際に食べられるようになるまではキュロットたちと一緒になって、ああでもない、こうでもないと試行錯誤して出来たものだ。

その努力の結晶を、客たちが美味《うま》いと喜んで食べているのは、見ていて嬉《うれ》しかった。

だがそれを、男たちは叩き落とし、踏みにじったのだ。

許せるか？　否《いな》、どうあっても許せない。そう判断したレイは、前に出る。

「え？　ちょ……おい、レイ!?」

アロガンは今まで自分が暴走しないようにと押さえていたレイが、いきなり自分から手を離して屋台の前に出ていったのを見て、慌てて呼びかける。

まさかこのタイミングでレイがそのような真似をするとは、思わなかったのだろう。

そして何よりも、アロガンが見たレイは明らかに怒っていた。

この状況でレイが暴走するようなことになった場合、絡んできた男たちは最悪の結末を迎える可能性もある。

そう判断したアロガンは、今度はキュロットを助けるためではなく、男たちを助けるために動く。

そんなアロガンの様子を知らないレイは、イカの一夜干しを踏んでいる男の前に立つ。

小柄なレイが自分の前に立ち塞《ふさ》がったのを見た男は、呆《あき》れたような様子で口を開いた。

「何だ、お前？　今その女と話してるんだ。お前は邪魔だからどこかに行け」

小柄なレイを子供と勘違いしたのか、そう言って睨み付ける男。

普通の子供なら、そんな強面《こわもて》を前にすれば怖くなって逃げ出してもおかしくはない。

そこまでいかなくても、怖がって足を震えさせて動けなくなってもおかしくはなかった。

しかし、レイはそのどちらでもなく、落ち着いた様子で……苛立《いらだ》ちを込めて口を開く。

「お前、一体何を踏んでいるのか分かってるのか？　それは俺たちが苦労して作った料理だ。それを踏みつけるなんて真似をして……ただですむと思ってるのか？」

「っ⁉　……はっ、このガキ、随分と偉そうだな。俺が誰《だれ》なのか知っててそんな態度なんだろうな！　ああ⁉　あんまりふざけてるとぶっ殺すぞ！」

一瞬ではあったがレイの気迫に怯《ひる》んだのが、自分でも許せなかったのだろう。

男はレイに向かってそう怒鳴りつけるが……そんな男の様子を見ていたキュロット、アロガン、スコラは、それぞれ天を仰ぎ見る。

キュロットたちにしてみれば、まさに自殺行為としか思えなかったのだ。

レイの強さは、キュロットたち全員が知っている。それこそ三人全員で戦っても、レイには絶対に勝つことは出来ないし、傷すらもつけられないだろうと、そう思えるくらいの強さを持つ。ましてや……

「グルルルルルルゥ」

レイを殺すといった言葉が聞こえたのだろう。今まで成り行きを見守っていたセトが、威嚇で喉《のど》を鳴らしながら起き上がり、屋台の前に姿を現す。

「ひぃっ！」

小柄なレイや女のキュロットを相手にしたときは強気だった男も、体長三メートル近いグリフォンのセトを前にしてしまえば、今までと同じような態度を取ることは出来ない。

思わずといった様子で喉から悲鳴を上げ、数歩下がる。

男の仲間たちも、まさかいきなりグリフォンが出てくるとは思ってもおらず、怯えの声を発していた。

中には、それこそ衝撃が強すぎたのか腰を抜かしている者の姿もあった。

だが、そんな相手に対しセトはゆっくりと歩いて近付いていく。

セトにしてみれば、自分の大好きなレイを殺すと、そう言ったのだ。

とてもではないが、許せる相手ではない。

「さて、俺を殺すんだったな。そんな風に言われたからには、俺も抵抗する必要がある」

そう言い、レイはミスティリングの中からセトと同じく自分の代名詞の一つでもある大鎌……デスサイズを取り出す。

グリフォンのセトと、レイの持つデスサイズ。

そんな組み合わせを見たところで、レイたちに絡んでいた男の仲間の一人が不意に思い出す。

「深紅……深紅のレイ⁉」

男は、少し前から深紅の異名を持つ冒険者が、ソラザスにいるという噂を聞いていた。

噂が噂止まりだったのは、レイがセトを連れて外に出るといったことをあまりしなかったのも理由だし、それ以外にもやはり豊漁祭が近いということで、そちらに集中している者が多かったというのが大きかった。

とはいえ、もし本当に男たちが、自称しているような重要な役職の人間なら、ギルドに連絡をとって重要人物や要注意人物の情報を集めていたことだろう。

しかし、噂を確かめもせず放置し、さらにローブにフードというレイの姿を見ても何も気付けなかった時点で、この男たちの能力は推して知るべし。

そうして男たちがレイとセトの存在に驚いている間に、セトは男たちが逃げ出さないように後ろ側に回り込む。

「さて、これで逃げられなくなった訳だが……どうするつもりだ？　もちろん、俺と戦うつもりならそれはそれでいい。あるいはセトと戦うのでもいいし……俺たちと纏《まと》めて戦うのでもいい」

そう告げるレイは、手の中でデスサイズを軽く回してみせる。

「ひぃっ！」

キュロットに絡んでいた男は、自分のすぐ近くを通ったデスサイズの刃《やいば》に恐怖の声を上げる。

港を仕切っている組織の一人として、その権威を使って屋台から金を奪い、あるいは気に入った女がいた場合はその女に対して力ずくでことに及ぶといった真似も珍しくない。

そんな男だったが、自分の権力が全く及ばない相手に対峙《たいじ》したのは、これが初めてだった。

男のすぐ側《そば》を通りすぎたデスサイズの刃が持つ迫力は、レイがその気になればあっさりと男を斬《き》り裂く……いや、デスサイズという名前の通りに男の首を刈り取ってもおかしくない。

そして、レイは男に対して怒りの表情を浮かべて視線を向けている。

このままでは死ぬかもしれない。半ば本能的にそんな風に思った男は、咄嗟《とっさ》に口を開く。

「い、いいのか！　俺を傷つければ、この街で暮らせなく……」

「暮らす？　俺は別にこの街の住人じゃない。俺は偶然ここに来ただけだ。そんな俺がこの街で暮らせなくなるのを惜しむと思うか？」

馬鹿なのかと言っているようなレイの冷たい視線を浴び、とうとう男は最後の虚勢を手放した。

「ひっ、ひぃっ！　た、助けてくれ！　謝る！　金なら渡す！　だから、頼む！」

目の前を通ったデスサイズは、男にとってそれだけ脅威だったのだろう。

レイのデスサイズを見て、男の股間《こかん》が濡《ぬ》れていく。

そんな男の、あまりにみっともない様子にレイは怒りが自然と薄れるのを感じた。

こんな相手にここまで本気で怒るのは、むしろ馬鹿らしくないのか？

そう思ってしまったのだ。

一気に白けてしまった気分に、さてどうするかと考える。

白けてしまいはしたが、それでも目の前にいる男がレイたちの作った料理を踏みにじったのは間違いのない出来事なのだ。

腕の一本や二本でも切断して終わりにするか？

レイは自分でも物騒だと思いながらも、考えるのが面倒だしそうするかとデスサイズを振るおうとし……

「待ってくれ！」

不意に周囲に響いた声に、レイはデスサイズを振るう手を止める。

「え？　……ひぃっ！」

全く気が付かないうちにデスサイズの刃が自分の肩に触れていたのに気が付き、悲鳴を上げながら後ろに下がっていく男。

もう数秒……いや、一秒にも満たない時間、レイに声がかけられるのが遅れていれば、間違いなく男の腕は肩から切断されていただろう。

それを止めた者に、レイは視線を向ける。

すると先程の声の主は、数人の部下を連れてそこに立っていた。

一目見ただけで、それなりの人物であると認識出来るような、そんな男。

年齢は五十歳くらいなのだが、その身体《からだ》は鍛えられており、赤銅色という表現が相応《ふさわ》しいくらい日に焼けていた。

「誰だ？」

「お前さん……いや、レイさんに絡んだその馬鹿《ばか》の上司だよ」

レイさんと、そう男がレイに呼びかけたのを聞いて、男の部下や今にも腕を切断されようとしていた男や、その仲間たちまでもが驚きの表情を浮かべる。

そんな様子を見る限り、恐らく普段はそのような言葉遣いをしない人物なのだろうというのはレイにも想像出来た。

「へぇ……それで？　この連中の仇討《あだう》ちか？　それならそれで構わないけど」

「いや、そんなつもりはねえ。この馬鹿どもが屋台から金を巻き上げてるって話を聞いてな。それを止めに来たんだが……まさか、こんなことになっているとは、少し驚いた」

男の言葉は、今適当に話を作ったといった様子ではなく、真実を言っているように思えた。

新たな敵がやって来たのかと思っていたレイだったが、意外そうな様子で武器を下ろす。

「なるほど。どうやらこの連中と一緒にしていいような相手じゃないらしいな」

「いや、こいつらを好き勝手にさせていたんだから、一緒だと言われても反論はねえよ」

「親っさん！」

男が引き連れていた部下の一人が、驚いたように叫ぶ。

「こんな恥を晒《さら》してしまったんだからな。……ああ、俺はレイさんの名前を知ってるが、レイさんは俺の名前を知らないか。港を仕切っているグリルだ。馬鹿が馬鹿をやって迷惑をかけたな」

グリルはそう言い、深々と頭を下げる。

そして再び部下たちは『親っさん⁉』と揃《そろ》って驚きの声を発する。

男たちにしてみれば、グリルがこのように頭を下げる姿は見たことがないか……あるいは見たことがあっても、非常に少ないのだろう。

それはレイにも見た感じで大体理解出来た。

「……で？　頭を下げてそれで終わりなのか？」

「いや、そんなことはねえ。馬鹿をやった連中にはしっかりとケジメをつけさせる。だから……ここは俺の顔に免じて許してやってくんねえか」

ケジメというのが具体的にどういうものなのかは、レイにも分からない。

だが、絡んできた男たちが絶望の表情を浮かべているのを見れば、かなり厳しい処罰なのだろうと予想出来た。

「レイ、いいんじゃない？　私も色々と頭にきてたけど、この様子を見れば……ね」

キュロットの言葉に、レイは少し迷う。

今回の一件で、一番不愉快な思いをしたのは間違いなくキュロットだ。

そのキュロットが、相手に任せればいいと言うのだから……そうなると、レイも無理は言えない。

もちろん、イカの一夜干しを無駄にされたことを許せる訳ではないのだが。

「そうだな。なら……取りあえずこの連中が駄目にした商品は買い取って貰《もら》うか。これは俺たちが頑張って作ったんだから、きちんと食ってくれよ」

そんなレイの言葉に、グリルは地面に落ちているイカの一夜干しを見る。

地面に落ちた上に踏みつけられたそのイカの一夜干しは、とてもではないが食べられるとは思えない。……いや、もちろん腹を壊す覚悟があれば食べられるかもしれないが。

しかし、商品として売っていたイカの一夜干しをそのようにしたのは、間違いなく絡んできた男たちだ。そうである以上、この件についてはこのままという訳にはいかなかった。

グリルもレイが自分の売っている食べ物に拘《こだわ》りを持っているのは分かったのだろう。

素直に金額を……それも迷惑料も込みで少し多めの金額を支払う。

「これで許してやってくれないか？」

グリルにここまでされれば、レイもこれ以上は何も言えなくなる。

一応といったように、他《ほか》の面々にこれでいいか？　と視線を向けるが、キュロット、スコラ、アロガンの三人は即座に頷《うなず》き、そしてダラーズはこの街の住人だけあってグリルのことを知っており、全く問題はないと激しく頷くのだった。

「分かった。じゃあ、それでいい。……下の者の恥は上の者の恥だ。それを理解した上できちんと教育しろよ」

「ああ、分かってるよ。……そうだな。これだけじゃなんだし、そっちのイカ飯というのか？　その料理もくれ。持って帰って食うよ」

その言葉に、レイはダラーズの方に視線を向ける。

するとそんなレイの視線を向けられたダラーズは、すぐにイカ飯の準備を始める。

イカ飯を注文する者のほとんどは、屋台のすぐ側にある椅子《いす》やテーブルで食べ、そして食べ終えると使った皿や食器を返してその分の金額を返して貰っていた。

だが、別に皿や食器を買い取っても問題はない。

「ど、どうぞ」

ダラーズがグリルに向かってイカ飯の入った皿を渡す。

「おう、悪いな。……今回の一件は迷惑をかけた。豊漁祭を盛り上げてくれたってのにな」

「いえ、今回の件はともかく、グリルさんがいるおかげでソラザスが上手《うま》くやってこられたって話はよく聞きますし。その……そういう意味では、問題ないと思います」

「そうか。そう言ってくれると、俺も嬉《うれ》しいな。お前さんたちにはあとでたっぷりと土産を持たせてやるから期待していてくれ」

ダラーズの言葉が本心からのものだと理解したのだろう。グリルは男臭い笑みを浮かべる。

そしてレイたちに土産を渡すと言うと部下にイカ飯を渡し、他の部下に絡んできた男たちを連れていくように指示をして去っていく。


このあとは幸いにも特に騒動らしい騒動もなく……それどころか、他の屋台にも迷惑をかけていた男たちを懲らしめたという話が伝わり、多くの客が屋台に集まることになる。

また、グリルがイカ飯をかなり気に入ったのか、グリルの部下が何度か追加でイカ飯を買いに来たのだが……それでも、場所の問題であったり、珍しい料理だからと警戒した者も多かったせいで、最終的な売り上げの順位は三位となった。

健闘はしたものの、一位を取るというキュロットの目標は叶《かな》わなかったのだ。

キュロットは悔しがっていたが、レイは屋台をやるという意味で十分に祭りを楽しめたし、何よりもグリルがお土産として大量の海産物を用意してくれたので、十分満足だったが。

第二章　ガラリアの祭事

ソラザスで祭りを楽しんだレイは、現在何故《なぜ》か山の上を飛んでいた。

祭りも終わったので、そろそろギルムに戻るか、もしくは他の港街に行って魚介類を確保しよう……そんな風に思っていたのだが、そこにソラザスのギルドから緊急の依頼をこなして欲しいと要求されたのだ。

依頼の内容は届け物なのだが、出来るだけ早くということでレイが選ばれたらしい。

また、届けるのは何らかの祭事に使う道具で、壊さないように運ぶ必要もある。

セトがいるので空が飛べて、地上を移動するよりも圧倒的な速度で移動出来て、さらにはミスティリングがあるので祭事で使う道具を壊さないという点もあってレイが適任だった。

もしレイがギルドの立場でも、同じように考えるだろう。

……もっとも、レイとセトは微妙に方向音痴気味で、しかもトラブルを引き寄せもする。

道中実際に、盗賊団に襲われている馬車を見つけ、それを助けて盗賊団を壊滅させ、盗賊団を犯罪奴隷として売り払い、盗賊団の溜《た》め込んでいたお宝を入手している。

レイの趣味……と言うのはどうかと思うが、一種のライフワークに近い盗賊狩りをやったのだ。

そのように道草を食っても、セトがいるので総合的に見れば目的の場所……山の中にあるガラリアという村に到着するのは、早かった。

「うっ、うわあああああああっ！」

……セトに驚いた門番が悲鳴を上げるといったようなハプニングはあったが。

それでも村の中には無事に入ることが出来て、ギルドに向かう。

「こういう山の中の村でもギルドがあるって、便利だよな」

「グルルゥ？」

村の中を歩きながらレイが呟《つぶや》くと、セトがそう？　と小首を傾《かし》げる。

セトにしてみれば、門の前で人に驚かれたのが少しショックだったのだろう。

今までだって何度も同じ反応をされてきたし、初めて見るランクAモンスターのグリフォンに驚かない者の方が珍しいのだが、ソラザスでは怖がるより可愛《かわい》がってくれる人の方が多かったので、久しぶりの拒絶がショックだったのだろう。

「ほら、元気出せ。慣れれば多分可愛がってくれると思うから。……それにしても、祭事って話だったからてっきり祭りかと思ったんだけど、どうやら違うみたいだな」

村の中では、ソラザスの豊漁祭と違って特に屋台の準備をしているといった様子はない。

それこそ、普通に生活している者がほとんどだった。

……レイが周囲の様子を見ているように、村の住人たちもレイとセトを見ている。

ただし、その視線の中には好奇心と同時に、排他的なものもあった。

(この辺は港街のソラザスと山の中の村のガラリアの違いだよな)

港街ということで、ソラザスは多くの者が集まってくる。

それこそベスティア帝国からの船もやって来るし、ミレアーナ王国の他の街……あるいは都市といった場所から船がやって来ることも多い。

結果として、ソラザスの住人は他の場所からやって来た者たちと接する機会が多くなり、寛容な性格をしている者も少なくない。

セトが比較的すぐに受け入れられたり、ソラザスの住人ではないのにあっさりと豊漁祭に屋台の出店を許可されたりしたことを考えれば、分かりやすいだろう。

そんなソラザスと比べると、このガラリアという村は山の中にあり、他の村や街との交流は一切ない……という訳ではないのだろうが、それでも閉鎖的な面が強いのは間違いない。

(こういう場所だと、面倒なことが起きやすいんだよな。さっさとギルドで用事をすませて出ていった方がいいか)

周囲からの視線に面倒なことが起きないといいんだがと思い、村の中を歩き……やがてギルドを見つける。これが街中なら誰《だれ》かに聞いたりしないと分からなかったのかもしれないが、村という小さな場所だけに、どうしてもギルドは目立つのだ。

「じゃあ、セト。俺はギルドで用事をすませてくるから、いつもみたいにここで待っててくれ。……多分大丈夫だとは思うが、もし危害を加えるような相手がいたら、殺さない程度に反撃してもいいからな」

そんなレイの言葉に喉《のど》を鳴らすセト。

そんなセトを一撫《な》でしたレイは、ギルドに入る。

ギルドの中を見るが、冒険者の数はそんなに多くはない。

祭事があるということで、冒険者が忙しいのか？　と思ったレイだったが、村の中を見た限りでは、冒険者がやる仕事があったようには思えない。

（だとすれば、単純にこの村には冒険者の数が少ないとか？　……まぁ、村だしおかしくないか）

このガラリアという村の住人がどれくらいなのかは分からない。

ギルドがある以上、それなりの……それこそ周辺にある村よりも住人の数は多いのだろうが、それでもやはりここに来るより前にいたソラザスと比べるとかなり劣るだろう。

それはギルドにいる冒険者の数が証明していた。

そんな風に周囲の様子を見ていると、当然ながら他の冒険者たちもレイを見る。

正確には一体どういう奴《やつ》なのかと品定めをしているといった方が正しい。

そして外見だけでレイを判断した者たちは、鼻で笑ってレイから視線を逸《そ》らす。

中にはレイの実力を見抜くといったところまではいかないものの、それでも何かレイに対して違和感を覚える者もいた。

レイが着ているドラゴンローブもマジックアイテムの一種であり、認識隠蔽《いんぺい》の効果があるものだから、視界に入れているはずなのに何故か意識が逸れそうになるという違和感があるのだろう。

また、レイが持つ魔力量は常人を遥《はる》かに上回るものであるため、魔力を感じられる魔法使い職の中には、レイを見ただけで卒倒する者もいるほどだ。

ともあれ、ここのギルドにはそれほどの実力者はいないらしい。彼らの視線は気にせず、カウンターに向かうことにする。

大きな街のギルドであれば、カウンターに受付嬢が複数いることは珍しくない。

レイが拠点としているギルムのギルドでも、受付嬢は十人くらいいるのだから。

しかしガラリアのような小さな村では冒険者の数が少ないので、受付嬢も一人で十分のようだった。

また、基本的に受付嬢は冒険者たちに少しでもやる気を出させるために、外見が整っている者が選ばれることが多いのだが、ガラリアのギルドの受付嬢は普通の村娘といった外見だった。

「いらっしゃいませ。依頼でしょうか？」

「違う。俺は冒険者のレイだ。ソラザスのギルドからの依頼で、祭事に使う道具を持ってきた」

そう言い、ギルドカードを出すレイ。

それを見た受付嬢は、一瞬そのギルドカードの意味が分からず……

「ヒクッ！」

理解すると、驚きのあまりかシャックリをする。

「し、失礼しました。ですが……ランクB冒険者ですか。初めて見ました」

ざわり、と。受付嬢の話を聞いていた冒険者たちがざわめく。

特にざわめいたのは、レイが雑魚だろうと最初に判断した者たちだろう。

自分でも楽に勝てると思った相手が、実は自分よりも圧倒的に上の存在だった。

……そんな状況が許せず、レイに絡んでレイはやはり雑魚だと示そうとした者が数人いた。

「ああ、ギルムのレイだ」

しかし、レイという名前を聞いた者が、その動きを止める。

このような山奥にある村にまでベスティア帝国との戦争の噂《うわさ》は広がっており、その戦争で活躍し、深紅の異名を持つようになった冒険者・レイについても知っている者がいた。

冒険者だからこそ、同じ冒険者としての情報を集めるのは当然であったし……こんな山奥の村だけに、聞こえてくる噂というのは大勢の楽しみの一つだ。

「で、そろそろ祭事に使う道具、祭器を受け取って欲しい」

「あ、すみません。失礼しました。……その、祭器はどこに？」

レイが手ぶらでいるのを見た受付嬢は、不思議そうに尋ねる。

それは他の冒険者たちも同様で、一体どこに祭器を持っているのだ？　と疑問に思う。

いや、祭器だけではなく、レイの象徴とも言われている大鎌も持っていない。

もしかして、レイという同じ名前ではあっても、深紅の異名を持つ冒険者ではないのでは？

そんな風に考えた者も多かったのだが、次の瞬間レイはミスティリングから一枚の皿を……祭器を取り出す。

大きさは人の顔が二つ入るといったくらいの皿。その皿そのものもかなり緻密《ちみつ》な絵が描かれており、皿の下には金属で作られた足のようなものが接着され、祭器というだけあって、ただの皿とはとても思えない。

最初、それを見た者たちには一体何がどうなっているのかは分からなかった。

それこそ何もない場所から、いきなり祭器が現れたかのようにすら思ってしまう。

「これがソラザスのギルドから運ぶように依頼があった祭器だ。確認してくれ」

「え？　あ、はい。その……ちょっと待って下さい」

受付嬢は混乱していたものの、自分の仕事をしっかりこなさなければならないと、改めてレイがミスティリングから取り出した祭器を確認していき……やがて頷《うなず》く。

「ありがとうございます。こちらで間違いありません。傷もありませんし。どうやら貸し出されていた間もしっかりと扱われていたようですね。研究のためとはいえ、祭器を貸し出すのは少し心配だったのですが……これなら問題ないと思います」

完璧《かんぺき》ですと笑みを浮かべながらそう言うと、受付嬢は書類にサインをして依頼を完了とする。

報酬——決して高額ではないが——を貰ったレイは、ちょうどいいので祭事について受付嬢から話を聞くことにする。

「それで、この祭器を使う祭事ってのはどういうのなんだ？　屋台とかそういうのが出たりしないのか？　出来ればこの辺りの名物料理とか食べたいんだけど」

そんなレイの言葉に、受付嬢は困ったような表情を浮かべてから口を開く。

「この村で行われる祭事は、恐らくレイさんが思っているような祭りとは違います。屋台とかそういうのは出ませんし、実際に祭事に参加するのも村の住人だけですから」

「……そうなのか？」

受付嬢の言葉は、完全に予想外のものだった。

ソラザスの豊漁祭では屋台を出す側になり、他《ほか》の屋台を楽しむことは出来なかった。

もちろん、屋台をやったことそのものは後悔していない。

客側ではなく、屋台で売る側になったことは、レイにとっても貴重な経験だった。

キュロットたちと共に屋台で売る料理を考え、それを試作して、ああでもない、こうでもないと話をしながら料理を完成させていくのは、間違いなく楽しかった。

特にイカ飯は、恐らくソラザスの新名物として周辺に広がってもおかしくはない。

ともあれ、ソラザスではあまり名物を堪能《たんのう》出来なかったから、ここでは山村であるがゆえの名物料理……具体的には、この山の周辺にいる動物や鳥、あるいはモンスターを使った料理を楽しめないかと、そんな風に期待していたのだ。

しかし、受付嬢の口から出た説明は、レイをがっかりさせるには十分だった。

「はい。申し訳ありませんが、祭事まで残っていてもレイさんの期待に添えるかは……」

そこまで言った受付嬢だったが、レイがあからさまに落ち込んだ様子を見て、何かを言わないといけないと考える。

これでレイが筋骨隆々の大男なら、そこまで気にするようなこともなかっただろう。

しかし、小柄なレイを見て一種の保護欲のようなものが湧《わ》いてしまったのかもしれない。

これでレイがドラゴンローブのフードを脱いで、女顔と呼ぶくらいに整った顔を見せていれば、顔の下半分くらいしか見えていない今よりも受付嬢はもっとレイに対して親切にしていただろう。

「あの、そのですね。祭事には参加出来ませんが、祭事では山の神に捧《ささ》げる料理を作る料理人がいまして……その料理人の店でなら美味《おい》しい料理を食べられるかもしれませんよ」

その受付嬢の言葉は、レイにとって救いの一言だった。

セトに乗って空を飛んできたので、移動時間はそこまでかかっていない。

だが、たとえ移動時間が短くても、やはり遠くまで来たという認識はある。それだけに、出来れば特別な何かはあって欲しいと思うのだ。

ソラザスで豊漁祭があっただけに、余計にそのように思うのかもしれないが。

「その店ってどこにあるんだ？」

レイの声に元気が戻ってきたことで、受付嬢は嬉《うれ》しそうに店の場所を教える。

そんな受付嬢とレイに対し、周囲で様子を見ていた者の数人は何か言いたそうにしていたが……

結局その者たちが何かを言うよりも前に、レイはギルドを出ていく。

「グルゥ！」

ギルドから出たレイを見て、セトは嬉しそうに喉を鳴らす。

いつもなら自分が寝転がっていれば誰かが一緒に遊んでくれるのに、このガラリアにおいては誰も一緒に遊んでくれなかったからだ。

遠巻きにして見てはいるのだが、それはセトに興味を持つというよりはセトが暴れないかどうかを警戒しているかのような、そんな様子だった。だからこそ、セトはレイが早く戻ってきてくれて嬉しかったのだろう。

「セト、美味《うま》い料理を食べさせてくれる店を教えて貰《もら》ったから、そっちに行くぞ」

レイの言葉に嬉しそうに喉を鳴らし、レイはセトと共に村の中を移動する。

幸いにも、この村の中ではそんなに飲食店が多くはないので、レイが方向音痴気味だとはいえ、道に迷うようなことはなかった。しかし……

「ん？　何だか店の雰囲気が……それに見た感じ、客の姿もないようだし……何でだ？」

昼過ぎという時間を考えれば、客の数が少ないのは仕方がないだろう。

しかし、それでも料理が美味い店だという話が本当なら、客の数人はいてもいいのではないか。

そんな疑問を抱きつつ、レイはセトと共に店の前までやって来る。

だが、レイは店の前までやって来たことで、余計に疑問を感じた。

中から全く料理の匂《にお》いがしてこないのだ。

それはつまり、今日は店をやっていないということを意味している。

（マジか……ここまで来たのに、店がやってないって……）

祭りがあると期待していて、それが実はレイが思っていたような祭りではないと教えられてがっかりし、それでも腕のいい料理人のいる店を教えて貰って期待してここまで来て、そうしたら店はやっていない。

さすがのレイも、これはダメージが大きかった。

どうするか……そう迷ったレイだったが、肝心の店がやっていない以上、いつまでもここにいても仕方がないので、セトと共に村から出ようとしたところで……

『ああああああああ！　こんな状況でどうしろって言うんだよぉっ！』

不意に店の中から聞こえてきたその声に、レイは足を止める。

本来なら、このまま村を出てどこか別の場所に行くべきだ。

それこそ、豊漁祭の一件で謝罪の品として貰った大量の海産物を焼いて食べてもいい。

しかし……店の中から聞こえてきた声がレイは気になった。

明らかに何かに困っている様子だったが、それを助ければもしかしたら美味い料理を食べられるのではないか……そんな風に思ったのだ。

「セト、ちょっとここで待っていてくれ。俺は少し話を聞いてみる」

そう言い、分かったと喉を鳴らすセトをその場に残し、レイは店の扉を開ける。

「何だって師匠は突然いなくなるんだよ！　祭事の料理はどうするつもり……ん？」

店の中で騒いでいた男は、そこまで言ったところで店の中に入ってきたレイの姿に気が付く。

「悪いが今日は休みだ、休み。師匠がいない……ん？　お前、誰《だれ》？　見たことない顔だな」

ガラリアはギルドがあることからも分かるように、周辺にある他の村よりも規模は大きい。

しかし、それでも村という規模でしかないのは間違いない。

結果として、ガラリアに住んでいる者は基本的に全員がそれぞれの顔を知っていた。

特にこの店は客商売である以上、人の顔を覚えるのも一種の仕事だろう。

見覚えのないレイの顔を見て、少し余所《よそ》行きのものに態度を変える。

「ああ、ついさっき仕事でガラリアに来たばかりの冒険者だよ。ギルドで、この店の料理は美味いって話を聞いて食べに来たんだが……」

「そりゃ悪かったな。というか、店主の師匠がいなくなっちまったから、しばらくは店を開けることすら出来ないかもしれない」

レイが村の外から来た人物だということに少し興味深そうな様子を見せた男だったが、それでも今はそれどころではないと判断したのだろう。店から出ていくように言う。

しかし、当然ながらレイがそんな言葉を素直に聞くはずもなく……

「師匠がいなくなったって、ここの料理人は祭事の料理を作るって聞いたけど……それはどうするんだ？」

「……どうするも何も、師匠がいないならどうしようもないに決まっているだろ」

『うわぁっ！』

男が不満そうに言うのと、店の外から驚きの声が聞こえてきたのはほぼ同時。

一体何があった？　と一瞬思ったレイだったが、すぐにセトに驚いたのだろうと予想する。

「何だ？　何があった？　今、表で叫び声が聞こえたよな？」

レイにしてみれば、表で起きた騒動はセトが関係するものだろうと予想出来たが、男にとっては何が起きたのか全く予想出来ず、戸惑ってしまっている。

「気にするな。表には俺の従魔がいるから、それを見て驚いたんだろ」

「従魔って……」

そう言い、確認しようと店から出る男だったが……

「うおっ！　何だあれ……」

想像していたのとは違ったのだろう。男は店のすぐ側《そば》で寝転がっているセトを見て尻餅《しりもち》をつく。

「安心しろ。セトは人の言葉もきちんと理解しているモンスターだ。危害を加えられない限り、自分から攻撃をしたりはしない。それどころか、人懐っこいぞ？　なぁ？」

「グルゥ」

レイの言葉が聞こえたのか、寝転がっていたセトは嬉しそうに喉《のど》を鳴らす。

そんなセトの様子を見て、本当に信用出来ると判断したのか、それとも信用とまではいかないものの、レイがいれば問題はないと判断したのか……我に返った男は、自分から少し離れた場所で同じく腰を抜かして座り込んでいた二人の男に近付いていく。

「大丈夫か、二人とも！　安心してくれ。あのモンスターは従魔って奴《やつ》で、人に危害は加えないらしいから、怯《おび》えなくてもいいんだってよ」

その説明に、二人は何とか立ち上がり……それでもセトから視線を外せない。

少しでも視線を外せば、すぐにでも殺されてしまう。そんな風に思っているのは、間違いなかった。

腰を抜かしていた二人を助けたものの、男もそれからどうすればいいのか迷っている。

「取りあえず、店の中に入ったらどうだ？　その二人も何か話があってやって来たんだろうし」

レイの言葉で三人は我に返り、店の中に入るのだった。

ない。

「で、だ。……何でお前もいるんだ？」

店の中に四人で戻ると、男がレイに向かって不満そうに言う。

レイの目当てだった食事が提供出来ないんだから、もう残る意味はないだろうと言いたいに違いない。

「何でと言われても、料理をまだ食ってないし」

「だから、師匠がいなくなったんだから、店も休みなんだよ！」

「だけど、師匠って言ってるくらいだから、お前は弟子の料理人なんだろ？　師匠には劣るだろうけど何か作れるんじゃないのか？」

「そうだ。師匠のドモラがいなくなった今、弟子のイボンドがその役割をこなす必要がある」

レイの言葉に同意するように呟《つぶや》いたのは、セトを見て腰を抜かしていた二人のうちの一人。

もっとも、レイが弟子……イボンドに料理を作って貰い、それを食べるのが目的だったのに対して、男はレイとは別の意味で話しているようだったが。

「え？　ちょ……待ってくれよ！　冗談だろ⁉　俺に師匠の代わりに祭事用の料理を作れってのか？　そんなの無理に決まってるだろうが！」

「何故《なぜ》だ？　私はドモラから、イボンドの料理の腕はかなり高いと聞いてるぞ。だとすれば、イボンドが作っても問題はないはずだ」

「んな無茶な！　俺は弟子！　いいか、繰り返すようだが弟子なんだ！　師匠の代わりなんて無理だ！」

叫ぶイボンドだったが、二人の男はそんな様子を見ても考えを変えるつもりはないらしい。

「ドモラの技を受け継いでいるのは、お前だけだ。そうである以上、イボンド以外に料理を任せることは出来ない。……それに、協力者もいるだろう？」

そう言った男の視線が向けられたのは、レイ。

「……は？　協力者って、俺か？　ちょっと待て。一体何がどうしてそんな結論になる？」

レイにとっては完全に予想外の展開だった。

自分はあくまでも美味い料理を食べに来ただけであって、祭事に関わるつもりはない。

「ふむ。だがイボンドの手伝いをしてくれたら、お前も祭事に参加することを許可しよう。本来村に住む者しか祭りに参加出来ないが、特別にな。美味い料理を食べられるぞ？」

レイは即座に断ろうとしていたのだが、その言葉を聞いて考える。

祭事のときだけ食べられるような料理となると、食べてみたいと。

「話は分かった。けど……何で俺にそんなことを頼むんだ？　祭事なんて言うくらいだから、当然だが神聖な儀式なんだろ？　外部の人間である俺に手伝えと言うのは不自然だろう？」

レイとしては、祭事で出す料理を自分も食べられるという言葉に惹《ひ》かれている。

だが同時に、何でこの村とは何の関係もない自分に手伝いを要請したのかと、疑問に思う。

「表にいたグリフォンを従魔としているということは、深紅の異名を持つレイだろう？　私が聞いた話では、深紅のレイは料理について詳しいと聞く。何でも、ギルムではレイの考えた料理が人気だとか」

「……それ、一体誰から聞いたんだ？」

呆《あき》れの表情を浮かべるレイ。

実際、レイはギルムでうどんを広めた。しかし、何故ギルムから遠く離れたこのガラリアの住人がそれを知っているのか。

レイが深紅の異名を持つ冒険者であるというのは、かなり広まっている噂《うわさ》だ。

その異名を得ることになったベスティア帝国とミレアーナ王国の戦争については、子供でも当たり前のように知っている大きな戦争だったから。

そちらについての情報を知っているのならともかく、何故ここでうどんの件が出てくるのか。

もちろん、ギルムではレイが満腹亭《まんぷくてい》という食堂の店主にうどんを教えて、そこからうどんが広まったということで、レイがうどんの考案者だと知っている者も多い。

しかし、それはあくまでもギルムや、その近辺の街での話だ。

ギルムから遠く離れたこのガラリアでそれが知られているのは、明らかにおかしい。

「はっはっは。どうやら本当だったようだな。そんなに警戒するな。この村に来る行商人の一人が仲間の行商人から聞いた噂だったんだが……」

商人というのは、下手をすれば政治を行っている者よりも情報に聡《さと》い。

ましてや、行商人同士は同業の者に出会えばより綿密に情報交換をする。

行商人というのは、拠点で店を構えているような店舗の商人とは違い、色々な場所に行く。

だからこそ、少しでも多くの情報を欲する者が多いのだ。

そんな行商人同士の情報交換でミレアーナ王国唯一の辺境であるギルムの話題が出るのはおかしくない。そしてギルムで広まったという新しい料理が話の種になるのも当然だった。

「なるほど。そういう感じで噂が広まったのか」

「その通り。その噂からレイは料理に詳しいと判断した。どうだろう？　協力してくれないか？」

「協力……少しこの村の祭事の料理に興味が湧《わ》いたのは事実だけど……イボンドはどうなんだ？」

レイの視線が向けられたのは、料理を任されるということになった……いや、なりかけているイボンドだった。レイは協力してもいいと思っているのだが、肝心のイボンドが否と言えば、どうすることも出来ない。

そんなレイの視線を向けられたイボンドは、悩んだ様子を見せる。

師匠から色々と教わっているし、料理の腕にはそれなりに自信もある。

だからといって、自分が祭事に出すような超一級の料理を作れるかと言われれば、素直に頷《うなず》くことが出来ない。何しろ祭事に出す料理というのは、山の素材を使い、山で暮らしている者……象徴的な意味では山が満足するような味の料理でなければならないのだから。

だが、話を持ってきた二人は、村の中でもお偉いさんだ。

出来れば断りたくない。しかし、祭事の料理を作り上げられるか不安がある。

（そうなると、このレイってのがどこまで役に立つかが鍵《かぎ》だな）

最初は図太い客だという認識しかなかったレイだったが、話を聞く限り、それなりに料理の知識を持っていそうである。何より、料理を考えて街全体で流行《はや》らせるといったような真似は、そう簡単に出来るものではない。

レイに協力して貰《もら》えばもしかすると……と、イボンドは希望を見いだす。

「お前、本当に料理が出来るのか？」

「いや、料理そのものは自分では出来ない」

「……は？」

だが、まさかレイの口からそのような言葉が出てくるとは思わず、イボンドの口から間の抜けた声が出てしまった。

「お前、料理に詳しいんじゃないのか⁉」

「料理に詳しいかどうかと言われると、それなりに詳しいと思う。ただ、山奥で暮らしていたときに師匠の持っていた本を読んで得た知識があるってだけだ」

正確には日本にいたときにTVや漫画といったもので得た知識なのだが、まさか自分が実は異世界で死んで、この世界の伝説的な存在であるゼパイルによって魂を今の身体《からだ》に入れられてこのエルジィンという世界で生きていくことになった……などとは明かせない。

言っても信じられないか、最悪の場合は空想の中で生きていると思われてしまう。

だからこそ、レイはカバーストーリーとして、自分は魔法使いの師匠に山奥で育てられていたと他《ほか》の者には説明していた。

そして従魔のセトは山で小さい頃《ころ》から一緒に育ったと。

そんなカバーストーリーを口にしたレイに、イボンドは疑わしげな様子で口を開く。

「知識かよ。それで料理に詳しいって言えるのか？」

「少なくとも、その知識を使ってうどんというギルムの名物を作り上げたのは事実だぞ。実際には俺が料理の概要を教えて、料理人が再現したというのが正しいんだが」

うどんの場合、レイの知っているうどんそのものを再現することが出来たが、毎回上手《うま》くいく訳ではないのは、ソラザスの豊漁祭でのイカ飯で分かっている。

素材が限られていたり、調理工程が曖昧《あいまい》なせいで、最終的に違う料理になってしまうこともあるだろう。イカ飯だって、結果レイの知るイカ飯とは全く違う料理になってしまったが、美味《うま》い料理になったのは間違いない。

……とはいえ、レイを含めて過去に何人か地球からこの世界にやって来た者がいたように、この先やって来た地球人がソラザスに行き、イカ飯という料理に出会ってしまった場合、一体どう思うのか。レイは気にしないことにする。

イカ飯についての説明をすると、イボンドは少しだけだが納得した様子を見せる。

何も実績がない状態なら、とてもではないが当てにするつもりはなかった。

しかし、うどんとイカ飯という二つの料理を実現して、しかも成功させているのなら、信じてもいいだろうと思う。

「分かった。なら……レイだったな。お前に美味い料理を食わせるから、協力してくれ」

イボンドにしてみれば、料理についての知識はあっても実践の経験が少ないレイに頼むのは、正直なところあまり気が進まない。気が進まないが、それでも背に腹はかえられないと、頼む。

「ああ、美味い料理を食べられるのなら、俺は構わない。せっかくガラリアまで来たんだし」

レイにしてみれば、閉鎖的な山村特有の料理や、祭事の特別な料理を食べられるのであれば、協力するのは悪い話ではなかった。

「では、イボンド。祭事の料理は任せる。……お前もドモラの技を継ぐ者だ。お前なら祭事に出す料理を無事に作るだろうと期待している」

今までイボンドと話していたのとは違う、もう一人の男がイボンドに向かってそう告げる。

その言葉を聞き、レイは少し違和感を抱く。

最初はてっきり師匠が逃げたのだから、弟子のお前が責任を取れと言っているのかと思ったのだが、今の話を聞く限りでは、押し付けるというよりは期待しているように思えたのだ。

(その辺は俺には関係ないか)

結局そう考え、それ以上は特に突っ込んだりはしない。

レイにとって重要なのは、料理の手伝いをすることなのだから。

(けど、俺が料理を手伝う……より具体的には料理のアイディアを出すということは、祭事で出す料理ってのはまだ決まってないのか？　特定の料理を出すのなら、わざわざ俺に料理のアイディアを聞く必要はない訳だし)

そんな疑問を抱くレイだったが、それならそれでいいかもしれないと思い直す。

自分が知ってはいたものの、調理はしたことがなかったような料理は山ほどある。

実際にそれを作って貰えるいい機会だと、そう思ったのだ。

「では、イボンド、任せたぞ。祭事まで残り十五日……しっかりとした料理をつくるように。祭事が成功するかどうかは、イボンドの料理にかかっているのだから」

そう告げ、二人の男は店から出ていくのだった。

二人を見送ったイボンドは、表情を引き締めてレイに向き直る。

「よし、レイだったな？　早速で悪いが時間があまりない。すぐにでも打ち合わせを始めるぞ」

「いきなりか？　いやまぁ、俺は別に構わないけど」

レイにとっては、イボンドがどのような料理を作ろうとしているのか、興味があった。

「まず、祭事にどのような料理を作るのかだが」

「それ以前に、祭事が何なのかを教えてくれ。いつもはどんな料理なんだ？　さっきの話を聞いてる限りでは、特に決まった料理を作るという訳ではないらしいが」

「ああ、そうだ。この祭事は山に感謝を示すためのもの。山で採れる食材を使って料理を作り、それを山に捧《ささ》げることで、感謝を示すって行事だ。だから料理自体は決まっている訳じゃない」

最初にレイが祭事と聞いて想像した豊漁祭と同様のお祭りではなく、こちらは一種の儀式めいたものらしい。

レイがこの世界に来てから数年が経《た》つが、そういう祭事の類《たぐい》はほとんど見たことがない。

そういう意味で、レイにとって珍しいことなのは間違いなかった。

この村の住人にとって、山というのは特別で神聖な存在だ。

自分たちを生かしてくれる、そんな一種の母のような存在。

それだけに、山に対しての祭事は重要なものだというのはレイにも理解出来た。

「なるほど。そう言われると納得出来るな。……ちなみに、山にない素材で作った料理を捧げるのは駄目なのか？」

「駄目というか……そもそも、ここは山の中だぞ？　海で獲《と》れる食材は、塩漬けにされた魚とかくらいしかないし、かなり高価だ。祭事では、まず祭壇に料理を捧げた後に、同じ料理を村全員で食べる。あんまり高価だと大量に作れないだろ」

「今さらだけど、山に捧げた料理は村人全員で食べるんだな」

「山に捧げられた料理を村人全員で食べることにより、山に対する感謝を表すんだよ」

「……それで感謝を表すのか？　いやまぁ、祭事だからと言われれば納得は出来るんだが。にしても、山で採れる食材だけを使うのか」

山にあるガラリアという村である以上、海産物が高価になるのは無理もなかった。

……ここにレイがいなければ、の話だが。

「たとえば、こういうのはどうなんだ？」

そう言い、ミスティリングから新鮮な海産物を取り出してテーブルの上に置く。

それはソラザスで入手した海産物の一部。港街で獲れた魚介類なので、新鮮なままだ。

とはいえ、ミスティリングの中には生きたまま収納することが出来ないので、魚介類も死んではいるが……それでも死んでからすぐに入れたので、どれも新鮮だ。

「うわ……これが海の魚なのか……塩漬けにされてるやつとか、川で獲れるやつとは全然違うな」

驚きと感心が入り交じったかのような、そんな声でイボンドは海の魚を見る。

どれも非常に立派な魚で、中には五十センチオーバーの魚もあった。

ミスティリングの中には一メートル越えの魚も何匹かいるのだが。

「魚の大きさの違いは、やっぱり海と比べると川が小さいからだろうな」

海と川では、その広さ深さを比べるのが、そもそも間違っている。

川の中には、圧倒的な広さや深さを持つ川もあるのだが、レイがセトに乗って空から見た限りではこの山に流れている川はそこまで大きくはなかった。

「こういう魚を使って料理はしてみたいんだが……祭事の料理としては駄目だな。この山で採れた恵みを使うってしきたりだからさ。あ、でもちょっと料理してみたいから、あとでその魚を分けてくれ」

「俺にも食わせてくれるのならいいぞ」

そう言いながら、レイはテーブルの上の魚介類をミスティリングに収納していく。

「それで、どんな料理を出すかだが……レイには何か意見はあるのか？」

「いや、最初から俺に頼り切りってのはどうよ？　例年の祭事ではどんな料理を出してたんだ？」

「師匠の料理は色々とあったな。木の実と一緒に肉を炒《いた》めた料理は毎年人気が高かった」

「そうか、最後は皆で食うんだったか。大勢に食われる訳だから、中途半端な料理は出せないな」

「そうなる。もしふざけた料理を出そうものなら、それこそ即座に祭事を侮辱したといったようなことになる」

「それはまた、かなり厳しいな。けど……そうなると、師匠が作って人気の高かった料理をイボンドが出すのは単純に技量差を比べられてしまうか」

「う……それは……まぁ、実際に師匠と同じ材料を使って同じ料理を作っても、明らかに師匠の料理の方が美味いけどよ」

イボンドは、自分が師匠よりも技量で劣っているのは理解しているんだろう。

だがそれでも、やはりそれを明確に他人から指摘されるのは面白くないらしい。

(つまり、自分の腕には相応に自信がある訳だ。わざわざ同じ料理を作る必要はないし、腕に自信があるなら新しい料理に挑戦する方が向いていそうだな)

そう考えたレイだったが、同時にそのように評判のいい料理というのはどういうものなのか、自分でも食べてみたいと思う。

もちろん、イボンドの料理は師匠のドモラには及ばないのだろう。

だが、イボンドに祭事の料理を作るようにと先程言ってきた二人は、イボンドの料理の腕を買っているようだったから、美味いものが食べられるに違いない。

「取りあえず、イボンドの師匠が得意だったという料理をちょっと作ってみてくれないか？　それがどういう料理なのか分かれば、俺が教える料理の方向性も決まるし」

「……そんなことを言って、自分が食べたいだけじゃないのか？」

「それは否定しない。けど、実際俺はこの村に来てから何も食べてないんだ。この村ではどういう料理が……どういう味付けが喜ばれるのかが分からない。そうである以上、この村の料理を食べてみたいというのは間違ってないと思うが？」

レイの言葉に、イボンドは一理あると思ったのだろう。立ち上がって厨房《ちゆうぼう》に向かう。

「炒め物だが、色々と手間を加える必要があるから、少し時間がかかるぞ」

その言葉に、レイは当然ながら問題ないと頷《うなず》く。

美味い料理を食べるために待つというのは、苦にならない。

……とはいえ、三十分も一時間も行列に並んでまで食べたいかと言われれば、物によるが。

（にしても、色々と手間を加えるか。寿司《すし》とか、そんなイメージがあるけどな）

たとえば、イカ。厚いイカの身の場合は、そのまま出すのではなく斜めに交互に切れ目を入れる、格子切りという風に噛《か》み切りやすいように工夫をする。

他にも昆布締めにしたり、隠し包丁を入れたり。寿司というのは、一口大に纏《まと》めた酢飯の上に切った魚の身を乗せているだけという認識を持っている者も多いが、実際には細かい仕事が多数仕込まれている。

寿司職人になるのに数年から十数年……あるいは本当に腕の立つ料理人になるのは数十年の修業が必要だと言われている所以《ゆえん》だろう。

今回の炒め物も同じに違いない。

一見すれば何でもないような、そんな細かい仕事が積み重なり、最終的には師匠のドモラと弟子のイボンドの間にある料理の味の差となるのだろう。

もっとも、日本にいたときの漫画やＴＶの知識からそういうのは予想出来るものの、実際に味わってみて違いが分かるのかと言われると、恐らくレイには難しいだろうが。

そもそもの話、レイは師匠であるドモラの料理を食べたことがある訳でもないのだから。

(どうせならイボンドだけじゃなくて、師匠のドモラの料理も食べてみたかったな)

レイがそんな風に考えている間に、イボンドは厨房で早速料理を始めていた。

手際よく速い一定のリズムで何かを切る包丁の音が、イボンドが相応の技量を持つことを示している。

少なくとも、レイはイボンドのように軽快に、それでいてリズムよく具材を切ることは出来ない。

やがて材料を切る音は止まり、それを炒める音が聞こえてくる。

食欲を刺激するような、何らかのソースを使って炒めているような香りも漂い……

ぐう、と。レイの腹が自己主張するように音を鳴らす。

その音が聞こえた訳でもないだろうが、イボンドは料理の入った皿を手に厨房から出てくる。

「ほら、これが師匠の得意だった料理だ。……同じように作ってるはずなのに、何故《なぜ》か明らかに味が劣るんだよな」

はぁ、と。溜息《ためいき》と共に皿をレイの前に置くイボンド。木の実と肉の炒め物と言っていたが、地球で言う回鍋肉《ホイコーロー》のようにも見える。野菜よりも、ナッツのような木の実が多く入っているようだが。

回鍋肉では合わせ調味料を使うのだが、当然エルジィンにその手の調味料はあるはずもなく、ここで味付けに使われているのはイボンドの作ったソースだ。

そんなソースが木の実と肉にしっかりと絡まっており、見るからに美味《うま》そうな様子だった。

レイは皿と一緒に持ってきてくれたスプーンで、料理を口に運ぶ。

まず広がったのは、肉の旨《うま》み。猪《いのしし》の肉を使っているのだと思われるが、獣臭さはほとんどない。そして木の実の濃厚な味と食感が肉と一緒にいいアクセントとなって口の中を楽しませる。

味付けは肉の出汁《だし》が利いた塩辛いソースが少量使われており……言ってみれば、かなり単純な料理だ。しかし、さすがプロと言うべきだろう。イボンドの料理が十分に美味いのは間違いない。

「これ、美味いな。師匠のドモラが作る炒め物は、これよりも美味いのか？」

「ああ。たとえば……そうだな。俺のは、食べたらそれが猪の肉だと分かるだろ？」

その言葉に、レイはイボンドが何を言いたいのかが分からずに少し迷う。

「イボンドの言いたいことがちょっと分からないんだが？　これは猪の肉だろう？」

「そうだ。だが、師匠は……いや、師匠が料理した肉も、それが猪の肉であるというのは分かるんだが、同時にそれは猪どころかオークの肉のようにも思えてしまう」

「それは……本当にか？　オークの肉だぞ？　普通に考えれば、明らかに普通の肉と違うはずだ」

基本的にモンスターの肉というのは、魔力を有している……具体的にはランクが高くなれば、それだけ肉の味も上がるのだが、物事には何でも例外がある。

オークは本来ランクDモンスターなのだが、その肉の味はより高ランクのモンスターの肉と比べても決して劣ってはいない。

つまり、猪の肉と比べものにならないくらいの美味さを持つ。

レイが日本で住んでいたのは東北の田舎だったが、それでもスーパーにはいわゆるブランド豚というのが並んでいたし、それが夕食に出されたことも何度かあった。

オークの肉は、そんなブランド豚と比べても明らかに上だと判断出来るのだ。

レイは猪の肉をそんなオークの肉と思えるような味に出来るとは思えなかった。

「実は騙《だま》されてて、最初から猪の肉じゃなくてオークの肉を使っていたとか、そういう可能性はないのか？」

「違う」

レイの疑問を、イボンドは即座に否定する。

イボンドは、今まで何度となくドモラが料理を作るのを傍で見てきた。

それだけに猪の肉をオークの肉に替えていれば、いくら何でも分かるはずだった。

「そうまで断言するってことは……つまり、何らかの技術でそういう味になっていた訳か」

「そうだ。少なくとも肉……いや、木の実も含めて、俺と違う材料を使ってといったようなことはなかった。つまり、何らかの技術や炒める前の下処理とかが違うんだろうな……」

「その方法までは分からないが、もしその方法が広まったら凄《すご》いかもしれないな」

猪の肉を、オーク肉と同じくらい美味くするのだ。

調理方法や下処理方法で素材の味を上げることが出来るのなら、それは他《ほか》にも多くの食材に使えてもおかしくはない。

「師匠はどういう風にして料理の味を美味くしていたのか教えてくれなかったのか？」

レイの問いに、イボンドは首を横に振る。

師匠のドモラは、細かく自分のやり方を教えるといったようなタイプではなく、典型的な見て覚えろ、味を盗めといった性格をしていた。

それだけに、イボンドはドモラに弟子入りしてから数年が経《た》つものの、その技術の全《すべ》てを盗んだとはとても言えない。それどころか、イボンド本人にしてみれば盗むことが出来た技術はドモラの持つ技術の三割にもならないのではないかと思っていた。

「師匠の動きは出来るだけ見逃さないようにしていたつもりなんだが……それでも、これが今の俺の限界だ」

こんな自分に祭事の料理を作れるのか？　と心配そうな表情を浮かべるイボンドに対し、レイは少し考えてからあっさりと口を開く。

「それなら、師匠のドモラが作ったことがない料理を作ればいい。さっき来た二人も、俺は色々な料理に詳しいって話をしてただろう？　だとすれば、向こうも最初からイボンドに師匠の料理をそのまま作って貰《もら》おうなんてことは考えていないと思う」

「……そう言うけど、レイは一体どんな料理を知ってるんだ？　そもそも、ここにある材料で作れる料理でないと、どうにもならないぞ？」

そんなイボンドの言葉に、レイはまずどのような食材があるのかを確認することにする。

そして驚いたのは、冷蔵用のマジックアイテムが厨房に置かれていたことだ。

「これ……かなり高価だろ？　言っちゃ悪いけど、こんな山の中にある村でよく購入出来たな」

一種の冷蔵庫を見たレイの素直な感想がそれだった。

辺境であるがゆえに、希少な素材を求めて多くの錬金術師が住んでいるギルムであっても、冷蔵用のマジックアイテムはそれなりの値段がする。

ギルムでそのような状況なのだから、このような山にある村で冷蔵用のマジックアイテムを購入するとなると、一体どのくらいの値段がするのか、レイには想像出来なかった。

「ああ、それか。師匠が買ったんだよ。……かなり高かったらしいぞ。何しろ腕のいい錬金術師に頼んで作って貰ったんだと。って言っても、その錬金術師も以前何かの素材を求めて村に来たとき、師匠の料理を食べてかなり気に入って、ある程度は安くしてくれたらしいけど」

「へぇ……それはまた。師匠はよっぽど腕のいい料理人だったんだな」

「当然だろ。聞いた話だけど、若い頃《ころ》は貴族に料理人として雇われていたらしいし」

そう自慢げに言うイボンドの言葉に、レイはふと疑問を抱く。

そのような恵まれた環境にあったのに、何故この村で料理人をしていたのか、と。

もちろん、都会で成功したあと地元に戻ったり、十分に名を売ったから田舎でこぢんまりと好きな料理だけを作っていたいと考える者もいるだろう。

ドモラが腕の良い料理人であるということ以外は知らないので推測しか出来ないが、しかし、恐らく自主的にこの村にやって来て店を開いていただろう者が、何故急にいなくなるのか。

（もしかして、ここで店をやるのが嫌になって、昔働いていた貴族にまた雇って貰おうとして村を出ていったとか？　……それを言うとイボンドが怒りそうだから、言わないけど）

ドモラが消えた理由はどうであれ、ここに食材を冷やすマジックアイテムがあるのは幸運だった。

「それで、どういう料理が作れそうだ？」

冷蔵用のマジックアイテムの中を見ているレイにイボンドがそう尋ねてくる。

その言葉には微《かす》かな期待があった。

イボンドも、レイの料理の知識にはそれなりに期待しているらしい。

「これは……山鳥か？」

レイの目に留まったのは、羽をむしり、内臓も取り除いた鳥。大きさとしては、レイの知っている鶏よりも一回りから二回りくらい大きい。

鶏ではなく山鳥なのは、その外見からレイにも理解出来た。

切り分けているのではなく、丸々一羽の状態でなければレイにも判断は出来なかったかもしれないが。とにかく、その鳥はレイの目から見てもかなり上質な食材に思える。

「ん？　ああ、ホウコウ鳥だな」

「ホウコウ鳥？　聞いたことがないけど……」

「そうか？　この辺りでは珍しくないし、師匠が言うにはそれなりに色々なところにいるって話だけどな。ああ、でも師匠がホウコウ鳥という名前はこの辺りだけでしか使われてないって言ってたな。俺はこの村出身でずっとホウコウ鳥って呼んでたから、他の名前には違和感があるけど」

その言葉に、レイは納得の表情を浮かべる。

食べ物の名前が地域によって違うというのは珍しくない。

たとえば、レイが日本にいたときはトウモロコシをキミと呼んでいた。

レイはキミというのがそれこそ全国的に使われている名称だと思っていたが、何らかの機会にキミというのはレイの住んでいる地方でしか使われていない……一種の方言であると聞かされ、かなり驚いた覚えがあった。

ホウコウ鳥というのも、恐らくは似たようなものなのだろう。

「あとは……根菜の類《たぐい》が結構あるな。これはここで栽培してるやつか？　それとも山で採取を？」

「育ててるやつだな。何種類かあるけど、育てるのはそこまで難しくない」

「一応聞くけど、祭事に出す料理は山の食材じゃないと駄目って話だったが、こういう風に村で栽培しているようなのは使っても大丈夫なのか？」

「村も山の一部だから、ここで育ててるやつなら問題ない」

それなら、魚を養殖すればそれも祭事の料理の食材として使えるのでは？　そんな風に思ったレイだったが、何となく却下されそうだったので、黙っておく。

「山鳥と根菜、それに木の実や野菜もそれなりにある……塩が大量にあれば、塩竈《しおがま》焼きが……無理か」

塩竈焼きは、見た目にも派手で祭事の料理に相応《ふさわ》しいとレイには思えた。

しかし日本で得た知識によれば、塩竈焼きを作るときの塩はただの塩ではなく、卵白を使っているのを思い出し、却下する。

日本であれば卵はある程度安く入手出来るものの、それはこの世界で通用しない。

日本の卵の生産能力は世界でも有数で、日本では普通に行われている生卵をご飯にかけたり、すき焼きのときに溶いた生卵に煮えた肉をつけて食べたりというのは、世界的に見れば珍しい。

それだけ衛生管理をしっかりとやっている卵ではあるが、店で買うとかなり安い。

しかし、ここは日本ではない。

このエルジィンにおいて、卵というのはそれなりに高価な食材で、誰《だれ》でも好きなときに食べられる食材ではないのである。

「レイ、どうした？　塩竈焼きって、どんな料理なんだ？」

塩竈焼きと口にしてから黙り込み、考え込んでいたレイにイボンドは尋ねる。

塩竈焼きというのはイボンドも聞いたことがない料理だったので、興味津々なのだろう。

「いや、卵とかも使うし、塩も大量に使うからちょっと難しいな」

「卵はともかく、塩は岩塩が採れる場所があるから、それなりに使えるぞ」

「岩塩か。……俺が知ってるのは、あくまでも海の塩なんだよな」

塩竈焼きを岩塩で作るというのは、レイも聞いたことがない。

レイの中の岩塩のイメージは、その名の通り岩……というのは少し言いすぎだが、石のような塩の塊といったものだった。

もちろん、岩塩も塩である以上は、砕けばレイが想像しているような細かい粒の塩になり、塩竈焼きとして使えるかもしれないが……海の塩と岩塩を一緒にしてもいいものかどうか、レイは迷う。

そして迷っている間に、ふと別の料理が思い浮かぶ。

塩竈焼きと微妙に似てはいるものの、塩を大量に使わなくてもいいという料理を。

「イボンド、塩竈焼きは無理でも、塩を使わない別の料理があった」

「え？　本当か？　どういう料理なんだ？　教えてくれ」

「それは……あー……えーっと……」

料理の名前を口にしようとしたレイの動きが止まる。

当然だろう。その料理はいわゆる乞食鶏《こじきどり》と呼ばれている料理で、祭事の料理名として使うにはいささか問題がある。

(乞食鶏って名称は不味《まず》いよな？　だとすれば、別の……いや、イボンドはこの料理を知らないだろうし、その辺は誤魔化せば何とかなる)

そう考え、レイは少し迷った様子を見せつつ口を開く。

「かなり衝撃的な料理だったから、名前はちょっと覚えてないんだが、調理法は大体分かる」

「名前が分からないのか？　それは……いや、まずはどういう料理なのかを教えてくれ」

「ああ。もの凄く単純に言えば、肉……この場合は山鳥とかの中に香味野菜や木の実とかそういうのを入れて、大きな葉で包み込む。それを泥で包んでから地面に埋めて、その上で焚《た》き火《び》をして長時間蒸し焼きにする」

「……泥で食材を包むのか……？」

少し嫌そうな様子で呟《つぶや》くイボンドだったが、それはレイにも理解出来た。初めてこの料理について知ったとき、泥を使うのかとレイもまたかなり驚いた記憶があったからだ。

「ああ。でも、山に感謝する祭事で、山のものを使った方がいいんだろ？　なら、この山の大地を使って、土の中で蒸し焼きにするというこの料理法は、相応しいと思わないか？」

「なるほど。山を祀《まつ》る祭事で土の中で……そう言われればそうかもしれないな」

「だろう？　味付けは……山鳥の中に入れる具材に調味料を入れて、山鳥にも塩を使うとかすればいい……あれ？　蜂蜜《はちみつ》だったか？　いや、違うな。それは別の料理か」

「蜂蜜？　甘く味付けするのか？」

レイが思い浮かべていたのは、蜂蜜を使った合わせ調味料を表面に塗ってパリッとした食感の焼き上がりにするというものだったが、これは完全にレイの勘違いだった。

そもそも乞食鶏は地面に埋めて蒸し焼きにする料理である以上、直火《じかび》で焼くようにパリッとした食感を持つといったようなことは出来ない。

「いや、何でもない。俺の勘違いだ。蜂蜜に複数の調味料を混ぜて表面に塗って焼けばパリッとした食感になるんだけど、この料理ではそういう調理法は使わないしな」

「聞いた限りだとそうだな。だが……蜂蜜を塗れば、か。そういう風に考えたことはなかったな」

「そうなのか？」

レイにとって、イボンドのその言葉はかなり意外だった。

料理に甘みを足すために、砂糖や蜂蜜を入れるのは当然だと思っていたのだから。

そんなレイの表情から、何を考えているのかを理解したのだろう。

イボンドはすぐに首を横に振ってレイの考えを否定する。

「言っておくが、料理に蜂蜜を使ったりとかは普通にするからな。俺が言ってるのは、蜂蜜をそのまま塗って料理をするという風に考えたことはなかったってことだ。……蜂蜜は高価だし」

養蜂《ようほう》をやっていれば、ある程度定期的に蜂蜜を手に入れることは出来るだろう。

だが、レイもこのガラリアという村の全てを見て回った訳ではないが、養蜂をやっているようには見えなかった。……養蜂は蜂を扱う以上、人のいる場所ではやりにくい。そういう意味では、もしかしたら人の少ない場所でやっているという可能性はあったが。イボンドの様子を見る限りでは養蜂には期待出来ない。

だとすれば、ここで蜂蜜を入手するには山中で蜂の巣を見つけ、採ってくる必要がある。

当然ながら、そのような行為はかなり危険だ。

これが日本なら山の中でもそこまで危なくない。あくまでもこの世界と比較してだが。

この世界においては、野生の獣や盗賊、モンスターに襲撃される危険も十分にあった。

もしくは、自分で採るのは諦《あきら》めて冒険者に依頼をするという手段もあるだろうが……そうなれば、当然のように報酬が必要となり、蜂蜜を使った料理も高額になる。

「蜂蜜か。使ってみたいとは思わないか？　山鳥を獲《と》ってくる必要もあるし、よかったら俺が山に行ってこようか？　そうすれば、他《ほか》にも色々と入手出来るかもしれないし」

「……いいのか？　そこまでしてくれるのなら助かるが、何だってそんなにしてくれるんだ？」

「上手《うま》い料理を食いたいからに決まってるだろ。単純に美味《うま》い料理を食いたいだけなら、どこか別の場所に行って料理人に頼めばいい。でもどうせなら俺だって、お前が作る新しい料理を食いたいし」

「そう言ってくれるのは嬉《うれ》しいが、俺が作ろうとしているその新しい料理だって……って、名前がないと面倒だな。本当にその料理の名前は分からないのか？」

「悪いな、料理方法がかなり特殊だったから、そっちばかりを覚えていて、名前は覚えてない」

乞食鶏などという名前を言う訳にもいかない以上、レイはそう告げる。

……実際にはその正式な名称は叫化鶏《きょうかどり》という名前で、乞食鶏というのも通称の一つなのだが、残念ながら、レイが知っている名前は乞食鶏のみだった。

「そうか。なら何か別の名前を考えないとな」

「山の幸を使って、地面に埋めて作る料理だし……『山の恵み』とかそういうのでいいんじゃないか？」

「おお、なるほど。山の恵みか。今回の祭事に相応しい名前だな。……ただ、ちょっと名前が大袈裟《おおげさ》すぎて、料理が名前負けしてしまいそうなのが怖いんだが」

イボンドにしてみれば、師匠のドモラの代わりに、初めて祭事の料理を自分が担当するのだ。

それで出す料理が山の恵みという、それこそ祭事に関しても大きな意味を持ちそうな料理となると、そんなに大袈裟な料理名にしてもいいのかと、気後れしてしまう。

だが、その料理名に若干怯《ひる》んでいるイボンドとは違い、レイはむしろその料理名を推す。

自分で考えた料理名だからというのもあるが、それ以上に、その名前に相応しい料理をイボンドには作って欲しいと思ったからだ。

「料理の素材集めには俺も協力するから、その名前に負けない料理を作らないか？」

そんなレイの言葉に背中を押されたのか、イボンドはやがてレイの言葉に頷《うなず》く。

「そうだな。師匠に負けないような料理を作るためには、そのくらい派手な挑戦をする必要があるか。……そうなると、素材集めの前にまずはどんな料理になるのか、一度作ってみるか」

「そうしてみよう。俺も料理の概要は知ってるが、実際に食べたことはないんだ」

そうして話が決まると、早速料理を開始する。

まずは試しということで、イボンドが最初に用意したのはここでも比較的入手しやすい野菜や木の実。それを食べやすいサイズに切って、そこでイボンドはレイに視線を向ける。

「なぁ、レイ。これは生のままで山鳥の中に入れるのか？　それとも炒《いた》めるとかしてからか？」

「え？　……どうなんだろうな。香味野菜とかを山鳥の中に詰めるってことしか知らないな。イボンドは料理人としてどう思う？」

知識に穴のあるレイにしてみれば、料理のことは本職に聞くのが最善だと判断する。

しかし、そう聞かれたイボンドも初めて作る料理なのだから、答えようがない。

（師匠だったら、こういうときにもすぐに考えられるんだろうけど……いや、今は師匠に頼るんじゃなくて、俺がどうにかしないといけないんだ）

レイから聞いた調理方法を思い出し、そして改めて目の前にある食材を見る。

頭の中でどのような料理が出来るのかをイメージし……やがて決断する。

「この山鳥は泥で包んで長時間地面の下で蒸し焼きにするんだよな？　なら、山鳥の中に入れる食材は生のままの方が風味とかも山鳥の肉に移ると思う」

基本的に食べる専門のレイは、料理人のイボンドがそのように判断したのならそれが正しいのだろうと納得し、頷く。

「分かった。じゃあ、それでやろう。入れる材料は……あとでちゃんと吟味するとして、今はまず山の恵みが料理として出来上がるかどうか試そうか」

レイの言葉に頷いて、山鳥の中に切った食材を詰め込みながら、どんな食材を入れればこの料理に合うのかと、イボンドは考える。

調理法を聞けば大まかなイメージは出来るが、実際どんな食材が合うかどうかは、食べてみないことには判断出来ない。何せ、泥を使って蒸すという料理は今まで聞いたこともないのだから、試行錯誤を重ねる以外ないだろう。

「で、これを泥で包むんだよな？　いや、それだと山鳥が食べられなくなるか？」

「えっと、ちょっと待ってくれ。……そうそう、たしか巨大な葉っぱとかを使って包むんだよ。その上から泥を塗って、空気が入らないようにするんだ」

「葉っぱ？　……ちょっと待っててくれ」

レイの説明を聞いたイボンドは、厨房《ちゅうぼう》から出ていく。

数分が経過してイボンドが戻ってくると、その手には巨大な葉っぱがあった。

「それ、どこにあったんだ？　何だかこの料理にはお誂《あつら》え向きの葉っぱだけど」

「庭だ。庭の木にはこういう大きな葉っぱが何枚も生えてるんだ」

「それ、本当に大丈夫な植物なんだろうな？」

庭の木と聞き、少しだけレイは不安になる。

その葉っぱは本当に食べられる葉っぱなのかと。

植物の中には木の枝や葉っぱに毒を持つような種類も多い。

バーベキューをやるときや魚を釣ったときに、木の枝で肉や魚を串焼《くしや》きにした場合、その木の枝には毒があってそれによって倒れたという事例もあるらしい。

あくまでもこれはレイが日本にいるときにＴＶで得た情報なのだが。

それでもこの世界で同じようなことになったりしたら……そう思っての心配だった。

「安心しろ、この葉っぱは今までにも料理に使ったりしている。皿代わりにだけどな」

だからその辺の心配はしなくてもいい。

そう言うイボンドの言葉を聞いて、それならとレイも安心する。

「なら、それで山鳥を包んでくれ。ああ、一応葉っぱがずれないように紐《ひも》で結ぶのを……」

「その辺は分かっている。俺も料理人だからな」

そう言うとイボンドは山鳥を葉っぱで包み、紐で結ぶ。

「あとは泥で包むんだが……泥か。まぁ、泥なら水で作れるから、水を樽《たる》か何かに入れて持っていけばいいか。空いている樽をちょっと使わせて貰《もら》うぞ」

「ああ、頼む。その辺にあるやつならどれを使ってもいいから」

そうして準備を整えると、レイとイボンドは建物の外に出るのだった。

「なぁ、レイ。一応聞くけど……セトだったか？　本当に大丈夫なんだよな？」

イボンドは嬉しそうに地面を掘っているセトを見て、恐る恐るといった様子で尋ねる。

「ああ、心配ない。セトはかなり人懐っこいし人間に友好的だからな。敵意を抱く相手には攻撃的だけど」

その言葉を聞いて、イボンドは安堵《あんど》すればいいのかどうか迷う。

自分はセトに敵意は持っていないが、それでも本当に襲われないのか、と。

セトと親しいレイにしてみれば、まずセトがイボンドを襲うようなことはないと断言出来る。

もちろん、イボンドがセトに攻撃をするといったような真似《まね》をすれば話は別だが。

「そう……なのか。それならいいんだけど……」

「グルルゥ、グルルルルルゥ！」

レイとイボンドが話していると、セトが振り返って喉《のど》を鳴らす。

掘るのはこのくらいでいいの？　と、そんな風に尋ねるように。

「な？　セトはあんな風に人懐っこいし、こっちの頼みを聞いてくれるんだよ。山で食材を集めるときにも、きっと大きな戦力になってくれるぞ。心配するなって」

レイの言葉を完全に信じることは出来なかったが、それでも何となく流れで頷く。

「そうだな。……よし、じゃあ作るか。泥は、セトが掘ってくれた土で足りるだろうし。……レイ、頼む」

イボンドの言葉に頷き、レイはミスティリングから水の入った樽を取り出すとセトの掘った土にその水をかけていく。

その泥を、イボンドは葉っぱで包んだ山鳥の上から塗りたくっていく。

「何だか料理というか、泥遊びをしているみたいだな」

それは料理人として、普段このようなことはしないからこその感想なのだろう。

「結局は作れなかった塩竈《しおがま》焼きだが、その場合も塩でこういう風に食材を包むんだぞ」

「そっちもいつかやってみたいな。それはともかく、泥はこのくらいでいいのか？　もっと厚く塗るとか、薄く塗るとか」

「正直、俺も分からない。とはいえ、薄すぎれば中の食材が乾燥したり、焦げたりしそうだし……もう少し厚く塗っておいた方がいいとは思う。素人の勘だが」

もう少し塗った方がいいというレイの言葉に、イボンドは少し考えてから素直に頷く。

自分でも初めて作る料理だけに、せめて多少なりとも知識を持っているレイの言葉に従った方がいいと判断したのだろう。

これが二度目ともなれば、イボンドがある程度は調整出来るのだが。

「分かった。ならもう少し厚く塗るぞ。……よし、取りあえずこの程度だな。あとはこれを……」

料理が上手くいって欲しいと願いつつ、イボンドは泥に包まれた山鳥をセトが掘った別の穴に入れる。

それを見たセトは、次に再び自分で掘った土をその上から被《かぶ》せていく。

「ちなみに、セト……が掘った穴は浅めだけど、どのくらいの深さにすればいいんだ？」

セトと名前を呼ぶのに少し緊張した様子を見せたイボンドだったが、それでも料理のためと、真剣な表情でレイに尋ねてくる。

だが、レイも何度か言っているように、知っているのは乞食鶏《こじきどり》の概要だけで具体的にどのくらいの大きさの穴で調理すればいいのかは分からない。

「浅すぎると蒸し焼きにならないような気がするし、深いと熱が伝わるまで結構な時間がかかる。そう考えると、深すぎず浅すぎず、山鳥がちょうど埋まるくらいがいいんじゃないか？」

そうやって意見を交わしながら山鳥を埋め、その土の上で早速焚き火《たびび》を行う。

（日本だったら怒られそうな光景だな。キャンプ場とかでも、直《じか》に焚き火をしたら駄目ってところが多かったし。けど……乞食鶏を作るには直火が必要だよな。せめて山火事にならないように祈っておこう）

それに、ここにもし焚き火台があったとしても、キャンプ道具では乞食鶏を作ることは出来ないだろう。出来たとしても、一体どれくらいの時間がかかるのか。

そんなことを考え、この世界においては焚き火台などという物を使うようになるのがいつになるのか……そもそも、使うようになるのかといったことを思いつつ、燃える火を眺める。

「どうせなら、山の恵みを蒸し焼きにしている間に、この火を使って他の料理を作ったら面白いんじゃないか？」

「は？　この火で料理？」

イボンドにしてみれば、料理は基本的に厨房でやるものという認識があった。

だが、山の恵みも、今までの料理法とは全く違う作り方をしている。であればもう、今までの常識を取っ払い、この火を使って野外で料理をするのも悪くない話なのでは？　と微妙に納得してしまう。

もっとも、冒険者や行商人、それ以外にも街や村の外で活動している者にすれば、野外で焚き火をし、その焚き火で料理をするというのはそう珍しい話ではないのだが。

そうしてどんな料理をするのか、そしてこれまでレイが食べてきた料理について話していると、何故《なぜ》か話に熱中してしまい、気が付けば数時間が経過していた。

「って、おい！　レイ！　ホウコウ鳥、焦げてるんじゃないか⁉」

我に返ったイボンドが、レイがミスティリングから取り出した、別の村や街で購入した料理から手を離して叫ぶ。

「っと、そういえばそうだったな。水は……いや、それだと土の中の温度も急激に下がって、料理が失敗するかもしれないな。なら、そうだ、土で火を消すか」

砂や土を使って消火するというのは、そう珍しい話ではない。

それを知っていたレイは即座にそう決断すると、セトに頼んで周囲にある土を焚き火にかけてもらい、消火したところで火の消えた地面をこちらもまたセトに掘って貰う。

幸い、そこまで深い場所に埋めた訳ではない以上、セトの力があればすぐに掘り出すことに成功し……そして、レイたちの前には熱で完全に固まった泥があった。

「これ……俺が言うのも何だけど、本当に大丈夫なのか？」

レイは目の前にある真っ黒の塊を見て、そんな風に呟《つぶや》く。

大きな黒い塊は、中に山鳥が入っているというのを知っている上でも、本当にきちんと料理が出来ているのかどうか、不安になるような外見だった。

「おい……山の恵みを考えたのは、レイだろ？　なのに、何でそんな心配そうなんだよ？」

「俺が考えた訳じゃないし、この状態のものを見るのは初めてなんだよ。取りあえず……割って見てみるしかないだろう」

「分かった、割るぞ。……あとは、料理が上手《うま》く出来てるように祈ってろ」

その言葉と共に、イボンドは固まった泥の塊に向かって持っていた石を振り下ろす。

バキ、というどこか軽い音と共に、固まった泥は割れ……その下にある葉っぱが見える。

同時に、泥の割れた部分から周囲に食欲を刺激する、何とも言えない香りが漂った。

「これは……香草や野菜が、肉と一緒に蒸し焼きになったことによって、香りが閉じ込められていたのか。まさに香りの爆発と表現してもいいような、そんな現象だ」

泥の中に籠《こ》もっていた香草や野菜の香りが、山鳥を覆っていた泥を破壊して逃げ出す場所が出来た途端、そこから流れ出たのだ。

また、レイには分からなかったが、この香りの爆発とも呼べる現象には香草や野菜の香りだけではなく、山鳥を包んでいる大きな葉っぱも影響していた。

イボンドの師匠であるドモラが、料理の皿として使うこともあった葉っぱ。

当然のようにそれはただの葉っぱではなく、料理の風味を活《い》かすような香りを持っていた。

その葉っぱを蒸し焼きにしたことにより、香りが爆発的に増したのだ。

「うおっ……これは……凄《すご》いな」

この圧倒的な香りを一番近いところで嗅《か》いだのは、当然ながら土を割ったイボンド。漂ってきたその香りだけで、これは絶対に美味《うま》いと確信出来てしまうほどの香り。

「ああ、これはまた……イボンドが言うように、凄い。まさか泥で閉じ込めて蒸し焼きにするだけで、こんなに凄いことになるとは思わなかった」

思わずといった様子でレイが呟き、それに同意するようにセトも喉を鳴らす。

特にセトはグリフォンであるがゆえに、鋭い五感を持っている。そんなセトにしてみれば、乾いた泥を割った瞬間に周囲に漂った香りは、余計にもの凄い破壊力だったのだろう。

「切るぞ」

泥をどかし、包んでいた葉っぱをめくると、そこには見事に蒸し焼きになった山鳥の姿。

その山鳥を、イボンドは慣れた様子で切り分けていく。

料理の香りそのものは、泥を割ったときと比べれば明らかに劣る。

しかし、それでも山鳥を切り分けるとなると、香り以外の要素……視覚が大きな意味を持つ。

切り分けた部位から滴る肉汁や、山鳥の中に詰め込まれた香草や野菜の姿は見ただけで唾《つば》を飲み込んでしまうくらいに食欲を刺激する。

イボンドが厨房から皿を持ってきて、三等分にする。

……とはいえ、セトの分がかなり多かったので、等分ではないが。

そうして準備が整うと、レイとイボンド、セトは同時に料理を食べる。

最初の一口はじっくりと味わうように。

最初に口に広がるのは、香草の香りだ。

続けて山鳥の肉を噛《か》みしめ、そこから肉汁が溢《あふ》れ出す。

次に山鳥の中に詰められた野菜の甘みが口の中に広がり、最終的にはそれが渾然《こんぜん》一体となって舌を楽しませた。

レイは山鳥の美味さに十分満足していたのだが……自分の皿に切り分けられた料理を食べ終わったところで、イボンドが難しい表情を浮かべているのを見て、疑問を抱く。

「どうした？　俺は十分に美味いと思ったけど、イボンドは違うのか？」

レイの質問に、イボンドは悩ましそうに口を開く。

「いや、美味いと思う。ただ、今の時点でも改良点は多数ある」

「……あるのか？　俺にしてみれば、別に改良点があるようには思えなかったが」

これはレイの正直な気持ちだ。

実際の乞食鶏というものを、レイも食べたことはない。

だが、イボンドが作った乞食鶏……いや、山の恵みは十分満足出来る味だと思えた。

だというのに、イボンドはまだ改良点があると言う。

「ああ、まず第一にホウコウ鳥の骨だ。食べるとき、どうしても骨が邪魔になる。下処理をするとき、全《すべ》ての骨……とまではいかないが、それでも出来る限り取り除いた方がいい」

そう言われると、レイもイボンドの言葉には納得することしか出来ない。

レイは元々そういうものだと認識して食べていたので気にしなかったし、セトにいたっては平気で骨を噛み砕いてすらいた。

だが、この料理を食べる場合、骨が邪魔で食べにくいと思う者もいるだろう。

「それと、中に入れる香草や野菜だな。香草はともかく、出来れば野菜はもっとしっかりとした食感を残したい」

「食感と言っても、これだけ長時間火を通してるんだから、食感を残すのは難しいと思うが」

数時間もの間、土の中で蒸し焼きになっているのだ。山鳥の中に入っている香草や野菜には完全に火が通っている。……いや、実際には火が通りすぎている野菜も多かった。

それらが野菜独特の食感を消しているのだが、イボンドとしてはそのような真似《まね》をせず、しっかりと野菜にも相応の食感を与えたいらしい。

骨の件は調理する前に取り除けばそれで問題ないが、野菜の件は解決するのが難しい。

今でもある程度の食感はあるのだから、それで十分満足してもいいのでは？

そうレイは思うが、イボンドにしてみれば山の恵みは祭事における目玉料理だ。

師匠に負けない料理人を目指している身としては、決して妥協は出来ない。

「あとは、味付けの方もまだ色々と検討する必要があるな。香草も同様に……」

呟きながら料理の改善点を挙げていくイボンドに、レイは感心しながらも半ば呆《あき》れの視線を向けるのだった。

◆　◇　◆　◇　◆　◇

「っと、これで五羽目だな。出来ればもう少し大きな山鳥が欲しいけど」

そう呟くレイは、獲《と》った山鳥を見ながらもっと大きな山鳥がいないかと探す。

レイがイボンドの手伝いを始めてから二日目。今日は山の中に入り、祭事の料理に使えそうな食材を採取したり、獲ったりしていた。

食材を早く獲ってしまうと、悪くなって使い物にならずに捨てることになりかねないが、レイの場合はミスティリングがあるので、食材の劣化を心配する必要がない。

「あとは、木の実とか果実とか、そういうのがあればいいんだけど……ん？」

周囲の様子を見ていたレイは、セトが飛んでくるのに気が付く。

しかもセトの前足にはかなり大きな猪《いのしし》がぶら下がっていた。

首があらぬ方に曲がっているのを見れば、もう死んでいるのは明らかだろう。

「セト、大きな猪だな。こんな猪、よく獲れたな。……いや、セトなら当然か」

レイに褒められたセトは、嬉《うれ》しそうに喉《のど》を鳴らしながら地面に着地する。

どさり、と。地面にそのような音と共に下ろされた猪は、レイが口にしたようにかなりの大きさだった。

「取りあえず血抜きとかするか。俺が獲った山鳥もまだ血抜きは完全じゃないし。セト、手伝って」

セトにそう頼むと、猪の足をロープで縛って木の枝に吊《つる》す。

かなりの重量の猪なので、当然ながら吊すための枝も相応に太い枝を選ぶ必要があった。

そこに吊すと、首や足、心臓といった場所から血抜きが出来るようにして、あとは自然と血が流れ出るのを待つだけだ。もっとも、山の中でこのようなことをしていれば、血の臭《にお》いに惹《ひ》かれてやって来る肉食動物やモンスターの類《たぐい》もいるのだが……セトの存在がそれを抑制している。

自分よりも圧倒的に格上のセトの存在を察知すれば、大抵の相手はそのまま引き下がる。

中には格の差を理解出来なかったり、飢えでどうしようもなかったりといった相手もいるが。ともあれ、大抵の動物やモンスターはセトがいれば襲ってくることはない。

だからこそ、レイは猪や山鳥の血抜きをしっかりとすることが出来ていた。

血抜きをしながら、レイは猪の様子を確認する。

「こんな大きい猪、なかなか見ないな。しかも……脂がかなりのってる。いや、太っている？」

実際、この山はかなり動植物が豊富だ。

猪はそれをたっぷりと食べており、こうして皮下脂肪が蓄えられているのだろう。

「皮下脂肪……脂……脂か。猪って、改良して豚になったんだよな。なら、この脂はラードとして使えるんじゃないか？　ってことは、トンカツも作ろうと思えば作れる、か？」

猪を見ながら、レイはこの猪でトンカツを作れないかと考える。

もっとも、トンカツを作るのに猪の脂……いわゆるラードを使うのが相応《ふさわ》しいのかと言われると、正直それが正しいのかどうかは分からない。

レイが日本にいたときに、本格的なトンカツ屋といったような場所に行ったことはない。せいぜいが、学食であったり、学生がよく寄るような定食屋、もしくはちょっと気取ってファミレスといった程度だ。

そのような場所で食べるトンカツと、専門店で作るトンカツは当然のように違うはずだった。

……実際には同じなのかもしれないが、レイのイメージではそのようになっている。

「肉はある。パン粉もある。小麦粉もある。あとは……卵だな。一回くらい作る分ならあるけど」

幸いにもレイが今日獲った山鳥の中には、巣で捕まえたものもおり、そのついでに卵も手に入れていた。山鳥の卵だけに、生で食べるといったような真似は出来ないが、火を通せば全く問題なく食べることは出来るので、トンカツを作るのに使うのは問題ない。

「よし、今頃《いまごろ》イボンドは山の恵みをどう改良するか頭を悩ませているんだろうが、トンカツの作り方を教えてもう少し悩んで貰《もら》うとしよう。……味付けは、本当はソースがいいんだけどな」

この場合のソースというのは、この世界で使われているソースではなく、日本のトンカツ用の、どろりとした粘度のあるソースだ。

世の中には塩で食べたり、醬油《しょうゆ》をかけたりといったような食べ方があるのはレイも知っているが、レイにとってやはりトンカツというのはそういうソースで食べるに限る。

パンの上にチーズを載せてオーブントースターで焼いて、そこにソースで和《あ》えたキャベツの千切りと揚げたてのトンカツ、あるいは前日の残りであったり、スーパーの惣菜《そうざい》コーナーで買ってきたトンカツをオープントースターで温めて、挟む。

完全な男料理というべきカツサンドだが、高校生のレイが作る料理としては十分手が込んでいる部類だろう。

実際、それを作ったレイは下手な店で買うよりも美味いと、そう思っていた。

日本にいたときのことを思い出すと、レイは余計にトンカツを食べたくなり……結局猪の血抜きを終え、素早く解体するとガラリアに戻るのだった。

◆◇◆◇◆◇

「はぁ？　新しい料理だと？　こっちは山の恵みの件で忙しいんだぞ？　それを知った上で、新しい料理を作れってのか？」

トンカツという新しい料理を作ってくれというレイの言葉に、イボンドは当然ながら大きく不満そうな様子を見せた。

祭事まではまだある程度余裕があるが、山の恵みという全く新しい料理の欠点をなくし、それをより美味い料理に仕上げる必要があるのだ。

そのような状況である以上、イボンドは少しでもそちらに集中したかった。

とはいえ、レイの持つ料理の知識が料理人としてとても興味深いものであることは、山の恵みの一件でも明らかだ。そんなレイから新しい料理と言われると、イボンドが好奇心に勝てるはずもない。

　最終的にはレイの言葉に騙《だま》されるように、トンカツを作ることを承知してしまう。

「それで、一体どういう料理なんだ？　また名前は分からないとか言わないよな？」

「ああ、こっちの料理は名前を覚えている。トンカツという料理で、手順は簡単に言うと、猪の肉に塩で下味を付ける、小麦粉を満遍なく振る、溶いた卵に潜《くぐ》らせて、粉々にしたパンをつける、それで猪の脂で揚げる。そんな感じだ」

「揚げる？　それは何だ？」

　油というのは、基本的にかなり貴重な代物だ。

　料理のときにフライパンや鍋《なべ》に引いたりするが、大量の油で揚げるといった調理法はイボンドの知らない調理法だった。

「そうだな。油で炒《いた》めるというのとはちょっと違って……油で煮る？　まぁ、取りあえずやってみれば分かる。猪の脂身を油にするのは出来るんだよな？」

「フライパンや鍋でゆっくりと熱を入れていけばいいから、問題ない」

「なら、まずは一度作ってみないか？　山の恵みも、最初に一回作ってみてから色々と改良点が見つかっただろう？　なら、トンカツも一度作ってみた方がいい」

「うーん……けど、小麦粉はともかく、パンを粉々にするっていうのは大変だぞ？」

「そっちは俺も手伝うよ。パンを細かくしていけばいいんだし」

　そう言うレイの言葉で、イボンドもその気になったのだろう、やがて頷《うなず》く。

まずレイがやることになったのはパン粉作りだったのだが……

（あれ、そういえばこれってパン粉ってやつになるのか？　俺が知ってる普通のパン粉とは違うけど……これを一体どうすれば普通のパン粉になるんだ？）

非常に今さらの話だったが、レイの知っているパン粉というのは、こういう普通のパンを細かく千切ったようなパン粉ではなく、乾燥しているパン粉だった。

トンカツには普通のパン粉を使った方がいいのでは？　と思わないでもなかったものの、結局は乾燥パン粉の作り方が分からず、生パン粉でトンカツに挑戦することにする。

（普通の乾燥パン粉よりも、生パン粉の方が高価だったし……高いものを使って悪くなることもないだろう）

レイはミスティリングから出した猪の脂身をフライパンに入れてゆっくりと火を通しているイボンドを見ながら、そんな風に考える。

取りあえず今回のトンカツは生パン粉で料理することにして、もし上手《うま》く出来なかったら、今度は乾燥パン粉を使って料理すればいいのだろう、と。

その場合の唯一にして最大の問題は、レイが乾燥パン粉の作り方を知らないことなのだが。

（生パン粉を、油で炒める……いや、それだとパン粉が油を吸ってトンカツの衣みたいになるだろうし……だとすれば、油を使わないで炒める……炒《い》る、だったか？　そんな風にすれば……）

半ば苦し紛れの考えではあったのだが、今回に限ってはその考えが正解だった。

たとえば、普通に店で売っている食パンを細かく千切れば、生パン粉として使える。

それをフライパンで炒れば、レイが想像している乾燥パン粉とは少し違うかもしれないが、似たようなパン粉を作ることは可能だった。

「レイ、こっちの油は大分溶けてきたぞ。パン粉だったか？　そっちの準備はどうなったんだ？」

「え？　あ、ああ。問題ない。細かく千切るだけだから、すぐに出来る」

イボンドに急《せ》かされたレイは、急いでパンを小さくしていく。

そうしてパン粉と油の準備が出来ると、早速猪の肉を切り分けた……豚で言うところのロース肉を取り出す。

豚肉でトンカツを作る場合は、ロースかヒレの部分を使用することが多い。レイもヒレカツは嫌いではないが、やはり肉の旨《うま》みをしっかりと味わいたいのなら、ロースだった。

イボンドは素早くそのロースの筋切りをし、次に塩を振り、小麦粉を纏《まと》わせる。

本来なら肉の臭み消しや下味の意味もあって胡椒《こしょう》を使ったりするのだが、香辛料は基本的に高価で、山にあるこの村ではそう気楽に使えるようなものではない。

その代わりに、色々な香草があったりするのだが。

（香草を乾燥させて粉にしたら、また別の方法で料理に使えそうな気がするけど……いや、俺が思いつくくらいなら、当然のようにもうやってるか）

「レイ、次は溶き卵に潜らせるんだよな？　俺はこのトンカツって料理は初めて作るんだから、おかしなところがあったら指摘してくれよ」

「今のところ手順に問題はないから心配するな。そう、溶き卵に潜らせたら、パン粉を全体に満遍なくつける。このとき、パン粉のついてない部分があるとトンカツが台無しになるから注意だ」

「分かった。なら……よし、これでパン粉は問題ない。で、あとは油に入れるだけなんだよな？

……揚げる、だったか？」

一応トンカツについて説明する際に、この調理法は油で煮るのではなく、揚げるというものだとレイは教えてあった。

油が貴重なこの世界で、揚げるという料理法が広まっていないのは当然だった。

（あ、でも貴族とかならもしかして、揚げるという調理法を知ってるのかもしれないな。それに俺もこの世界全部を回ったことがある訳じゃない。どこかの地方では揚げ物が普及しているかも）

そういう場所があれば、出来ればそこの郷土料理を食べてみたい。

そう思いながら……ふと、レイは次の指示をイボンドにしようとして迷う。

（あれ？　肉っていつ油に入れればいいんだっけ？）

トンカツを食べたことはあるが、自分で作ったことはないレイだ。

何度の油で揚げればいいのかということや、それ以前に油の温度をどうやって調べればいいのかも分からない。

パン粉を入れて温度を確認したり、箸《はし》を入れて温度を確認したりという方法があるのだが、生憎《あいにく》とレイはそんな油の確認方法を知らなかった。

「イボンド……その、油を熱して貰って悪いんだが、いつ肉を入れればいいのかが分からない。どうすればいい？」

「はぁ⁉　……ったく、しょうがねえな」

レイの言葉に不満そうな様子を見せたイボンドだったが、レイが知っているのはあくまでも料理の知識だけで、ほとんど料理経験がないということを思い出したのだろう。

とはいえ、イボンドも揚げるという調理法はこれが初めてだ。

具体的にどうすればいいのかは分からない。

分からないのだが……それでも料理人の勘で余っていたパン粉の破片を油の中に入れる。

するとパン粉は油の途中まで沈み、すぐに浮き上がってきた。

これでレイに料理についての知識があれば、この温度がどのくらいなのかを推測出来たのだろうが、それを知らない以上は、レイはそれを見ても何も分からない。

だが、そんな油の様子を見たイボンドは、料理人としての勘で判断したのだろう。

三枚ある肉のうちの一枚を油の中に投入する。

瞬間、ジュワアアア、といったようなパン粉が揚げられる音が周囲に響いた。

イボンドにしてみれば、今回のトンカツはあくまでもお試しだ。

まだ揚げていない肉も二枚あるので、一枚が失敗したのなら他《ほか》の二枚でもっとしっかりと試してみればいい。

そんな風に考えていたのだろうが、これが見事に成功した形となった。

「おい、レイ！　これってどうなんだ⁉　いい感じに見えるんだが！」

興奮した様子で叫ぶイボンドに、揚げる音に負けないようにして、レイも叫ぶ。

「ああ、問題ないと思う！　他の二枚も揚げてみないか？」

そのレイの言葉に、イボンドは少し迷う。

揚げるという料理が初めてのイボンドにしてみれば、出来れば油の温度が違うときに揚げてどうなるのか確認してみたいという思いもあったのだろう。

だがレイにしてみれば、今が適温と思われる状態なのだから、出来れば今のうちに揚げて欲しい。

しかし、それはあくまでも料理人ではなく食べる側としての意見なのだ。

結果として、イボンドはレイの言葉に首を横に振る。

「いや、もっと油が熱くなってから他のやつを揚げる。レイは忘れているみたいだが、これはあくまでもトンカツという料理を試しているんだ。なら、色々試した方がいい」

そう言われると、レイも反論は出来ずに頷く。

(にしてもトンカツか。今さらだけど、本来ならトンカツというのは豚カツと書いてトンカツなんだよな。だとすれば、猪《いのしし》で作る場合は……ボアカツ？　猪《いのしし》カツ？　いやまぁ、猪を家畜化したのが豚だったはずだから、そういう意味ではこれもトンカツでそう間違ってはいない……のか？)

取りあえず、ボアカツよりもトンカツの方が分かりやすいので、ボアカツという名前ではなくトンカツという名前で考えることにする。

「ちょ……おい、レイ。これっていつまで揚げていればいいんだ？」

「小麦色になったら出してもいいはずだ。ただ、トンカツを油から出したら、すぐに皿には置かないで欲しいんだ。少し油の上でじっとして、油を切ってくれ。……油を切る方法が問題だな」

ここにクッキングペーパーでもあれば簡単に油を切れるのだが、この世界にそんなものはない。

（金属の網っぽいのを使って油を切るとか、そんな風にやればいいんだろうけど……揚げ物という調理技術がなかった以上、そんな調理用具とかがある訳がないしな）

「油を切る？　具体的にはどんな感じだ？」

「揚げたての料理は、当然ながら衣とかに余計な油がついている。だからそのまま皿に置くと、べちゃっとなる……と思う。余計な油は落とす必要があるんだよ」

レイの説明を聞き、イボンドは何となく納得したのだろう。レイが説明したように、油を切るための調理器具……本来は別の用途に使うのだが、流用出来る調理器具を持ち出す。

形としては、金属で出来た網といったような代物だ。

レイが想像していた物とは違うが、十分に役割は果たしてくれそうだった。

「よし、あとは……次だな。温度が上がってきたし、もう二枚も試すぞ」

そう言ってイボンドは残っていた二枚のトンカツを揚げる。

そのうちの一枚は、最初に揚げたトンカツよりは衣がしっかりと揚がった程度だったが、最後に揚げたトンカツはかなり油が高温になっていたので、衣が焦げ始めるギリギリで取り出すことになった。

「うーん、最後に揚げたのはちょっと温度が高すぎたか。これでも食えないことはないけど」

「二枚目の方は普通に食えそうだけどな。取りあえず切ってみないか？」

レイの言葉にイボンドは頷き、トンカツを包丁で切ろうとするが……

「ちょっと待った！　そうじゃない。こういう風に切るんだよ」

楕円形《だえんけい》をしているトンカツを、縦に細長く切ろうとしていたイボンドを止め、レイは自分の知っている形に切るよう指示する。

レイにとってはやはりそれが普通のトンカツの切り方というイメージだった。

（あ、でもイカ飯みたいにこの世界独特の進化……変化？　させるべきって考えると、好きに切らせてもよかったのかもしれないな）

イボンドを止めたことを少しだけ後悔するレイだったが、すぐに今回のトンカツはあくまでも試しに作ってみたものだと思い出す。

今回トンカツを上手く作れたら、次からはイボンドの好きなように切らせてもいいのだ。

サクリ、サクリと聞いただけで食欲を刺激する音を立てながら、イボンドはトンカツを切っていく。

そうして出来上がったトンカツは、レイが知っているトンカツと遜色《そんしょく》ない見た目だった。

生パン粉を使ったことで、歯応《はごた》えのよさそうな衣。

そして切断面からは、熱された猪の肉汁が溢《あふ》れ出ているのを見れば、これは絶対に美味《うま》いトンカツだと断言出来る。

「で、味付けだけど……どうする？　レイが知ってるやつは、何を使うんだ？」

「あー……えっと、そうだな。果実とか香辛料とか野菜とか、そういうのを煮込んで作ったソースだったと思う。具体的にどういう風に作るのかは分からないけど」

レイが知っているソースというのは、日本にいるときにソースの容器に書いてあったのを少し読んだくらいの知識しかないので、それを作れと言われても当然無理だ。

「ソースに香辛料を使うのか。いやまぁ、俺が作る料理でもそれなりに香辛料は使ってるけど、高価だから試作品に使うのは厳しいな。それに材料が多ければ多いほど、味のバランスが必要になってくる。そうなると、完成するまでどれくらいかかることか」

レイは金を稼ごうと思えばいくらでも稼げるので、そういう意味では香辛料を購入するのもそこまで大変ではない。しかし、イボンドはただの料理人だ。

レイのように好きなだけ香辛料を使うといった真似《まね》は出来ない。

「俺の知ってるソースを作れとは言わないよ。ただ……そうだな。たとえば、煮込み料理とかに使ってるソースとか、もしくはスープとかを煮詰めてソースにするのはどうだ？」

「なるほど。それなら何種類か試せる。けど……今からそれを作ると料理が冷めるな」

イボンドにしてみれば、初めて作ったトンカツなのだ。揚げる際の時間や温度の調整をしたものの、それらの料理はどうせならきちんと万全の状態で食べてみたい。

そうして迷うイボンドに、レイは少し考えてから口を開く。

「なら、塩でどうだ？　それならトンカツの味も分かると思うぞ」

塩という提案が出てきたのは、当然だが日本にいるときに見たＴＶ番組からだ。

ニュースか何かでやっていた、評判のトンカツ屋の特集。

その中では、ソースを使うのではなく、塩につけてトンカツを食べていた。

また、レイが日本で住んでいたのは山のすぐ近くなので、春になれば大量の山菜が採れる。そんな山菜の天ぷらを食べるとき、抹茶塩で食べたこともあった。……レイとしては普通に天つゆの方が美味いと思っていたのだが。

トンカツと天ぷらでは、違うところもそれなりにある。しかし、同じ揚げ物である以上、トンカツに塩というのは決して悪くないと思えたのだ。

「塩でいいのか？　いやまぁ、塩ならすぐに用意出来るが」

イボンドはレイの言葉に疑問を抱きつつも、塩を用意する。

そうしてトンカツ三種類と塩を用意し、セトが待っている庭に向かう。

本来なら厨房《ちゆうぼう》で食べた方がいいのだろうが、セトもトンカツを食べるのを楽しみにしていた。

ましてや、この猪を獲《と》ったのは、レイではなくセトなのだ。

そうである以上、ここでセトにあげない訳にいかないのは当然の話だった。

「グルルルルルルゥ！」

レイとイボンドがやって来たのを見て……そして何より、その手にトンカツがあるのを見て、セトは嬉《うれ》しそうな鳴き声を上げる。

セトも、自分が獲った猪が一体どういう料理になったのか気になるのだろう。

イボンドも最初のうちこそセトを怖がっていたものの、今では色々な食材を獲ってきてくれる、頼れる存在になっていた。

イボンドはそれぞれの皿にトンカツを載せると、塩をかける。

レイが言ったように次にトンカツを作るときはスープやソースを煮込み、それをかけようと思いながら。

「食ってくれ。……一番左のトンカツはちょっと揚げすぎたが、それでも食えるはずだ」

その言葉に、レイはまず一番右の……一番上手《うま》い揚げ加減だと思われるトンカツを口に運ぶ。

サクリ、としたトンカツらしい食感が口の中に広がり、少し遅れて塩の味がする。

最初は少し塩が多すぎるのでは？　と思ったが、次の瞬間には猪肉から出た肉汁によって口の中の塩辛さがちょうど良い具合に薄まる。

そして肉を噛《か》むと、しっかりとした……人によっては少し硬いと思われるだろう食感。

レイは歯応えのある肉が好きなので問題はないのだが、この辺は人の好みによるだろう。

セトもまた、グリフォンだけあって歯応えのある肉を好む。

……別に柔らかい肉も決して嫌いという訳ではないのだが。

そんな一人と一匹とは裏腹に、イボンドは難しい表情を浮かべてトンカツを試食する。

一口食べては少し考え、二口食べてはまた何かを考え……といったように。

「どうした、イボンド。トンカツはあまり好みじゃなかったのか？」

「ん？　いや、俺は美味いと思う。だが調理する前にそれなりに筋は切ったし、臭み消しもやったはずなんだが、その辺がちょっと気になってな」

筋切りをすることによる代表的な効果は、揚げているときに肉が反り返らないようになることだ。

だが、当然それ以外にも効果はあり、それが口当たりに関係してくる。

筋がそのままになっていた場合、口の中に残ったりすることがあるのだが、筋切りをすることによって文字通りの意味で筋が切れるので、噛み切りやすくなる。

また、豚肉……それも日本で高い技術を使って育てられた食用豚肉と違い、猪の肉は野生の分だけどうしても獣臭さがある。

それをどうにかするのが料理人の腕の見せどころなのだが、イボンドは臭み消しに失敗したらしい。

正直なところ、レイにはそこまで気にするような臭みがあるとは思えない。

レイの五感は鋭く、味覚もその五感のうちの一つだ。

そんなレイにしてみれば、トンカツの肉から感じられるのは臭みというより野生の風味だった。

この辺りの感覚も人によって大きく違うので、好みの問題だろうが。

「山の恵みと一緒にこの料理を祭事の料理として出す場合、色々な人が食べる。そんな中には臭みが強いと食べられなかったり、歯が弱くなっていて硬い肉は噛み切れなかったりといった人もいる。もちろん、そういう人もトンカツを食べて不満は言わないだろうけど……」

どうせなら、料理は美味く食べて欲しい。そう付け加える。

「俺はこれでもいいと思うけど、これが不満ならイボンドがもっと工夫すればいいだろ？　筋切りが足りなかったら、もっと徹底的に筋切りをすればいいだろうし、臭みが消えないのなら香辛料……は値段的にちょっと難しいみたいだから、山に生えている香草を使うとか」

大葉があれば、臭み消しに便利なんだがと考えるレイだったが、残念ながらこの世界において大葉はまだ見つかっていない。

大葉の清涼な香りは、薬味として最高級のものだという認識がレイにはある。

あるいはミョウガも薬味としてはかなり評価が高いのだが、大葉と違って独特の辛さがある。

レイはそれも全く問題ないので好むが、一般的にどちらが好まれるのかと言えば、大葉だろう。

（いわゆるミルフィーユカツ……いや、そこまでいかなくても、猪の肉に切れ目をいれてそこに大葉を入れて揚げるだけでも、かなり獣臭さは消せると思う。けど……ないものねだりをしてもな）

それなら大葉ではなく、似たような効果を持つ香草を探せばいい。

幸いにも、ガラリアの周辺にある山は自然豊かで、色々な食材がある。

その中には、猪肉の臭みを消すのに相応《ふさわ》しい香草もあるかもしれない。

そう考えたレイは、ふと思う。臭みを消すだけなら、別に香草を使わなくてもいいのでは？ と。

「なぁ、イボンド。ガラリアではチーズとかって手に入りやすいか？」

「チーズ？ それはまぁ、ある程度は……ああ、なるほど。チーズか！」

レイの問いに答えようとしたイボンドだったが、チーズという食材を口に出したことで、そのチーズを使えば上手い具合に臭みを消すことが出来るかもしれないと思い至った。

この村で流通しているチーズがどういう風味のチーズなのかは、レイには分からない。

だが、チーズを猪の肉で挟んで揚げることにより、チーズの風味が獣臭さを消すかもしれない。

下手をすればチーズの風味と獣臭さの相乗効果でより臭みが増すかもしれないが、その辺はイボンドの技量によってどうにかするしかないだろう。

（チーズが入ったハンバーグとか、地球でもかなり人気のメニューだったしな。この世界でも、チーズと肉の相性は決して悪くないはず）

また、チーズを入れる……あるいは挟んでトンカツを作るだけでなく、チーズ以外にも別の何かを挟んでトンカツを作るという方法もある。

レイが思い浮かべたのは、猪肉《いのししにく》にベーコンを挟んで揚げれば美味くなるのではないかというものだった。

実際に試してみないと、その辺は何とも言えないのだが。

「取りあえずチーズ以外にも挟んでみるってのはどうだ？　何かいる食材があれば、俺とセトに任せれば、大抵はどうにか出来ると思うし」

普段ならレイもここまで必死になったりはしないだろう。だが、今回はトンカツだ。

肉好きのレイとしては、是非ともイボンドにトンカツを完成させ、普及させて欲しい。

「チーズ以外にもか。香草を使ったりするのもいいかもしれないな。……色々と試してみたいものだ。レイも何か意見があったら教えてくれ」

そう告げるイボンドに、レイは素直に頷《うなず》くのだった。

◆◇◆◇◆◇

「では……これより祭事を始める。皆、山に対しての感謝を忘れないようにせよ」

祭事を進める司会者の言葉に従い、いよいよ祭事が始まる。

とはいえ、レイは祭事にそこまでの興味はない。

あくまでも興味があるのは、イボンドが作る料理だ。

メインとしては、山の恵みとトンカツというレイが提案してイボンドがこの村にいる者の舌に合うように改良した二つの料理。

ただし、当然ながら祭事においてイボンドが作る料理はそれだけではない。

あくまでもレイが提案した山の恵みとトンカツはメインの品であり、それ以外にも料理は結構な数がある。それこそ、下処理は数日前から行われていた。

これも冷蔵用のマジックアイテムがあるから、出来たことなのだろうが。

（あとは、とにかくイボンドが料理を作り続けるだけだな）

この祭事において、料理というのは非常に重要な意味を持つ。

山を崇拝し、その山からの恵みによってこの村の人々は生きているのだ。

そういう意味で、祭事のための料理を作り、祭事が終わったあとでその料理を食べる。

（つまり、山に料理を捧《ささ》げて、その料理を山から下賜……って表現が正しいのかは分からないけど、とにかくそんな感じで料理を食べる訳だ。イボンドが責任を感じるはずだ）

レイはかなり人の少なくなった村を見て回りながら、そんな風に思う。

本格的に祭事が始まったので、ガラリアの住人ではないレイは祭事の場から追い出されたのだ。

本来なら、祭事を始めるための宣言の場にも、村人以外が参加することは禁止されている。

しかし、レイの場合はイボンドの手伝いをしていたからということで、特別に開催の儀に参加することを許可されたのだ。……もちろんそれだけではなく、祭事の最中には参加しないが、最終的に料理を食べるときには参加してもいいと許可を貰《もら》っている。

これは、言うまでもなくかなり特別な扱いだった。

祭事を取り仕切る者の中には、レイの参加に最後まで反対していた者もいる。

しかし、レイが料理のアイディアを出し、セトと共に料理の材料を多数山から獲ってきたという実績があり、それによって祭事が無事開催に至ったと、そうイボンドが主張した結果として、レイにとっては面倒な祭事はともかく、料理は食べられることになったのだ。

なお、レイと同様に食材の確保に協力した……それこそ猪のトンカツを作るために数頭の猪を確保したセトも、料理を食べさせて貰えることになった。

ただし、グリフォンのセトは当然ながら祭事の場で料理を食べるのではなく、別の場所でイボンドが作った料理を食べることになる。

あとで冷えた料理を食べるのではなく、作りたての料理を食べられるのだから、セトには不満はない。それどころか、祭事の場で料理を食べる……つまり堅苦しい環境で料理を食べるのではなく、ゆっくりと自分のペースで料理を食べられるので、セトはむしろ嬉しかった。

唯一の不満としては、自分だけで料理を食べることで、大好きなレイと一緒に料理を食べられないことだろう。

（いっそ、俺がセトと一緒に料理を……いや、もうそういう風に決まっている以上、ここで俺が下

手に口出しをして料理が食べられなくなるのは嫌だな）

レイにとって、それだけは絶対に避けたいことだった。

そんな風に思いながら、レイはセトを連れずに一人で村の中を歩き回る。

だが、このガラリアという村は山の中にあるので、他《ほか》の村の住人はあまりいない。

一応ギルドがあるので、ギルドに何らかの依頼があるときは、他の村の住人も来るし、外から来た冒険者もそれなりにいる。

しかし、今日の祭事はガラリアにとって特別な行事だと理解しているので、あまり表に出なかったり……あるいはそれこそ、他の村に行ったりしているのだろう。

だが、全員がそういう訳でもなく、空き地の隅で何らかの料理を作っている冒険者たちもいた。

そんな中でレイが驚いたのは、彼らが冒険者の料理とは思えないくらいにしっかりとした料理を作っていたことだろう。

冒険者の料理というのは、干し肉や周辺で採れる野草や山菜を入れて作ったスープといったような料理が一般的だ。

中には料理を趣味にしている者や、実家が食堂で料理に慣れているという冒険者もいるのだが、数はそう多くはない。

レイが驚きながら料理をしている冒険者たちの方を見ると、向こうもレイの存在に気が付いたのだろう。手を振ってこっちに来いといったような仕草をする。

あの様子からすると絡まれる心配はないだろうと判断したレイは、そちらに歩いていく。

すると、近付くにつれてかなり食欲を刺激する匂《にお》いが漂ってきた。

「冒険者の料理だとは思えないな。……元料理人とかか？」

驚きと感嘆が合わさったようなレイの言葉に、料理をしていた冒険者……ではなく、その周囲で料理が出来るのを待っていた男たちが口を開く。

「俺が料理したら、絶対にこんな風に美味《うま》そうな料理は出来ないよ。ここに来る途中であんたに会って本当によかった。いっそ、俺たちのパーティに入らないか？」

そんな誘いの言葉に、料理をしていた男……五十代くらいの男は首を横に振る。

「いや、俺は他にやることがあるんでな。今はちょっと用事が終わるまで暇だったんで、あんたたちに料理をご馳走《ちそう》しただけだよ。用事が終われば、すぐにでも村を出る」

そこまで言うと、男はレイの方に視線を向けて口を開く、

「あんた、レイだろ？　最近この村で有名になった。……あんたにも俺の料理をご馳走したい」

その言葉に、レイは疑問を抱く。何故《なぜ》自分に料理をご馳走したいのかと。

それに、もう少しすればイボンドの料理を食べられるのだから、今は何も食べない方がいいのかもしれないが……目の前にある料理はかなり魅力的だった。

「そうだな。なら、ちょっとだけ……」

そう言い、レイは男が手渡してきた串焼《くしや》きを口に運ぶ。

鹿《しか》の肉の串焼きは、外はカリッとした食感になっており、中は柔らかい。

きちんと下処理をしているためか、肉に臭みもない。

味付けはシンプルに塩だけなのだが、そのシンプルさが十分な味を出している。

少し塩辛いような気もするが、肉を噛《か》みしめるとそこから溢《あふ》れ出る肉汁が、口の中の塩辛さを薄め、最終的にはちょうどいい塩加減となる。

「美味い……あんた、本当に凄《すご》いな。やっぱり俺たちの仲間になれよ」

レイの隣で同じく鹿肉の串焼きを食べていた冒険者がそう言うが、男は首を横に振る。

「俺はもう結構な歳《とし》だぞ？　今から冒険者なんてやれると思うか？　それに……さっきも言ったが、俺にはやるべきことがあるんだ。今はこうしてゆっくりしてるが、もう少ししたら……」

それ以上は何も言わない男だったが、その目には強い決意が浮かんでいる。

冒険者もそんな男の目を見ると、それ以上は何も言えなくなってしまう。

ソロで活動しているレイは仲間云々《うんぬん》というのは関係なく、ただ鹿肉の串焼きを十分に味わっていたのだが。

そうして串焼きが全《すべ》てなくなると、男はすぐに調理器具をしまっていく。

「さて、俺はそろそろ行くとするよ。あんたたちに料理をご馳走出来て、本当によかった」

「え？　あ、おい。ちょっと。何もそんな急に行くことはないだろ。もう少し話を……」

男の料理の腕に惚《ほ》れ込んだ冒険者がそう言うが、料理を作った男は首を横に振る。

「いや、すまんな。それに……祭事の方もそろそろ大詰めだ。レイだったか。あんたも料理を食べるのなら、祭事の場に移動した方がいい」

その言葉に、一瞬何故それを？　と疑問に思ったレイだったが、考えてみればこの村にいれば、その辺の噂《うわさ》を聞くのは珍しい話ではない。

村だけに、噂話が千里を走るというのを地でいくのだろう。

ましてや、これだけの料理の腕があるのなら、同じ料理人としてイボンドについても詳しいに違いない。そう思ったレイだったが、ふと気が付く。

（あれ？　もしかして……今のがイボンドの師匠のドモラだったりしないよな？　いや、まさか。失踪《しっそう》したって話だったし、だとすればこの村にいるはずがない。でも、何かやるべきことがあるって話だったり……うーん、可能性としてはあるのか？）

そんな疑問を抱くレイだったが、とにかく自分も移動すべきだろうと、最後の一口を呑《の》み込む。

先程の男が言っていたように、そろそろ料理を振る舞う時間になる頃《ころ》だったのだから。

そうしてその場から立ち去ろうとしたレイだったが、不意にその足を止めると、念のため……本当に念のためと思いながら、名残惜しそうに料理をご馳走してくれた男が立ち去った方に視線を向けている男に尋ねる。

「なあ、今の料理を作ってくれた男……もしかしてドモラって名前だったりしないか？」

「ん？　いや、違うぞ。誰《だれ》だそれ？」

特に嘘《うそ》を吐《つ》いている様子もなくそう告げられ、レイもそれ以上は追及しない。

「いや、違ったならいいんだ。そういう名前の腕のいい料理人がこの辺にいるって話だったから、もしかしたらと思っただけで。じゃあ、俺はそろそろ行くよ」

「ああ。……いいなぁ、お前は。祭事の料理って美味いんだろ？　俺も食いたい」

心の底から羨《うらや》ましそうな男をその場に残し、レイは祭事を行っている場所に向かうのだった。

「ちょうどいいタイミングだったみたいだな」

祭事が行われている場所に行くと、部外者が入らないようにその場を守っていた者たちから、そろそろ料理が下賜される時間だと聞かされ、そう呟《つぶや》く。

そうして会場に入ると……シュワアアアア、というトンカツを揚げる音が周囲に響き、その音と香りがレイの食欲を刺激した。

この場にいる他の者たちも、トンカツという料理は初めて見るものだからか、多くの者が調理をするイボンドを興味深そうに眺めていた。

(今回の祭事から、揚げ物が流行《はや》ってくれればいいけど、油が貴重なら難しいかな。量が問題なら……いくつかの家庭で油を持ち寄るとかすれば、何とかなりそうだけど)

そんな風に考えながら、レイは周囲で話をしている村人たちの会話に耳を傾ける。

「ねぇ、これ一体どういう料理なの？　あんなに大量の油を使うなんて……信じられない」

「祭事だから、特別な料理なんじゃないか？　普通に考えて、こういう料理を普段から作るなんて真似《まね》は出来ないだろ？　油だけで一体どのくらい使うのか……」

「ねえ、父ちゃん。何だかもの凄くいい匂いがするよ。早く食べたい！」

そんな会話が、そこら中で行われていた。

(山の恵みは……ああ、多分あそこか)

祭事が行われているこの場所では、中央に巨大な焚き火《たび》……キャンプファイヤーのような感じで木々が組まれ、そこで木が燃やされている。

他に焚き火のようなことをしている場所は見当たらないので、恐らくそこの地面に山の恵みが埋められているのだろう。

幸いなことに、山の恵みは調理過程そのものはそこまで難しくはない。

この場にいる村人全員分なので、量はかなり多くなるが……言ってみればそれだけだ。

山鳥の下処理をし、そこに香草や野菜、木の実といった諸々《もろもろ》を味付けして入れて、巨大な葉で包み、泥を塗ればそれで準備は完成だ。

あとは焚き火の下でゆっくりと蒸し焼きになるのを待てばいい。

「よし、これで最初の料理は完成だ！　……どうぞ」

イボンドが最初に揚げられたトンカツを切ると、そこにソースをかける。

ソースの候補は色々とあったが、最終的にはスープに各種香草や野菜、果実を入れたものの味を調整し、煮詰めたものを使うことになった。

レイも味見として一舐《ひとな》めしてみたが、レイの知っているトンカツ用のソースとは微妙に違うものの、それでも十分に美味いソースだったのは間違いない。

そんなソースをかけたトンカツが、まずは祭器である皿の上に載せられてから山に奉納され……その奉納が終わると、祭器の皿からそれぞれ個人で使う皿に取り分けられてから、祭事を司《つかさど》っていた人物と村長を始めとした村の中心人物たちに配られる。

まずはこの村の中でもお偉いさんに食べて貰おうということなのだろう。

そしてフォークでトンカツを突き刺して口に運ぶと……それを食べた者たちの口の中で、サクッという食感と共に噛み応《ごた》えのある肉から肉汁が溢れ出る。

噛み応えはあるが、イボンドがしっかりと筋切りをしたので、以前試したときのように硬い肉ではなく、老人であっても噛み切れるくらいの柔らかさになっていた。

筋切りだけでなく、イボンドが他にも肉を柔らかくする下処理を行った成果でもあるだろう。

肉の柔らかさと……何よりトンカツの衣が、口の中でサクサクとした食感を楽しませ、柔らかな肉と一緒にいつまででも食べていたい気分にさせる。

「美味い！　これは……初めて食べる料理だが、美味いぞ！」

初めての食感と味に、村長の声が周囲に響き渡る。

それを聞いて周囲で様子を見ていた者たちは羨ましそうな視線を向ける。

(山鳥の卵をあれだけ集めるの、苦労したしな。……多分、あれが一番大変だった)

山鳥を獲《と》るのと同時に、その巣から何とかして卵を見つけては確保していく。

それがレイやセトにとっても、かなり大変な作業だった。

「これは、本当に美味《おい》しいですね。こんな料理を食べたのは初めてですね」

祭事を任されている者や、他の中心人物たちもトンカツの味に衝撃を受けていた。

当然だがお偉いさんたちが絶賛しているのを見れば、他の者たちも食べたくなる。

視線で催促されたイボンドは、次々とトンカツを揚げていき……

「え？　これ……中にチーズが入ってる⁉　うわぁ……肉とチーズって最高」

「あ、私のやつには香草が細かくしたのが入ってるわ。肉の風味の後に香草の香りが口の中に広がって……これ、凄いわね。いくらでも食べられそう」

そんな風に何種類かのトンカツがあると分かると、自分が食べたものだけではなく、他のトンカツも食べたいとイボンドの料理を待つ。

もちろん、料理はトンカツだけではない。イボンドがトンカツを揚げている間、待ち時間に食べる料理も色々と用意されていた。

その多くの料理はイボンドが作ったことがある料理なのだが、レイが日本の知識を元にアドバイスしたことにより、一段上の味となっていた。

とはいえ、レイは別にそこまで効果的なアドバイスをした訳ではない。

レイの持つ朧気《おぼろげ》な知識を聞いたイボンドが、それを元にして改良を加えていったのだ。

「うん、これは……美味い。以前食ったのよりも明らかにレベルが上がってるな」

レイもまた、トンカツを食べて驚きと感嘆の入り交じった声を上げる。

そんなトンカツを黒パンに挟んで食べると、若干の酸味がある黒パンとトンカツが合わさり、カツサンドとなってレイの口を楽しませる。

本来ならキャベツのような葉野菜があればもっとカツサンドらしくなるのだが。

それでも久しぶりに食べるカツサンドに舌鼓を打っていると、そんな様子を他の者が見る。

この村にもサンドイッチは普通にあるのだが、初めて食べるトンカツをサンドイッチにするという考えが及ばなかったのだろう。

何人もがレイの食べているカツサンドを見て、同じようにして食べる。

また、一口にカツサンドといっても、イボンドが揚げているカツは一種類ではなく何種類もある。

それだけに、それぞれのカツに合うようにパンの薄さや、一緒に入れる野菜を考えるという楽しみがあり、何人もが自分が最高だと思うカツサンドを作っては喜んでいた。

もちろん、せっかくのトンカツをパンに挟んでしまうのは勿体《もったい》ないと言い、トンカツのまま食べ続ける者も多かったが。

そうしてトンカツの騒動が一段落ついたところで。

ずっと熱した油の前にいたために汗をかいたイボンドが、水を飲んで喉《のど》を潤してから、大きく口を開く。

「トンカツに満足して貰《もら》えたようで何よりだ。だが……俺の料理はこれで終わりじゃない。師匠の代わりに祭事の料理を担当する以上、もっと村の皆を驚かせよう！」

そう叫ぶイボンドの声は、この場にいる全員の耳にしっかりと届いた。

だが、その言葉を聞きながらも、今の言葉は本当か？　といった疑問を浮かべる者が多い。

猪肉《いのししにく》を油で揚げるトンカツという料理は、それだけ村の住人たちの心を掴《つか》んだのだ。

初めて食べた味で、しかもトンカツは一種類ではなく何種類もある。

そんな美味《うま》い料理を食べた上に、まだ他《ほか》にも新しい料理があるというのか、と。

疑問と期待の視線を向けられつつ、イボンドが向かったのはキャンプファイヤーのような大きな

焚き火のある場所。

料理を食べている間に火の勢いは大分弱まっていたが……そんな焚き火の前で、イボンドは叫ぶ。

「さて、最後にして今回の祭事で俺が用意した最高の……ある意味ではトンカツをも上回る料理は、この焚き火の下に埋めてある！」

ざわり、と。

イボンドの口から出た言葉に、それを聞いていた者たちは一体何を言っているのだ？　とざわめく。

イボンドが立っているのは、ただの焚き火の前。どこにも料理など見当たらないと。

……なお、そんな風に戸惑っている者たちが多い中で、村長を始めとした数人はそこまで驚いた様子はなく、期待の表情を浮かべていた。

だが、それは当然だ。焚き火の下に泥で包んだ山鳥を仕込むのだ。そのような真似をする以上、前もって村長や祭事を担当する者たちには話を通しておく必要がある。

村長たちも、最初にイボンドから話を聞いたときは一体何を言っているのだ？　と理解不能といった様子だったのだが、それが祭事の料理に絶対に必要だと言われ、半ば押し切られた形で認めたのだ。

正直なところ、今の今まではその料理にそこまで期待はしていなかったが、それはトンカツを食べたことによって大きく変わってしまった。

あれだけ美味いトンカツより、さらに美味い料理。

そう言われて、興奮するなという方が無理だろう。

「ただ、その料理は地中にある以上、当然だが掘り出さないといけない。力自慢の奴《やつ》は協力してくれ。協力してくれる者が多ければ多いほど、早く食べることが出来るぞ」

『おおおおおおおおおおおおおおおおおおおお！』

イボンドの言葉に、力自慢の者たちが揃《そろ》って雄叫《おたけ》びを上げる。

トンカツを食べて、その美味さに感動したのだろう。

先程まで焚き火をしていたので、地面はかなり熱くなっている。

それでも美味い料理を出来るだけ早く食べたいと、熱さも気にした様子もなく男たちは掘り続けた。

元々そこまで深い場所に埋めておいた訳でもないので、程なく掘り出されたものは、かなりの長時間にわたって行われた焚き火により、完全に泥が乾いて真っ黒な塊になっていた。

「これが……料理……？　土の塊にしか見えないんだが」

山の恵みを掘り出した男が、心の底から残念そうに告げる。

トンカツという、初めて食べる美味い料理を味わっただけに、それよりも美味い料理だと言われて出てきたのが土の塊だったのだから、そんな風になるのも仕方がない。

そんな男の言葉に同意するように、他の者たちもそれぞれ残念そうな様子を見せていた。

それは掘り出した男たちだけではなく、一体何が出てくるのかと楽しみに見物していた他の村人たちも同様だ。それどころか、村長たちも心配そうな、本当に大丈夫なんだろうな？　といった視線をイボンドに向ける。

そんな複数の視線を向けられても、イボンドは全く怯《ひる》んだ様子がない。

泥が乾いて土になっている外見こそ、とても美味そうな料理には思えないが……その料理の真価を見たとき、村人たちが現在浮かべている表情がどう変わるのか、楽しみではあった。

疑惑の視線を無視しながら、村長や祭事を行う者たち、村の中心人物たちを集めると、その前に乾いた土の塊を置く。

そうして、本当に自分たちがこの土の塊を食わないといけないのか？　といった表情を浮かべる村長たちの前に、小さな木槌《きづち》を手にイボンドが近付いていく。

包丁や調味料の類《たぐい》ではなく、何故《なぜ》木槌？　と疑問に思った者もいたが……イボンドはその木槌を躊躇《ちゅうちょ》なく土の塊に叩《たた》き付けた。

すると、焚き火の熱で固まっていた土は、若干乾いた音を立てて壊れ……瞬間、ふわり、と土の塊の隙間から、猛烈に食欲を刺激するような香りが周囲に漂っていく。

まさに香りの爆弾という表現が相応《ふさわ》しいその様子に、数秒前まで疑惑の視線をイボンドに向けていた者たちの顔に浮かんでいるのは、陶酔の色だけだ。

（中華料理には佛跳牆《フォーティイヤオチアン》とかいうのがあるって漫画で見たことがあったけど）

レイは日本で得た知識から、佛跳牆という料理について思い出す。

佛跳牆という料理は、壺《つぼ》の中にフカヒレや干し貝柱、アワビ、ナマコ、金華《きんか》ハム、キノコ……それ以外にも多数の食材を入れて匂《にお》いが外に漏れないように紙や練った小麦で密封し、十時間前後蒸し上げるといった料理だ。

料理名の佛跳牆というのは、修行中の坊主でもその匂いを嗅《か》げば壁を跳び越えてスープを飲みに来るという話からつけられたもので、佛跳牆もまた香りの爆弾と呼ぶのが相応しいくらいに周囲に香りを漂わせる。

当然のように日本の中でも東北の田舎で育ったレイには佛跳牆などという高級中華を食べた——この場合は飲むというのが正しい——ことはないのだが、それでもそんなことを思い出すくらいにイボンドが作った山の恵みという料理は素晴らしい香りを漂わせていた。

村人たちがその香りに言葉も出ない様子でうっとりしているのを見たイボンドは、してやったりといった表情を浮かべる。

ある意味、これはイボンドの演出でもあった。

最初は土の塊を見せることによって、本当にこの料理は美味いのか？　と思わせる。

そんな中で土を割ると、次の瞬間には香りの爆弾によって周辺に食欲を刺激する香りが漂う。

あとは、実際にその料理を食べて、山鳥の詰め物を味わえば料理の完結だった。

土の塊を取り除き、山鳥を包んでいた巨大な葉っぱを開く。

「これがトンカツよりも美味い、この祭事に相応しい最後にして最高の料理だ」

そう宣言するイボンドは山鳥を切り分け、祭器の皿に載せてから祭事を行う人物に渡すと、その人物は祭器の皿を使って山に捧《ささ》げ……次に個別の皿に取り分けていく。

そんな山の恵みを最初に口に運んだのは、村長。

「ふぉ……」

村長の口から出たのは、そんな一言。

村長と一緒に集められた者たちは、そんな村長の様子に疑問を抱き……それでも、この何とも食欲を刺激してくる山鳥を食べたいという誘惑には勝てず、村長と同様に切り分けて口に運ぶ。

そして村長と同じように奇妙な一言を口にして、その動きを止めた。

あるいは、これで村長たちが苦しそうにしていれば、もしかしたら毒か何かでは？　といった疑問を抱いた者もいただろう。

だが、村長たちは言葉も出ないような状況になっているが、非常に幸せそうだった。

そして再び動き出すと、再度山鳥を切り分けて口に運ぶ。

「美味い……正直なところ、こんなに美味いホウコウ鳥の料理は食べたことがないくらいに美味い」

しみじみと、しかし周囲にいる者たちには聞こえるように、しっかりと告げる村長。

村長と一緒に山の恵みを食べていた者たちも、その言葉に異論はないのか同意するように頷《うなず》く。

「喜んで貰えて、何よりだ」

イボンドは自分の料理に心奪われた様子を見せる村長たちを満足そうに見る。

そんな村長たちを見ていた村人の一人が、口を開く。

「そ、そんなに美味いのなら、俺にも食わせてくれ！」

一人がそう言えば、次から次に自分も食いたいと言う者が出てくる。

それだけ山の恵みという料理が美味そうに思えたのだろう。

（あれだけの香りの爆発を前にして、食べたくないなんて言う奴がいたら、それこそ見てみたいけどな）

そんな風に客観的に見るレイだったが、レイもまた当然ながらその山の恵みを食べたい。

レイの知っている乞食鶏《こじきどり》という料理がどういう風に仕上がったのか。提案者だけに、早く食べたいと思うのは当然の話だろう。

そうして多くの者たちの手に掘り出された山の恵みが行き渡る。

もちろん、山鳥を一羽丸々使っているので、複数人で一つの山の恵みを食べるという流れになり、レイもまた他の村人と一緒に食べることになった。

レイはその小柄な外見とは裏腹に大食いなので、一人で山の恵みを食べようと思えば食べられるのだが、この場合はレイが一人で食べられるかどうかといった問題ではなく、祭事に参加している村人全員が山の恵みを食べられることが優先される。

祭事に参加している者の中には、ガラリアの住人ではないレイが何故ここにいるのかといったように見ている者もいる。特にトンカツを食べてから、そのような者は増えていた。

トンカツや山の恵みのような美味い料理は、自分たちだけでたくさん食べたいと思ったのだろう。

そのような者たちにしてみれば、レイは邪魔者に思えるのだ。

ただし、トンカツも山の恵みもレイが考えた——実際には日本にいるときの知識からの料理なのだが——料理であると言われれば、レイに出ていけと言える者はいない。

そうして、レイたちの前でも木槌によって土が破壊され……再び周囲には爆発的に香りが漂う。

すでに何人か食べている者がいるので、最初に嗅いだときのような衝撃はない。しかし、それでも周囲に爆発的に広がる香りは、圧倒的なものがあった。

「これは……凄《すご》いな……」

レイと一緒に山の恵みを食べることになった男が、割られた土の間から漂ってくる香りに心が奪われたかのように呟《つぶや》く。

他の面々も言葉にはしなかったが、男の言葉に異論のある者はいない。

そうして十分に香りを楽しむと、乾いた土をどかし、山鳥を包んでいる大きな葉っぱを開く。

するとそこには、先程村長たちが食べていたのと同じ山鳥の姿があった。

とはいえ、この山鳥は野生の鳥だ。

養鶏のように育てていた訳ではないので、個体によって多少は大きさの違いはある。

そして、レイたちが食べるものは、村長たちが食べたものよりも若干大きい。

「は、早く食べようぜ。他の連中も食べてるんだ。腹が減ってしょうがねえ」

「あのねぇ……さっきトンカツを食べたばかりでしょ？　なのに、もうお腹《なか》が空《す》いたの？」

腹が減ったという男に、こちらもまたレイと一緒に食べることになった女が呆《あき》れたように言う。

だが、そう言いながらも女は男の気持ちが理解出来たのも事実。

トンカツでそれなりに腹は膨れたが、それでも今こうして改めて『山の恵み』と名付けられた山鳥の料理から漂ってくる香りを嗅いでしまうと、食欲が湧《わ》いてくるのだ。

「じゃあ、切るわよ。もも肉は……片方はレイね」

女のその言葉に何人かが不満そうな様子を見せる。もも肉は鳥の中でも最も美味《うま》い場所の一つだけに、何故それを部外者にと、そう思ったのだろう。

だが、女は鋭い視線を向けてそんな不満を抑え込む。

女にしてみれば、作ったのはイボンドでも、料理を考えたレイが一番美味い部位を食べるのは当然だと思えた。

そんな女の心遣いにレイは感謝しながら、切り分けたもも肉と山鳥の中に入っていた各種野菜を皿に盛り付けて渡されたものを受け取る。

最初に試作したときは、山鳥の骨が、切り分けたり食べたりする際に邪魔になっていたのだが、イボンドは大きな骨はともかく、小さな骨は可能な限り取り除くことに成功したようだ。

おかげで山鳥を切り分けたときも、骨が邪魔になったりはしない。

また、食べるときも小骨が邪魔をしないので、非常に食べやすい。

レイはまず、もも肉を口に運ぶ。

焼いたときのようにカリッとした触感はないのだが、蒸し焼きにされたことによって肉は驚くほどに柔らかく、口の中ですぐに解《ほぐ》れていく。

もも肉の部分には直接香草を始めとした詰め物が触れてはいないのだが、長時間蒸し焼きにしたことにより、十分にその身には香りが染みついていた。

表面に塗り込んだ塩や香草の香りが口の中で柔らかい味という風に認識される。

トンカツが油で揚げて、サクサクとした触感とどっしりとした肉の旨《うま》みをガツンと味わわせる料理なら、山の恵みは優しい味といったところだろう。

(山という大自然に包み込まれるような、そんな柔らかな味……と表現すればいいのか?)

そんな風に思いつつ、レイは次に詰め物を口に運ぶ。

各種野菜の中に隠れて、塩気の強いハムが隠れており、それが味と食感のアクセントとなる。

イボンドが改良のために加えた野菜も、蒸し焼きになっているにもかかわらず、シャキシャキとした食感が口の中で広まり、それが楽しい。

また、香草もしっかりと下処理をされており、野菜と一緒に食べられる。

そうして山の恵みを十分に味わっていたレイだったが、他《ほか》の面々もそれは同様だ。

山の恵みの美味さに驚き、あるいは目を大きく見開き、次々に口に運ぶ。

そんな者たちの様子を見ていたレイだったが、周囲の様子を眺めていたところで、ふと気が付く。

(え? あれ? あの男ってさっきの……何でここにいるんだ?)

そんな疑問を抱いたのは、祭事の最中にレイが村の中を歩き回っていたとき、冒険者に料理を振る舞っていた男の姿が、いつの間にかここにあったためだ。

その男はこの村の住人ではないので、祭事に参加せずに冒険者たちに料理を作っていたのではなかったのか。

レイは協力者ということで参加が認められているものの、部外者は禁止という祭事のはずだ。それなのに、あの男は何故ここに? と、そんな疑問を抱いていると、男は皿の上に取り分けられた料理を食べて、驚きの表情を浮かべた。

男が作った鹿《しか》の串焼《くしや》きもとても美味かったが、そんな男にしてみてもイボンドの作った山の恵みという料理は十分に美味いと……驚きを与えるほどだったのだろう。

（もしかしたら、あの男は本当にイボンドの師匠のドモラなんじゃないか？）

そう思ったが、あのとき一緒にいた冒険者は、ドモラという名前ではないと、はっきりと言っていた。

とはいえ、それはあくまでも冒険者に聞いた話だし、偽名という可能性もある。

この状況を考えた場合、やはりイボンドの師匠のドモラである可能性は高い。

（その割りには、村人たちがドモラと思《おぼ》しき男に気が付く様子がないけどな。これは何でだ？

……まさか、山の恵みがあまりに美味《おい》しくて気が付いてないとか？）

揚げ油を用意するのが大変なトンカツと違い、山の恵みは作るのはそこまで大変ではない。

それこそ、その気になれば普通の家でも同じように作ることは出来るだろう。

……その場合、山鳥を獲《と》ったり、その下処理をしたり、山鳥の中に入れる香草を始めとする詰め物を用意したりといった手間はかかるが。

また、泥で包んだ後に長時間焚《た》き火《び》をする必要もあることを考えると、普通の家でも作れるが、実際に作ろうと思えばそう簡単に作れる料理ではない。

この料理はむしろ、趣味として料理をするような者――材料を集めたり調理したりする手間すらも楽しむといったような、趣味で料理をする者が休日にやる料理といった感じだろう。

あくまでもレイのイメージなので、実際には違うかもしれないが。

（って、料理云々《うんぬん》じゃなくて、問題なのはドモラと思しき奴《やつ》だ。……よし）

誰《だれ》もドモラと思しき存在に気が付いていないのなら、自分が直接会話して確認しよう。

そう判断して、山の恵みを食べるのを途中で止《や》めると、ドモラと思しき相手に向かう。

レイと一緒に山の恵みを食べていた者たちは、最初レイがどこに行くのか？　と疑問に思ったが、レイがいなくなれば自分が食べられる量が増えると判断し、止めるような真似《まね》はしなかった。

（あ、俺と一緒に食べてた連中に話を聞けば……いや、あの様子だと料理に夢中で、とてもではないが俺の話を聞く余裕はなかったか）

自分ももっと食べたかったが仕方がないかと諦《あきら》めて歩いていき……当然ながら男の方も、自分に向かって真《ま》っ直《す》ぐ近付いてくるレイに気が付く。

一瞬……本当に一瞬だったが、間違いなく見つかってしまったといった表情を浮かべた男。

それを見たレイは、男がドモラであるという確信を強め……そして男の前に到着する。

「その料理、どうだった？　イボンドが……あんたの弟子が、あんたに負けないようにって必死になって作った料理で、名前は知ってるかもしれないけど、山の恵みだ」

自分を確実にドモラだと認識しているかのようなレイの言葉に、男は最初戸惑い、次にどう誤魔化すかといったようなことを考え……そして最終的に大きく息を吐く。

この状況では、もう誤魔化すことが出来ないと理解したのだろう。

「イボンドの腕は知ってたつもりだったけど、俺が知ってるよりもさらに上がったみたいだな」

外で料理を作って貰《もら》ったときとは、若干違う口調。

恐らく外にいたときは、自分がドモラであるということを知られないために、態度や口調を偽っていたのだろう。

（それにしても、ドモラがこの村で有名なら、何で皆《みんな》もっと騒がないんだ？　山の恵みに夢中な奴も多いと言えば多いけど、全員がそうな訳じゃないし）

そんな疑問を抱きつつも、男の言葉は、自分がドモラであると認めるものだった。

「あんたがドモラだな？」

「ああ、その通り。……まさか、イボンドではなく部外者に見破られるとは思わなかったが。……いや、俺を知らなかった分だけ、見つけやすかったのかもしれないな」

「うん？　それは一体どういう意味だ？」

ドモラと思しき相手……いや、すでに本人が認めたのだから、ドモラと断言してもいいのだが、そのドモラの話している内容の意味が分からず、レイは首を傾《かし》げる。

「この顔は、変装なんだよ」

「……マジックアイテムか？」

ドモラの口から出た言葉に納得すると同時に、即座にマジックアイテムなのかと尋ねるレイ。

レイは美味い料理を食べるのも趣味だが、それと同様に……あるいはそれ以上に、マジックアイテムを集めるという趣味を持っていた。

マジックアイテムであれば何でも集めるという訳ではなく、冒険者として活動する中で有益なマジックアイテムという条件はあったが。

だから、たとえば貴族が見栄《みえ》のために購入するような飾り物のマジックアイテムは欲しない。

そんなレイにとって、変装を可能とするマジックアイテムがあるのなら、それは興味深い。

何としても譲って貰いたい。

そう思うレイだったが、ドモラは首を横に振る。

「いや、これはマジックアイテムじゃない。純粋に技術を使って変装してるんだよ」

「そうなのか」

ドモラの口から出た言葉は、レイをがっかりとさせるには十分なものだ。

だが、それがマジックアイテムではないならどうしようもない。

「期待に添えなかったようで悪いな。……それで、この料理だが……」

話が一段落したところで、今度はドモラがレイに興味深そうな視線を向ける。

料理人として、ドモラは相応の自信があった。かつては貴族に仕えていたこともあるし、各地を放浪して色々な地域の食べ物を学んだりもした。

しかし、そんなドモラも、この山の恵みという料理は初めて見る。

トンカツも食べたが、そちらもまた未知の食感と味だった。

こんな未知の料理をすぐに思いついたレイは、ドモラにとっても驚くべき相手なのだろう。

「こういう料理があるって教えたのは俺だけど、俺が知ってるのはあくまでも料理の概要だけだ。トンカツにしろ山の恵みにしろ、ここまでの料理に仕上げたのは、間違いなくイボンドだよ」

「そうか、イボンドが。……俺がいなくなってからまだ少ししか経《た》っていないのに、これだけの実力を身につけたのか。これなら……」

その言葉は、レイにとって少し気になるものだった。

今の言い方からすると、まるで何か狙《ねら》いがあってドモラは行方を晦《くら》ましたかのように思える。

「お前が行方不明になっていたのは、何かの理由があるのか？」

レイの言葉に、ドモラは少し沈黙してから口を開く。

「そうだ。俺にはやるべきことがある。それはここを離れなければ出来ないことなんだ。だから、今回はどうしても、俺が祭事の料理を作る訳にはいかなかった」

「それなら、何も言わないで行方不明になるんじゃなく、最初からイボンドに言っておいた方がよかったんじゃないか？　それならイボンドもあそこまで動揺することはなかっただろうに」

「それこそが、イボンドにとって必要な経験だったんだ」

「どういう意味だ？」

「何かあったとき、動揺して何も出来ないようでは意味がない。イボンドには自分が祭事の料理を担う重要な料理人であるという自覚が必要だった」

「……らしいぞ」

え？　と。ドモラは、レイの言葉の意味が理解出来ず、その視線を追う。

レイの視線が向いていたのは、ドモラ……ではなく、その背後。

レイの様子から、何となくその視線の先にいるのが誰なのかを理解したのだろう。

ドモラは苦々しげな表情を浮かべて、それでもこの状況で無視する訳にもいかず、振り返る。

そこにいたのは、当然のようにイボンド。

レイが見知らぬ誰かと話していたので、気になって……それと同時に、山の恵みを食べてどうだったか感想を聞こうと思ってやって来たのだが、そこでレイと見知らぬ男の……実は師匠のドモラとの会話を聞いてしまったのだ。

「し……師匠？」

ドモラは変装をしているので、イボンドの知っているドモラとは顔が違う。

それでも今の会話から、イボンドの前にいるのが師匠のドモラであるというのは間違いなかった。

そんなイボンドの様子に、ドモラはどうするべきか考える。

もしレイが側《そば》にいなければ、一体何のことを言っているのかと誤魔化すことも出来ただろう。

しかし、レイという証人がいる今、ここは素直に白状すべきかと判断し、渋々といった様子でドモラは口を開く。

「久しぶりだな、イボンド。今回の料理は、素晴らしかった。トンカツと山の恵み以外の料理も、十分にイボンドの技量が活《い》かされている」

「師匠……一体何で急にいなくなったりしたんだよ。俺がどれだけ心配したと思ってる？　おまけに、祭事の料理も師匠じゃなくて俺がやることになってるし……」

話している間に、イボンドは次第に自分の中に怒りが湧き上がってきたのを感じる。

もちろん、そこには行方不明になっていたドモラが無事に見つかったという安堵《あんど》もあったのだが……それでも、やはり何も言わないでいきなりいなくなったというのが、腹に据えかねたのだろう。

イボンドがどれだけ苦労していたか知っているレイは、イボンドは怒って当然だと思える。

「待つのだ、イボンド。……まさか、ドモラの変装が見破られるとは、予想外だったが」

ドモラに向かって不満をぶちまけようとしたイボンドだったが、それを止めたのは村長だった。

村長のそんな様子に、イボンドはさらに不満を高める。

師匠のドモラが行方不明になったことにより、祭事の料理をドモラの弟子であるイボンドに任せると決めたのは村長だ。

その村長が、実はドモラの行方不明を演出し、自分に無理難題を押し付けていた。

そう思えば、イボンドが不満を抱くなという方が無理だろう。

「落ち着け。何の意味もなく今回のようなことをした訳ではない。……ドモラは、やらなければならないことがあり、旅立つ必要がある。ドモラがいなくなれば、当然だが祭事の料理を作るのはその弟子のイボンドとなる。それが問題なく出来ると、示す必要があったのだ」

「なら……別にいきなり師匠がいなくならなくても、最初からそう言えばいいだろ」

「最初はそのようにするという意見もあった。しかし……どうせなら、もっと厳しい状況に追い込んだ方がいいと、そんな風にドモラが言ったのだ」

「イボンドは料理の腕はもう十分だが、それ以外の面には心配なところがあるからな」

「う……」

村長に続いてそう言うドモラに、イボンドはどこか自覚があるのか言葉に詰まる。

実際、レイが最初にイボンドと会ったとき、イボンドはかなり混乱している様子を見せていた。

いざというとき、あのように動揺してしまうのがイボンドの欠点だとドモラは思ったのだろう。

「そういう訳で……少し当初の予想とは違ったが、今日でイボンドは俺の弟子を卒業とする」

「……え？　ちょ、師匠？」

不意にそう宣言しながら、ドモラは顔に手を当て、そこに張り付いていた皮膚のようなものを剥《は》ぎ取る。するとそこには、先程までのドモラとは全く違う顔があった。

その新たに現れた顔こそが、本物のドモラの顔なのだろうというのは、イボンドを……そして今のやり取りを聞いて様子を窺《うかが》っていた周囲の者たちの反応を見れば明らかだ。

「村長として、ドモラのその言葉を認めよう。これからは、イボンドが祭事の料理を行うとする」

ドモラの行動に合わせるように、村長がそう告げる。

すると周囲で様子を窺っていた村人たちも、そんな村長の言葉に歓声を上げる。

そんな村人たちの様子に、もしかしたら自分以外の全員が今回の一件を知っていたのでは？　と疑問を抱くイボンドだったが、周囲の様子を見る限りでは特にそんな様子には見えない。

村人たちも、いきなり変装を解いて本来の顔を露《あら》わにしたドモラに驚いていたのだから。

「ドモラさん、あんな変装が出来る人だったんだな」

「俺、最初村人でもない奴が何でここにいるのかって不思議に思ってたんだよ。でも、村長とかと話してたから、多分村の関係者なんだろうなというのは分かったし」

「あ、それは俺も。けど……まさか、ドモラさんだったとはな。驚いたぜ」

全員がしみじみと呟《つぶや》いているのを聞いたイボンドは、これ以上怒るに怒れなくなる。

もちろん、まだドモラに対して言いたいことはいくらでもあるのだが。

「それで、師匠は祭事の料理を俺に任せて、一体どうするんだよ？」

言いたいことを渋々飲み込み、改めてイボンドはそう尋ねる。

しかし、ドモラはそんなイボンドに対して首を横に振るだけだ。

「これは完全に俺の個人的な理由だ。それをお前に教える訳にはいかない」

「いや、こうして師匠に迷惑をかけられてるんだから、教えてくれてもいいだろ」

イボンドにしてみれば、このような状況で何故《なぜ》自分に隠すのか。

ここまで巻き込んでいるのだから、事情は話してくれてもいいだろうにと思うのは当然だった。

そうしてしつこく言ってくるイボンドに根負けしたのか……ドモラはやがて口を開く。

「実は、とある街で俺が世話になった人から店を継いでくれないかという話があってな。前々から
そんな話はされていたんだが、今までは祭事の件もあって断っていた。だが、イボンドの料理の腕
はかなり上がった。今なら、お前に任せてもいいと思ったんだよな」

「それでドモラから頼まれてな。今回の件で一芝居打った訳だ。……しかし、その結果は誰にとっ
ても納得出来るものだったのは間違いない。見てみろ」

村長の言葉にイボンドは周囲の様子を見る。

そこでは、多くの者がイボンドの料理を嬉《うれ》しそうに食べていた。

それはイボンドの口に思わず笑みを浮かばせるには十分な光景。

「この光景は、お前が作り出したんだ。なら……答えはそれで十分じゃないか？」

「師匠……でも、この光景を生み出した料理を考えたのは、レイだ。俺はレイの知っていた料理の知識を使って、この村でも作れるようにしただけだ」

イボンドがドモラに言われても完全に自信を持てないのは、料理の知識という点でレイに助けて貰ったからなのだろう。もし最初からイボンドが料理を考えて、トンカツや山の恵みという料理を作っていたのなら、自信を持ってドモラを送り出せたのかもしれないが。

「別に最初から完璧《かんぺき》である必要はない。そもそも、俺だってまだ修業中の身なんだ。料理に関しては、それこそいつまでも修業の毎日となる。自分の力だけで、この光景を作り出せなかった。なら、次はイボンドの力だけでこの光景を作り出せばいいだろう」

そう告げるドモラの言葉に、イボンドは少し考え……やがて、決意を込めた目で頷《うなず》くのだった。

第三章　アプルダーナ料理大会

「えーっと、多分……あの街……いや、都市で間違いないと思う。ドモラから聞いた通りだ」

そう断言するレイの言葉に、そのレイを背中に乗せているセトは心配そうに喉《のど》を鳴らす。

ガラリアで行われた祭事の一件で知り合った、ドモラ。

世話になった人物からの頼みで店を継ぐことになり、祭事が終わった次の日にはもうガラリアを発《た》ったのだが、そのとき見送りに来たレイに面白いことを教えてくれた。

それは、アプルダーナという都市で近々料理大会が行われるというものだった。

美味《うま》い料理に目がないレイとセトだ。そんな話を聞けば、そこに行かない訳にはいかない。

一応レイは、そのアプルダーナという都市で開かれる料理大会にドモラは出るのかと聞いたのだが、それに対してドモラは首を横に振った。

ドモラも料理大会に興味はあったようだが、恩人の店を継ぐとなると、寄り道している余裕はないらしい。

レイにしてみれば、恩人の店を継ぐのならそれこそ料理大会に出てその店の名前を広め、宣伝をした方がいいと思ったのだが……その辺は人それぞれで考え方が違う。

ドモラがそのように考えているのなら、レイがそれ以上口出しすることでもない。

そんな訳で、レイはセトと一緒にアプルダーナという都市に向かっていたのだが……どちらも実は微妙に方向音痴気味だったりする。

結果として、途中何度か全く違う方向に進み、そこで盗賊に襲われていた商人を助けたり、その盗賊の裏で商人の娘を狙った貴族が糸を引いているのを突き止めたり、それを解決したり……と、それだけで本が一冊書けるのではないかといった騒動に巻き込まれたりもした。

とはいえ、トラブルの女神に愛されているレイだけに、その程度の騒動はいつものことと、余裕でその一件を解決し、アプルダーナの場所を聞いて飛び立ったのだった。

そうして今度こそ無事にアプルダーナが見えてきたのだが……

「結構な人がアプルダーナに向かってるな。ガラリアは人が少なかったから、そんな風に感じるのか？　……いや、違う。間違いなく、数が多い」

空から見る限り、結構な人の数が街道にある。

一体何故？　と考えたものの、レイが思いつくのは一つだけだ。

「もしかして……これ、全員料理大会を目当てにした者たちか？」

料理大会に直接出る者、料理大会を見物したい者、あるいは料理大会を商売の場と見て珍しい食材や高価な食材を売ろうとする者。

そんな者たちがここに集まってきても、おかしなことは全くない。

いや、都市という、街よりも大きな規模の場所で行われる料理大会なのだから、これだけの者たちが集まってくるのが当然なのかもしれないが。

「このまま空を飛んでいって衛兵に気付かれたら面倒事になりそうだし……そろそろ俺たちも降りるか」

レイのその言葉に、セトは翼を羽ばたかせながら地上に向かう。

これが本拠地のギルムなら、正門近くにセトが直接降りても騒動になるようなことはもうないのだが、このアプルダーナは初めて来る場所だ。

そのような場所で、高ランクモンスターのグリフォンがいきなり上空から降りてきた場合、非常に大きな騒動になってもおかしくはなかった。

そうならないようにするために、レイはセトをアプルダーナから少し離れた場所……それも街道に直接降りるのではなく、街道からも少し離れた場所に降りる。

そこまで気を遣ったおかげで、街道を歩いている者たちはレイとセトを見ても驚きはしたものの、いきなりパニック状態になって暴れ出すといったようなことはなかった。

そしてセトの背の上にレイが乗っているのを見れば、少し情報通ならレイが深紅の異名を持つ冒険者であるというのは容易に予想出来た。

そして何故深紅がここに？　と話している者たちがいる中で、レイは周囲の視線を気にした様子もなくアプルダーナの正門に向かう。

注意を向けられているレイとセトが堂々としているので、それを見ていた者はそれが普通なのか？　といった疑問を抱き、大きな騒動になることはなかった。

そうしてレイはセトと共にアプルダーナの正門に進む。

多くの者が正門の前で中に入る手続きを行っているので、当然ながら行列は長い。

そこでもグリフォンの登場に驚かれるというのいつも通りの一幕はあったものの、レイとセトの慣れた対処のおかげで大きな騒ぎにはならずに行列は進み……

レイとセトの番になると、警備兵が手続きを進ませようとするものの、セトを見て驚きの声を上げ、動きを止める。

「次、手続きを……え？」

そんな警備兵に、セトはどうしたの？　と喉を鳴らすが……セトに慣れているレイや、あるいはギルムの住人ならともかく、初めてセトを見る者にしてみれば喉を鳴らされたのは威嚇に聞こえた。

思わず後ろに下がり……だが、セトが大人しくしているのを見て、何とか落ち着く。

ただし、それはあくまでも表面上のことだけで、内心は今もまだ動揺しているが。

（グリフォン⁉　え？　何でグリフォン⁉）

このように、内心では思い切り動揺していたのだが、それを表に出さずに手続きを行う。

そして周囲にいる者たち……それこそ、他《ほか》の警備兵たちからも視線を向けられながら。

ある意味で運の悪い男は、レイからギルドカードを受け取り……

「ランクB冒険者⁉　……いや、グリフォンを従魔にしているランクB冒険者……深紅⁉」

そこでようやくレイの正体――別に隠していた訳ではないが――に気が付いたのか、警備兵が叫ぶ。本来なら、セトを見た時点でレイが誰《だれ》なのかを理解してもおかしくはなかったのだが……セトを見たことによって受けた衝撃は、それだけ圧倒的だったのだろう。

レイの異名の深紅という単語を聞き、周囲にいた者たちは揃《そろ》って納得の表情を浮かべる。

セトを連れたレイを見て、恐らくは深紅なのだろうと予想していた者はそれなりにいる。

グリフォンを従魔にしているというのは、それだけ珍しいことなのだ。

「その……異名持ちの冒険者が、一体何をしにアプルダーナまで？」

恐る恐るといった様子で尋ねてくる警備兵に、レイは特に隠すこともないので答える。

「料理大会が開かれるって話だったからな。俺もセトも、美味い料理を食うのは好きなんだ。なら、料理大会を見てみたいと思うのはおかしくないだろう？」

「異名持ちの冒険者が……料理大会……」

レイの説明に、信じられないといった様子の警備兵。

「アプルダーナもこの規模の都市なんだ。冒険者の中には異名持ちがいるんじゃないのか？」

異名持ちが珍しいということは理解しているものの、あまりの警備兵の驚きぶりに呆《あき》れながらそう言うレイ。

そんなレイの言葉で我に返った警備兵は、今の自分の失態を誤魔化すように手続きを進める。

そしてセトに従魔と証明するための首飾りを渡し、素早く手続きを終えた。

この都市で異名持ちを見たことがない訳ではない。それはレイの言った通りであり、ここで自分のあまりの狼狽《うろた》えようを弁解しようとしても、恥の上塗りになると判断したのだろう。

手続きを終えると、レイは警備兵に急《せ》かされるようにアプルダーナの中に入るのだった。

「さて、街中には入ったけど、問題はこれからどうするか、だよな。……やっぱり、まずは宿を取った方がいいか？　この規模の都市で行われる料理大会となると、客も多そうだし」

そう言いながらも、レイが向かったのはギルドだ。

これだけの都市である以上、ギルドにも顔を出しておいた方がいいと判断したのだ。

……アプルダーナに入る手続きであれだけの騒動を起こしたのだから、レイがいるという情報は隠しようがないから、というのもあるが。

そんな訳で、宿よりも前にギルドに行くことにしたのだ。

ランクBという高ランク冒険者であるレイだけに、ギルドでお薦めの宿を教えて貰《もら》えるかもしれないという打算もあったのだが……

「あら、もしかして……レイ？」

「え？　うわ、本当だ。レイがいる。……一体どうしたんだよ、こんな場所で」

ギルドに向かっている途中、不意にそんな風に声をかけられた。

どこか聞き覚えのある声に視線を向けると、そこにいたのは狐《きつね》の獣人の女と、狼《おおかみ》の獣人の男。

見覚えのある顔だったが、レイは一瞬誰なのか思い出せなかった。が、少し間を置いて思い出す。

「シュティーとロブレか？　久しぶりだな」

「……今、私たちの名前が出てくるまで、少し間がなかった？」

悪戯《いたずら》っぽい笑みを浮かべ、そうレイに言う狐の獣人の女……シュティー。

シュティーとロブレの二人は、レイと一緒にランクBへの昇格試験を受けた冒険者だ。

結果として、レイとシュティーは無事ランクB冒険者に昇格出来たのだが、ロブレは落ちた。

そんな二人だったが、恋人同士である以上は一緒にパーティを組んでいるのは相変わらずらしい。

「ちょっと思い出すのに時間がかかったんだよ。……それで、お前たちは何でアプルダーナに？

やっぱり料理大会の見物か？」

「そうよ。色々と珍しい料理を見たり、食べたり出来るらしいから。……もっとも、私よりもロブレの方が料理大会に興味があったみたいだけど」

「ちょ……おい、シュティー⁉」

あっさりと恋人の秘密を口にしたシュティーに、ロブレは非難の声を上げる。

とはいえ、それを聞いたところで別にレイがロブレをからかったりするつもりはない。

そもそも、レイもまたこうして料理大会目当てに来ているのだから。

「別にいいじゃない。それにしても、セトも久しぶりね。元気にしていた？」

恋人の抗議を受け流し、シュティーは嬉しそうに喉を鳴らすセトを撫《な》でる。

「む……ふんっ、それで料理大会があるって知っていたってことは、レイも料理大会目当てか？」

「ああ。こういう大規模な料理大会となると、美味い料理を満喫出来そうだし」

「……アイテムボックス、羨《うらや》ましいよな……」

レイの狙《ねら》いを理解したロブレは、心の底から羨ましそうに言う。

レイがミスティリングを使って、美味い料理を大量に買い込むつもりだと理解したためだ。

ミスティリングの中では時間の流れが止まっている。出来たての料理を収納しておけば、いつでも……それこそ数ヶ月後、数年後、それどころか数十年後でも出来たての料理を思う存分に食べることが出来るのだ。

「頑張ってダンジョンに潜って探してみたらどうだ？　買うのは……まず不可能だろうし」

ダンジョンの中で、マジックアイテムが見つかることは珍しくない。

また普通のマジックアイテムだけではなく、古代魔法文明の遺産……アーティファクトと呼ばれる物が見つかることもある。

レイの持つミスティリングも、分類的にはアーティファクトと言ってもいいだろう。

実際には、レイの魂をこの世界に呼び寄せたゼパイル率いる一門の中にいた錬金術師が作ったのだが……不世出の錬金術師と言われるだけあって、少なくとも今の錬金術師にアイテムボックスは作れない。せいぜいが、簡易型のアイテムボックスだけだろう。

もちろん、簡易型のアイテムボックスもかなりの量を持ち歩ける非常に優等なマジックアイテムなのだが、ミスティリングのように内部の時間の流れを止めるといった真似《まね》は出来ない。

そうなると、レイのように料理をいつまでも出来たてのままで入れておくといったようなことは出来ず、冷めるし……最悪の場合は悪くなってしまうだろう。

「ぐぬぬ……覚えてろよ。いつか俺もアイテムボックスを入手するからな」

不満そうな様子でそう告げてくるロブレの様子を、シュティーが笑みを浮かべて見る。

恋人がやる気になっているのが嬉《うれ》しいのだろう。

「とにかく……あら？　ねぇ、ちょっと見て。ギルドにかなり人が集まってるわよ？」

自分たちの向かう場所……ギルドが近付いてきたところで、不意にシュティーがそう呟《つぶや》く。

そのシュティーの言葉に、レイとロブレもギルドに視線を向けると、たしかにそこには結構な数の人が集まっているのが見えた。

「この都市って、実は結構な数の冒険者がいたりするのか？　それこそギルム並に」

「そんな訳ないだろ。アプルダーナは都市だが、別にギルムみたいに辺境にある訳じゃねえんだ」

そう言うロブレだったが、では何故《なぜ》ギルドにあれだけの冒険者がいるのか……それは分からない。

ちなみに、冒険者の数は街の大きさに比例するのではなく、周辺にいるモンスターの量や質に比例する。レイが拠点とするギルムは辺境と言われ、出現するモンスターの量も質もかなり上のレベルだ。

対してアプルダーナは、立ち寄ったり依頼で来たりする冒険者の数は多いだろうが、都市で抱えている冒険者自体はそう多くない、割と平穏な地域らしい。

では、何故あれほど冒険者が集まっているのか。考えても分からない以上、直接ギルドに行って話を聞いてみるのが最善だと判断する。

セトがいるおかげもあってか、レイたちが近付くとギルドの周辺に集まっていた者たちは自分から道を空けてくれるので、特に苦労することなくレイたちはギルドの前に到着出来た。

「どうやら、料理大会のことで何かあったみたいだな」

ギルドに到着するまでの短い時間、周囲に集まっていた者たちの会話を聞いたレイがそう言う。

そんなレイの言葉に、シュティーとロブレもまた真剣な表情で頷《うなず》く。

狐と狼の獣人である二人は、当然のように五感が普通の人間よりも鋭い。

それだけに、レイが聞こえたような話の内容はロブレたちにも聞こえていたのだろう。

セトをギルドの近くにある馬車用の待機所で待たせ……そうして、レイたちはギルドに入る。

「そんな！　何とかなりませんか⁉　それなりに料理が得意な人は冒険者にもいるでしょう⁉」

「そう言われましても、依頼を受ける受けないは、基本的に冒険者の自己判断ですので。これがアプルダーナの存続が危険になるようなことでしたら、ギルドの方でも融通を利かせられるのですが」

「なら、それは今でしょう！　この料理大会は、アプルダーナの中でも最大級の催し物です！　そんな料理大会の参加者が予定よりも少なくなったりしたら、それはアプルダーナにとって致命的なのは間違いありません！　ですので、ギルドの方でもどうにかして下さい！」

そんな会話が、ギルドの中に入ったレイの耳に聞こえてくる。

「どうやら、カウンターにいるのは料理大会の関係者みたいだな。……で、料理大会に何か不測の事態があって、開けなくなるかもしれないと。……どうする？」

そう尋ねるレイだったが、レイ本人は状況を知り、自分のとるべき行動をすでに決めていた。

そもそも料理大会を見学し、そこで出される料理を楽しむためにレイはやって来たのだ。

料理大会が中止されるのを黙って見ているつもりはない。

「そうね。ちょっと話を聞くくらいはしてもいいんじゃない？」

シュティーのその言葉にロブレも頷き、そうして三人は受付嬢とやり合っている男に向かって近付いていく。

「ちょっといい？　私たちは今ギルドに来たんだけど、料理大会を中止するみたいな話が聞こえてきて、気になったから声をかけさせて貰ったのだけれど。何があったの？」

シュティーの言葉に、受付嬢は助かったといった表情を浮かべる。

なお、レイではなくシュティーが声をかけたのは、レイとシュティーでは当然のようにシュティーの方が人当たりがいいからだ。

もしレイが声をかけた場合、下手をすると相手と喧嘩《けんか》になったりしてもおかしくはない。

「貴方《あなた》は……一体？　冒険者ですか？」

「ええ。とはいえ、私たちはアプルダーナで活動している冒険者じゃなくて、料理大会が開かれるというのを聞いて、やって来たのよ。そうしたら、この状況でしょう？　楽しみにしていた料理大会が開かれなかったら悲しいし、もしかしたら私たちで助けになれることがあるかもしれないわ」

「おお、そうですか。それは助かります。ちなみに、貴方は料理は……？」

「そこそこといったところね。……言っておくけど、料理大会に出るような腕はないわよ？」

「いえ、そんなことはありません。料理が出来るのなら、是非料理大会に出て欲しいのです」

そう言い、男は黙って聞いているレイとロブレを気にしながらも、事情を話す。

とはいえ、聞いてみれば、事情はそこまで深刻なものではなかった。

いや、料理大会を開く立場の男にしてみれば、非常に深刻な事態なのだが。

料理大会に参加する予定だった他の街の料理人たちが、流行病《はやりやまい》のせいで参加出来なくなったというものだった。

むしろ話を聞いていたレイとしては、料理大会よりも流行病の方が深刻なのでは？　と思う。

しかし、話を聞く限りではすでに薬は運ばれており、その辺の問題は解決したと。

だが、流行病になった者が治ってすぐに料理大会に参加する訳にはいかず、参加者が激減してしまったそうだ。

そういった状況で困ったのは、当然のように料理大会を開く者たちだ。

不幸中の幸い……という表現はどうかと思うが、料理大会に参加出来なくなった者たちの中には、優勝候補のような有力な料理人はいなかった。

しかし、それでも料理人が足りなくなると盛り上がりに欠けてしまう。

そのために少しでも料理大会に参加出来る者を探して、挙がってきた候補の一つが冒険者だった。

そうして冒険者ギルドにやって来て冒険者に料理大会に出て欲しいと交渉……いや、要請しているところに、レイたちがやって来たということになる。

「シュティーなら料理大会に出ても、それなりにいいところまで行くと思うぞ」

料理大会に出て欲しいという男の言葉に、ロブレがそう太鼓判を押す。

恋人の欲目もあるだろうが、ロブレにしてみればシュティーの料理は本当に美味《うま》いと思う。

だからこそ料理大会に出ても大丈夫だと言ったのだろうが……そんなロブレに、シュティーは慌てて口を開く。

「ちょっとロブレ。一体何を言ってるのよ。本気!?」

シュティーがそれなりに料理に自信があるのは間違いない。

だが、それはあくまでもそれなりであって、料理を趣味にしている一般人としてはそこそこ上手《うま》いというくらいだ。

とてもではないが本職の料理人を相手に、料理で勝てるとは思わない。

だからこそシュティーは何とかして話を誤魔化そうとしたのだが……料理大会に参加してくれる冒険者を探しに来た男にしてみれば、シュティーの存在は大歓迎だった。

男が欲しいのは、優勝出来るような腕を持った料理人という訳ではない。

いや、もちろんそのような腕を持った料理人がいれば大歓迎だったが、とにかく料理大会に参加する者の人数を集めるのが目的なのだから。

期待を込めた視線を向ける男に、シュティーは気迫負けしたかのように後退《あとずさ》る。

そして、もう自分が完全に狙いを付けられていて、逃げられないだろうと判断した。

であれば、せめてもの意趣返しとして……

「分かったわ、料理大会に参加する。ただし、ロブレとレイも一緒だからね！」

「……え？　俺？」

シュティーの言葉に、完全に意表を突かれたのはレイだ。ロブレとシュティーのやり取りを聞いていたので、ロブレが道連れにされるというのは、予想出来た。

しかし、まさかこの状況で自分の名前も出てくるとは、完全に予想外だったのだ。

驚きの声を上げるレイだったが、シュティーはそんなレイを見て当然といったように頷く。

「私とロブレが参加するんだから、レイも参加に決まってるでしょう」

文句あるの？　と視線で聞いてくるシュティーに、レイは反射的に首を横に振る。

レイとシュティーは同じランクB冒険者だが、戦闘になれば間違いなくレイが強い。

ベスティア帝国との戦争のとき、レイが一人で——正確にはセトもいたのだが、セトは従魔なので——多数の兵士を倒して深紅の異名を得たのは伊達《だて》ではないのだ。

だが、そんなレイにして、今のシュティーが発する迫力には逆らわない方がいいと思った。

それでもせめてもの抵抗とばかりに、レイは大会関係者の男に声をかける。

「俺は冒険者の中では料理が出来る方だけど、基本的には食うのが専門だ。もし料理を作った場合、吐くほどに不味《まず》いような料理は出さないが、それでも冒険者らしい適当な料理しか作れないぞ」

一瞬……本当に一瞬だけ、レイはミスティリングの中に入っている料理を自分の料理として出そうかと思ったが、それはいくら何でも卑怯《ひきょう》だろうと判断して止《や》める。

ミスティリングには、ギルムを含めて色々な場所でレイが美味いと思った料理を購入し、収納していた。

それらの料理を使えば、優勝とまではいかないにしろ、それなりに好成績は残せる自信がある。

だが……それは自分で作った料理ではない。

そんな料理を料理大会に出すのは、レイにとっても避けるべきことだった。

……万が一にも、その料理を作った料理人が大会に参加していた場合、どう考えても面倒なことになるのは間違いない。

「料理が出来るのなら、構いません。……ここだけの話、以前にも、今まで料理をしたことがなかったのに、何故か自信満々で参加した人もいますから。もちろん、その人は予選で落ちましたが」

「予選？　予選とかあるのか？」

「はい。予選も料理大会の見所の一つで、多くの人が楽しみにしています」

「……予選をか？」

腕利きの料理人が料理を作るのを見て一喜一憂するのは分かる。

だが、予選を見てそこまで喜べるのか？　とレイは疑問に思ったのだが、男は頷く。

「はい。予選は簡単な料理の知識比べをしたり、実際に簡単な料理を作ったり……まぁ、色々とありますが、予選に参加する人は多いので、見応《みごた》えがあるのは間違いありません」

そう言われると、レイも少しだけ気持ちが軽くなる。

自分の料理技術については十分に理解しているので、予選で落ちることになるのは確実だろう。であれば、ちょっとした余興のつもりで料理大会に参加しても問題はなかった。

「分かった。なら俺は参加するよ」

「ちょ……おい、レイ!?」

まさかレイがこうもあっさり料理大会に参加するとは思わなかったのか、ロブレが焦る。

ロブレにしてみれば、レイは当然のように自分と一緒に料理大会への参加に反対してくると思っていたのだが、そんな予想が完全に外れてしまった形だ。

「ロブレ、お前も諦《あきら》めた方がいい。そもそもシュティーに参加するように話をしたのはお前だろう？　なら、シュティーだけじゃなくてお前も参加するべきなんじゃないか？」

「そうね。レイの方が私のことを考えてくれてるみたいね。……全く、これが恋人なんだから」

これ見よがしに大きな溜息《ためいき》と共に呟くシュティー。

そんなシュティーの言葉を聞いたロブレは焦ったように口を開く。

「俺も別に参加しないとは言ってないだろ。シュティーやレイが参加するんだから、俺も当然参加するさ」

「おお、ありがとうございます。これで三人、と」

レイたちの話を聞いていた男は、喜色満面といった様子でそう告げる。

こうして、レイたちは話の流れでいつの間にか料理大会に参加することになったのだった。


料理大会の受付をギルドで終えて、三日後に予選があるという話を聞いて、ついでにギルドから宿を紹介して貰《もら》い、そちらに向かう。

なお、ギルドから紹介されたのはかなり高級な宿となり、宿泊料金もギルド持ちとなっていた。

レイたちが普通の……ランクCやDの冒険者なら、ギルド側もここまでしなかったのだろう。

だが料理大会の受付が終わって、レイたちがギルドカードを受付嬢に見せると、対応は一変した。

ロブレはともかく、レイとシュティーは高ランク冒険者と呼ばれるランクB冒険者で、さらにレイは深紅の異名を持つとギルド側で理解したからだろう。

レイたちが料理大会に出るようなはめになったのは、ギルド側のミスという点もある。

本来なら話が決まる前にギルド側で介入すればよかったのだから。だが、そう出来ず……それを負い目に思ったギルド側から謝罪の意味も込めて、宿泊料金をギルド持ちにしてくれたのだ。

レイはランクB冒険者だし、好んで盗賊狩りをすることから金に困っていない。シュティーとロブレもまた、ランクBとランクC冒険者で腕利きなのは間違いないので金に余裕はある。

それでもギルドの方で宿泊費を出してくれるというのなら、それを断ったりはしなかった。

そうしてレイたちはギルドに紹介された『恵《めぐ》みの雨亭《あめてい》』という宿に到着する。

都市であるアプルダーナの中でも高級な宿ということだったが、そこまで大きくはない。

宿泊客がゆっくりと過ごせるような、規模よりも質を重視した宿なのだろう。

「部屋は……二部屋でよろしいでしょうか？」

「ああ、それで……ぐふっ！」

二部屋……つまりレイが一部屋にロブレとシュティーで一部屋と主張しようとしたロブレだったが、その後頭部がシュティーに叩《たた》かれる。

そしてシュティーは、笑みを浮かべながら宿の受付に話しかける。

「三部屋、全《すべ》て個室でお願いします」

にっこりと笑みを浮かべてそう告げるシュティーは、とても迫力があった。

受付の男は、すぐに頷《うなず》いて手続きを終える。

（シュティーとロブレは恋人同士なんだし、別に一緒の部屋でもいいと思うんだけどな。嫌がったのは……やっぱり料理大会の件か？）

シュティーが料理大会に出ることになったのは、ロブレの一言が原因だ。

それだけに、ロブレに対して微妙に怒っていてもおかしくはなく……しかし、レイはそんな二人の様子を気にすることもないまま、受付の男から部屋の鍵《かぎ》を貰うのだった。


「さて、それで俺たちは料理大会に出ることになった訳だが……シュティーもそこまで気にする必要はないだろ？　大会の関係者も言ってたが、俺たちは結局のところ数合わせだ。予選で落ちても問題ないんだから、気軽に料理大会に参加すればいいと思うぞ」

それぞれ自分の部屋に荷物を置くと、すぐにレイの部屋に集まってこれからのことを話す。

なお、セトは厩舎《きゆうしや》の方でゆっくりとしている。

この恵みの雨亭は高級な宿らしく、厩舎も大きいのでセトもゆっくり出来ていた。

……他《ほか》の客の馬がセトの存在に怯《おび》えていたようだったが、それは時間をかけて慣らすしかない。

「そうね。でも、やっぱり出るからにはそれなりに結果を出したいと思うわ」

「……何だ、やる気がないのかと思ってたけど、かなりやる気に満ちてるな」

そこまで料理大会に乗り気ではないと思っていたレイだけに、その言葉には驚く。

(この辺は、簡単な料理しか作れない俺と、料理がそれなりに上手いシュティーの違いか？)

レイは自分が食べる専門だと割り切っているが、なまじ少しは腕に自信のあるシュティーはプレッシャーを感じるのかもしれない。

レイには、イカ飯やイカの一夜干し、トンカツ、乞食鶏《こじきどり》といったように料理の知識はあるが、知識だけだ。

本職の料理人と協力をすれば、その料理の知識も活《い》かせるだろうが……レイだけでは駄目だ。せめて個人ではなくこの三人で料理大会に出場するなら何とかなったかもしれないが、それが出来ない以上、レイはすでに予選落ちを受け入れている。

予選で一体どういうことをするのかは分からないが、もしかしたら……本当にもしかしたら、レイが予選を突破するといったようなことがあるかもしれないが、可能性は限りなく低いだろう。

「ま、頑張ってくれ。俺は参加するけど、多分予選落ち確定だろうし」

「……レイがそんな風に勝負を諦めるのは少し意外ね」

「いや、それはまぁ。これが強さを競う大会なら、俺も異名持ちの高ランク冒険者としてそう簡単に負ける訳にはいかないと思うが……料理大会だろ？　大食い大会なら少しだけ自信があるけど、今回は作る方の大会だ。俺にどうしろと？」

完全に守備範囲外の分野で行われる大会なのだから、レイにはどうしようもない。

そんなレイの様子を見て納得してしまったシュティーは、次にロブレに視線を向ける。

だが、シュティーの視線を向けられたロブレも、首を横に振る。

それは自分も予選落ちで間違いないと、そう理解しているからだろう。

ロブレも決して料理が出来ない訳ではないが、基本的に作るのはシュティーに任せている。食材を獲《と》ってくることなら自信はあるのだが。

そんな二人を見て、シュティーは自分だけが頑張るしかないと大きく息を吐くのだった。

◆◇◆◇◆◇

三日後……アプルダーナにある闘技場のような場所には、多くの者たちが集まっていた。

闘技場のようではあるが、実際ここでそのような行為があった訳ではない。

一応冒険者や警備兵、騎士といった者たちの訓練場として使われることはあるのだが。

しかし、現在その闘技場に集まっているのは、料理大会に参加する者たちと観客たち。

人が多く集まったことによる熱気によって、すでに汗を掻《か》いている者も多い。

「うわぁ……これは予想以上だな。こんなに集まるとは思わなかった」

そう呟《つぶや》きながら周囲の様子を見回しているのは、レイだ。

そんなレイの隣には、完全に物見遊山気分のロブレと、やる気に満ちているシュティーもいる。

闘技場の客席となっている場所には、座る場所が足りずに立ち見をしている客の姿もあり、この料理大会がこの辺りでどれだけ人気なのかを示していた。

(今日は予選だけなのに、こんなに観客が集まるんだな。最初から最後まで見る奴《やつ》も多そうだけど)

観客のいる方を見ながらそのように思っていたレイだったが、不意に闘技場に声が響く。

『料理大会の参加者たち、そして観客の皆さん、よく来てくれました！　私はこの料理大会の進行を任された、ゾランドといいます。大会終了までよろしくお願いします』

周辺に響き渡るその声はマジックアイテムによるものだろうと、レイにも予想出来る。

『さて、今日は予選！　知っての通り、本戦出場者はすでに数名決まっていますが、この予選を勝ち上がった人たちも本戦に出場出来ます！』

（つまり、もう本戦出場者として決まっている連中が本命……いわゆるシードって訳か。で、それ以外の者たちはこの予選から参加して本戦に出場する訳だ）

ゾランドの説明で、何となく理解したレイ。

日本のＴＶで似たような番組を見たことがあったため、想像しやすかったのだろう。

『予選の種目は全部でいくつかあります。勝ち上がっていくにつれ人数は減りますが、競技も難しくなり、残った敵も手強《てごわ》い相手に絞られていくことになり……それでも、本戦に参加するためには頑張るしかありません！』

「うげ、一回どうにかすれば本戦に出場出来るかもしれないと思ってたのによ」

レイの隣で、ロブレが嫌そうに呟く。

本戦に参加出来るとは、本人も思っていないだろうが、それでももしかしたら……と、そんな風に期待していたのだろう。

『闘技場の中に、○と×があるのが分かりますね？　まずはこちらを使って、人数を減らすことになります！　これから問題を出すので、それが○か×か、正解だと思う方に行って下さい！』
○×ゲームかよ、と。そうレイは思う。ある意味でこのような状況には相応《ふさわ》しいのかもしれないが、それでもまさかここで○×ゲームが出るとは思わなかった。

「うわ、こういうのって苦手だな。料理大会なのに、料理を作ったりするんじゃないのかよ？　もしくは食べ比べてどっちがどういう料理か当てるとか」

心の底から嫌そうにロブレが言い、レイもそれに同意するように頷く。

これは、料理大会のはずなのだ。

だというのに、何故《なぜ》ここで○×クイズなのかと。

そんな風に思うレイだったが、シュティーは二人を励ますように声をかける。

「答えが○か×かの二択なら、答えが分からなくて勘で選んでも、半分の確率で当たるわ。それに……こういうのはちょっと卑怯《ひきよう》だけど、○か×のどっちに行く人の方が多いか、人の動きを見て正解を予想することも出来るし。もちろん、人が少なくなると難しくなるけど」

「それだと結局本戦には出られそうにないな。……まぁ、元から俺は本戦に出られるとは思っていなかったけどよ。レイもそうだろ？」

「否定はしない」

そんな会話をする二人に、シュティーの口からは溜息が出る。

とはいえ、レイもロブレも料理はほとんど出来ない以上、もし本戦に残っても恥を掻くだけなのは間違いない。それを考えると、予選で落ちた方がいいとも言えた。

(それに……こうして見ると、似たような人が結構いそうだしね)

シュティーは周囲にいる者たちを見る。

そこにはとてもではないが普段から料理をするとは思えないような者も多い。

恐らくは自分たちと同じく、ギルドに来た料理大会の関係者からの要請に従ったのだろう。

もちろん、世の中には、とても料理をしそうにない外見であっても、普通に料理をする者もいるので、必ずしも外見だけで判断は出来ないのだが。

『さて、ではまず最初の問題。最初なだけに、この問題は簡単でしょう。少しでも料理をする人なら、大抵が分かると思います』

「俺たちみたいな連中を一気に落とすための問題か？」

ゾランドの言葉に、不満そうにロブレが呟き、レイもなるほどと納得する。

『では、第一問！』

一体どのようなマジックアイテムを使っているのか、ゾランドのその言葉と共にジャジャンといった効果音が周囲に響き、それが余計にレイにＴＶ番組を連想させる。

『食材を切るときに使うのは包丁ですが、この包丁は一種類である。○か×かどっちだ！』

「いくら何でもこれは……」

そう呟きながら×に向かうレイだったが、それなりの人数が○の方に向かっているのを見て驚く。

包丁には色々な種類があるというのは、レイでも知っている。

プロの料理人となれば、それこそ食材に合わせた包丁を使いこなすのも珍しくはない。

それは日本……いや、地球ではなく、このエルジィンにおいても同様だった。

自分でもそれくらいは知っているのに、本気か？　と思ったレイだったが……

『正解は、×です！　いや……その、本気でこの問題を間違える人がいるとは思わなかったんですけど……え？　これ、本当に大丈夫ですか？』

料理大会に参加している以上、このくらいの問題は全員が正解すると思ったのだろう。

ゾランドは、戸惑った様子で呟く。

（あれ？　もしかしてあのゾランドってのは、今回の料理大会の事情を知らないのか？）

ゾランドの言葉から、そんな風に思うレイだったが、とにかく今は次の問題に集中する。

そうして何問かの問題はクリアすることが出来た。

なお、中には『うどんという料理はどこで作られたか？』という問題があり、ギルムの冒険者であるレイにはラッキー問題だった。

何しろ、うどんをギルムで広めたのはレイだ。正確には満腹亭という食堂の料理人にレイがうどんを教え、その店主が他の料理人に教えたのだが。

ここでかなりの脱落者が出ただけに、まさか自分に関する問題が出るとはと笑いすら出そうになった。

ともあれ、そうやって何問かクリアはしたのだが……

『正解は、×です！』

その言葉を聞いたレイは、やっぱりなと思う。

レイがいたのは、○と表示されている場所。

つまり、レイはこれで料理大会の予選失格になったということを意味していた。

（料理の素人である俺にしては、むしろよくここまで頑張ったといったところか）

そんな風に思いつつ、レイは失格した者たちが移動する場所に向かう。

するとそこにはロブレの姿もあり、失格したレイを見つけて手を振っていた。

シュティーと一緒に行動していたロブレだったが、人の多さに押し流され、三人それぞれが別行動となり……結果として、レイよりも早くロブレは失格となっていたのだろう。

「お疲れ、レイ。まさかレイがここまで残るとは思わなかったけどな」

「そうだな。最後の方は、勘で選んでたけどな」

「うわ、それでここまで残ったのか。さすがレイだな」

そんな風にレイとロブレが言葉を交わしていると、やがて○×クイズは終わり、次からは多少なりとも料理技術が競われるものになっていく。

とはいえ、野菜の皮剥《かわむ》きや綺麗《きれい》に大きさを揃えて切るといったようなことだが。

「いっそ、猪《いのしし》とか鹿《しか》の解体をやらせてみたら面白いのにな」

「あのなぁ、レイ。今この状況で何人残っているのか、分かってるのか？　これだけの数の猪や鹿を確保するだけでどれだけの手間と金がかかると思ってるんだよ？　それに、解体したら肉も消費しないと悪くなっちまうだろ」

「それこそ料理大会の素材として使えばいいと思うが？」

「……なるほどその手があったか。いや、けど料理人って動物の解体とか出来るのか？」

ロブレのその言葉に、周囲で話を聞いていた者たちも同意するように激しく頷《うなず》く。

もちろん、料理人が自分で獲物を獲って解体し、それを料理することもあるだろう。

冒険者の資格を持っていたりする料理人なら、そういうことをしてもおかしくはない。

だが一般的な料理人の場合は、基本的に解体されて肉となった部位を買って、それを料理する。

もし動物を解体するという課題が出た場合、本職の料理人でも突破出来ない者が出てくるだろう。

「そういうものか？　……まぁ、俺も最初は解体とかが上手《うま》く出来なかったけど」

「だから、冒険者と一緒にするなって。……でも、俺も最初は解体が下手だったな」

そんな二人の会話を聞いていた者の中でも、冒険者と思《おぼ》しき者たちは同意するように頷く。

解体をするというのは、冒険者にとって最初の関門の一つなのだ。

……特にロブレは狼《おおかみ》の獣人で、嗅覚《きゅうかく》が普通の人間よりも鋭いだけに、解体では苦労をした。

そんな風にいつの間にか自分たちの苦労話をしていると……

「あのね、一体こんな場所で何を話してるのかしら？」

と、不意にそんな声が聞こえ、レイとロブレは聞き覚えのある声に視線を向ける。

するとそこには、予想通り狐《きつね》獣人であるシュティーの姿があった。

「え？　あれ？　シュティー？　何でここに？」

本気で何故ここにシュティーがいるのか分からないといった様子で尋ねるロブレに、シュティーは大きく息を吐いてから、若干不機嫌そうな様子で口を開く。

「予選で落ちたからに決まってるでしょう？　本職には敵《かな》わなかったわ」

その言葉から、シュティーが負けた相手は本職の料理人であるというのがはっきりする。

レイはその説明で納得出来たものの、シュティーの恋人であるロブレは違う。

「嘘《うそ》だろ、まさか本職の料理人相手とはいえ、シュティーが負けるのかよ？」

「あのねぇ……ロブレがどう思ってるのか分からないけど、私の料理はあくまでも趣味なのよ？」

趣味で本職の料理人に勝てる訳がないと言うシュティーだったが、ロブレは納得出来ない。

「だってシュティーだぜ？　いや、もちろん俺もシュティーが優勝するとは思ってなかったけど、まさか本戦に出場出来ないで終わるなんて信じられねぇ」

「いい？　たとえばだけど、趣味で身体《からだ》を鍛えている人とロブレが本気で戦ったらどうなると思う？　まさか、ロブレが負けるとは言わないでしょ？」

「そうだな。そんな条件で俺が負けることはまずない。相手が天才ならともかく」

そう言い、ロブレの視線が一瞬レイに向けられる。

レイは冒険者になってから信じられないほどの短期間でランクB冒険者にまで昇格した。

天才と呼ぶに相応しい逸材なのは間違いない。

……実際にはゼパイル一門の技術の結晶である今のレイの身体と、ゼパイル一門が残してくれたマジックアイテム、魔獣術によって誕生したセトとデスサイズ、そしてレイがこの世界に来る前、日本にいるときから持っていた莫大《ばくだい》な魔力があってこそなのだが。

とはいえ、魔力以外はともかく、魔力に関しては純粋にレイの素質である以上は天才と表現しても決して間違いではない。

「そんな訳で、私が料理大会でぶつかった相手も料理人だったのよ。……予選の参加者が少なくなって、一対一での勝負になった頃《ころ》から負けるかもしれないとは思っていたんだけどね」

残念そうな様子を見せながらも、シュティーの表情にはどこかさっぱりとしたものがある。趣味程度の腕で、予選の中でも最後の方まで勝ち残ったのでそれなりに満足したのだろう。

「それで、どうする？　予選が終わった人はもう帰ってもいいんだけど……ここまで来たら、最後まで見ていくか？　俺はそれでも構わないけど」

レイの問いに、シュティーは少し考えてから頷き……レイたちは、予選の最後まで見るのだった。

◆◇◆◇◆◇

料理大会の予選の翌日、レイはロブレやシュティーと共に恵みの雨亭の食堂でゆっくりしていた。

料理大会の本戦は当然見に行くつもりだったが、本戦までは五日ほどの時間がある。

これは料理人たちが本戦に向けて準備を整えると同時に、アプルダーナにやって来た観客たちが少しでも金を落とすようにといった狙《ねら》いもある。

アプルダーナで行われている料理大会は、経済効果の面でも期待されているのだ。

アプルダーナの住人はこれ幸いと珍しい料理を出したりするので、観光客も十分満足して金を落とすといったようなことになる。

「で、予選落ちした俺たちはもう特に何もやることがない訳だが……どうする？」

「やっぱり美味《うま》い料理の食べ歩きとかはしたいな。セトもそれを楽しみに……うん？」

ロブレやシュティーたちと話していたレイだったが、自分たちのいる方に向かって近付いてくる相手に気が付き、言葉を止めてそちらを見る。

特に敵意の類《たぐい》も感じられなかったので、そこまで気にする必要はないかと思ったのだが念のためだ。

この辺は冒険者として活動している中で身についた習性に近い。

しかし、そうして視線を向け……すぐにレイは気が抜ける。

とても戦いに縁がありそうな相手に思えなかったからだ。

やって来たのは、二十代半ばくらいの女。

顔立ちはそれなりに整っており、可愛《かわい》いよりは美人と評されるタイプだろう。

十人が見れば、七人くらいは美人だと断言するくらいの美人。

「あら、貴方《あなた》は……」

そんな女を見て声を上げたのは、シュティー。

女を知っていそうな口調だったのを聞き、レイは改めて女の顔を見て、シュティーに視線を向ける。

レイの視線に、シュティーはあっさりとその答えを口にする。

「予選で私に勝った人よ」

そう、予選でシュティーに勝った女だった。

「ええ、そうよ。私はイメリア。アプルダーナの料理店で働いています。よろしく」

笑みを浮かべて自己紹介をするイメリアに、レイたちも自己紹介する。

そうして一通り自己紹介が終わったところで、シュティーは早速口を開く。

「それで、イメリアは何をしにここに？　真《ま》っ直《す》ぐここに来たということは、何か用があるんでしょう？　私としては、普通に友人になりに来たと言われても、大歓迎だけど」

シュティーの口調には、恨みや妬《ねた》みといったものはない。料理を本職にしている相手に趣味で料理をやっている自分が負けるのは当然だと思ったのだろう。

「シュティーにちょっとお願いがあってね。実は本戦では助手を参加させてもいいのよ」

「……その助手を私に？　一体何故《なぜ》と聞いてもいいかしら？　イメリアも知ってると思うけど、私の料理はあくまでも趣味なのよ。なら、そんな私じゃなくて、同じ店で働いている人とかに頼んだ方がいいんじゃない？　私だと足を引っ張るかもしれないし」

「予選での動きを見れば、そんな心配はないと思うわ。それに……」

そこで言葉を切ったイメリアの視線が向けられたのは、レイ。

「え？　俺？　何でここで俺が出てくるんだ？　俺は予選の最初の方で負けたんだぞ？」

「ええ。貴方に料理の技術はない。でも……料理の知識はある。それも、私たちが知らないような料理の知識を。……違いますか？」

イメリアの口から出てきたまさかの言葉に、レイは驚く。

その言葉は決して間違っていないものの、何故イメリアがそれを知っているのかと。

「一体どこからそんな情報を聞いたんだ？　そこまで知られていないことだと思うんだが」

そう言うレイを見て、最初に驚いたのはロブレだ。料理については自分と同程度だと思ったレイが、実は料理に詳しいとは想像もしなかったのだろう。

「私の勤めている店の料理長は、ドモラさんの弟弟子なんです」

ドモラという名前が出ると、レイは納得してしまう。ドモラなら、ガラリアの一件でレイが料理の知識を持っているのを知っていたからだ。

とはいえ、イメリアが自分の名前を知っているのは理解出来たが、まだ分からないことがある。

レイはセトに乗って、ガラリアからアプルダーナまで真っ直ぐ——実際には途中でトラブルが色々とあったのは間違いないのだが——やって来たものの、普通に歩いて移動するのなら、ガラリアからアプルダーナまではかなり時間がかかる。

ましてや、レイが聞いた話によるとドモラが継ぐ店があるのはアプルダーナではない。

レイがアプルダーナに来てから料理大会が行われるまでは数日の猶予があったが、それでもその短い時間でイメリアがレイについての情報を得るのは不可能のはずだった。

「ドモラ経由ってのは分かったが、それでも随分と情報が早いな」

「ええ。レイさんの料理の知識がよほど驚きだったんでしょうね。召喚獣を使った手紙が少し前に料理長に届いたんですよ。私はそれを見せて貰《もら》いました」

「それでも、その手紙に書かれていたレイが俺だとは限らないだろう？」

「いや、限るだろ」

レイの言葉に呆《あき》れたようにロブレがそう告げる。

「レイはすっかり慣れて気にならなくなってるのかもしれないが、レイの従魔のセトは、とんでもなく目立つからな？　セトを連れて街中を歩けば、噂《うわさ》はすぐに広まる」

ロブレにそう言われれば、レイも納得出来てしまう。

いつもセトと一緒に行動しているレイには分からないかもしれないが、セトは目立つのだ。

実際、ロブレの説明を聞いたイメリアも、素直に頷く。

「ドモラさんからの手紙にも、レイさんはグリフォンを従魔にしているというのは書かれていました。それに……深紅の異名を持つ冒険者なのですから、見つけるのも難しくはありません」

二人にそう言われ、さらにはシュティーからも呆れの視線を向けられてしまえば、レイとしてもそれ以上何か言い訳をしたりは出来なかった。

「話は分かった。それでこうしてシュティーに話しかけてきたのは、俺の知識も期待してのことか」

「ええ。気を悪くしましたか？　そうでしたら謝りますけど」

「いや、別にそこまで気にしてない。むしろ、正しい判断だと思った」

料理の知識は日本での経験からそれなりに豊富だが、実際に料理をするのは慣れていない。

そんなレイの側《そば》には、本人曰《いわ》く趣味でしかないが、イメリアをして感心する程度の技量を持つシュティーがいたのだから、その二人に協力を仰ぎたいと思うのは当然だろう。

「では、協力して貰えますか？　今回の料理大会、私はどうしても優勝したいのです」

「随分と優勝に拘《こだわ》ってるみたいだが、何か理由はあるのか？　いや、もちろん料理大会に出て本戦に出場している以上、優勝を狙うというのは十分に理解出来るが」

「アプルダーナで行われる料理大会は、この辺りではかなり有名です。その料理大会で優勝したとなれば、独立したときにかなり有利ですから」

それは、イメリアが近々独立をするということを示していた。

とはいえ、イメリアの様子を見る限りでは特に何か問題があって今の店を追い出されるといったようなことではなく、あくまでも希望して独立をするように思える。

（俺の知識を使って優勝してもいいのか？　と思わないでもないけど、考えてみれば俺の知識はあくまでも知識だ。それを形にして料理として成立させれば、それはその料理人の実力か）

それに、レイとしても、自分の知識にある料理を実現して貰えれば悪いことはない。

レイは美味い料理を食べられて、イメリアは自分だけの得意料理を作ることが出来る。さらにその料理で優勝出来れば、料理人として名を売ることも出来る。

双方共に、得しかない取引だった。

とはいえ、それはあくまでもレイとイメリアの間での話だ。

その取引に巻き込まれる形となったシュティーがどう思うのかというのは、また別の話。

「そういうことなら、俺は引き受けてもいいと思う。シュティーはどうする？」

レイが協力する以上、イメリアは無理にシュティーに助けて貰わなくてもいい。

だが、イメリアにとってシュティーはどこか……そう、ピンと来た相手なのだ。

何か明確な理由がある訳ではなく……そう、料理人や女の勘とも言うべきもので。

「そうね。うーん……返事をする前に聞くけど、レイがイメリアに教える料理というのは、私も食べたことがない料理なの？」

シュティーの目には、強い好奇心が宿っている。料理が趣味なだけあって、レイがシュティーにどんな料理を教えようとしているのか、非常に気になっているのだろう。

しかしそんなシュティーから期待の視線を向けられたレイは、すぐに答えることが出来ない。

レイはイメリアに協力してもいいと思っているが、だからといって具体的にどんな料理を教えるか……自分が作って貰うのかは、すぐに思いつかなかった。

それこそイメリアと話をし、どういう料理が得意なのか、そしてどういう料理を作りたいのか、何よりも、料理大会で出せる料理なのかといったことを考えて、決める必要がある。

もちろん、レイが食べてみたい料理は色々とあるが、食材の問題で無理という可能性もある。イカ飯のときのように他《ほか》の食材で代用したり、あるいは調理方法を改良したりする方法もない訳ではなかったが、本戦が始まるまでは五日ほどしかない。

そうである以上、料理を何度も試すというのは難しい。

レイの教えた料理をイメリアが改良する時間も考えるとなおさらだろう。

また、料理大会であるがゆえに、本戦ではテーマが決まっていると聞いている。

そのテーマに沿った料理をすぐに思いつくかも、レイにはまだ分からなかった。

それに、そもそも……

「シュティーが今までどんな料理を食べてきたのか分からない以上、何とも言えないな」

料理が趣味のシュティーだけに、当然ながら今までに多くの料理を食べてきたはずだ。

レイの持つ料理の知識は日本のものだが、その料理と似た料理がエルジィンにないとも限らない。

この世界にやって来た地球人は、レイが初めてという訳ではないのだから。

それこそ以前何らかの理由で転移してきた地球人の作った料理が伝わっている可能性もある。

「そう言われるとそうかもしれないわね。分かったわ。じゃあ、イメリアに協力するわ」

結局、レイがどんな料理を教えるつもりなのかは、実際に側にいて見るのが一番だと考えたのだろう。シュティーは最終的にはあっさりとイメリアに協力することを決める。

レイはともかく、恋人のシュティーがイメリアに協力することになった以上、ロブレもまた自然とイメリアに協力することになるのだった。……料理では特に何かが出来る訳でもないのだが。

◆◇◆◇◆◇

レイたちがイメリアに連れていかれた頃《ころ》、宿の厩舎《きゅうしゃ》でセトは何をするでもなく寝転がっていた。

周囲には他の宿泊客の馬がそれなりにいるのだが、そんな馬たちの多くは緊張した様子だ。

馬にも、グリフォンのセトは自分たちよりも圧倒的に格上の存在だというのが分かるのだろう。

だからこそ、ここで下手に騒いだりしようものなら、自分たちがどうなるのか分からなかった。

とはいえ、実際にはセトはそこまで過敏になっている訳ではない。

見る者が見れば、何をするでもなくゆっくりと寝転がっていると理解出来るだろう。

そんな中、不意に厩舎の扉が開く。

そんな音に、馬が助かったと安堵《あんど》した雰囲気を発したのは決して気のせいではないだろう。

グルゥ？ と、セトも厩舎の扉が開いた音に、寝転がっていた状態から顔を上げる。

「うきゃあっ！ ほ、本当にグリフォンがいる……これが深紅の従魔のセト……」

セトを見て驚きと……そして感動の交ざった声を上げた人物は、この宿で厩舎の世話を任されている人物、ローズリーという二十代の女だ。

元々動物やモンスターに興味があって、その結果今のような仕事をすることになったのだが、そんなローズリーにしてみれば、こうして高ランクモンスターのグリフォンを間近で見るというのは、緊張や驚き……そして何より好奇心を刺激されることだった。

「グルルルゥ、グルルゥ？」

そっと自分に近付いてくるローズリーにセトも興味を抱いたのか、喉《のど》を鳴らす。

「わきゃあっ！ あ、でもセトは怒ってないわよね？ ほ、ほら。お土産も持ってきたんだよ？」

喉を鳴らしたセトに一瞬驚くローズリーだったが、それでもセトが怒ったり警戒したりしている訳ではないと思ったのだろう。手に持っていたサンドイッチをセトに差し出す。

セトはそんなローズリーの差し出したサンドイッチを興味深そうに見てから、クチバシで咥《くわ》える。

「あ……食べた……」

サンドイッチを持ってきたローズリーだったが、グリフォンが自分の手からサンドイッチを食べるというのは、やはり新鮮な驚きだった。

しかし、そんなローズリーの驚きはすぐに別の驚きによって消える。

　サンドイッチを食べたセトは、もっとないの？　もっとちょうだい？　と円《つぶ》らな瞳《ひとみ》で訴える。

　その円らな瞳を見た瞬間、ローズリーの中に少しだけあった、高ランクモンスターに対する恐怖というのは、綺麗《きれい》さっぱり消えてしまう。

「う、うん。まだあるわ。はいこれ、こっちは魚を焼いて解《ほぐ》したやつだけど……気に入るかな？」

　そう言いながらローズリーが差し出した新たなサンドイッチだったが、セトはそれを食べると、嬉《うれ》しそうに、そして美味《おい》しそうに、満足そうに喉を鳴らす。

　ローズリーが渡したサンドイッチは、それだけセトの好みに合ったのだろう。

　そのまま次から次にサンドイッチを渡していくローズリーに、やがてセトも完全に気を許す。

「あ、あははは。そんな顔を擦《こす》りつけてこなくても、サンドイッチはまだあるってば」

　セトに懐かれたのが嬉しかったのだろう。ローズリーの口からは、嬉しい悲鳴が上がる。

　ローズリーにとって、セトとのそんなやり取りはまさに至福の一時だった。

「ねえ、セト。セトは今まで色々な場所に行ったことがあるのよね？　やっぱり、楽しい？」

「グルゥ！」

　ふと、ローズリーの口から出たそんな質問に、セトはもちろん喉を鳴らす。

　そんなセトの様子を見て、ローズリーは嬉しそうに笑ってセトの頭を撫《な》でる。

　元々可愛《かわい》がって貰うのが好きなセトだけに、美味しい食べ物をくれて、こうして自分を撫でて、構ってくれるローズリーは好意を抱くべき人物だった。

　また、動物好きなローズリーも当然のようにセトが自分に懐いているのは理解出来たので、そんなセトを可愛らしく思って何度も撫でる。

本来ならセトは体長が三メートル近くもあるので、その巨体だけで怖がられてもおかしくはない。

しかしローズリーはそんな身体《からだ》の大きさの違いを全く気にした様子もなく、セトを撫でる。

ローズリーがここまでセトを撫でるのは、セトの愛らしさというのもあるが、セトの身体に生えている毛が非常に滑らかで、シルクの如《ごと》き手触りだというのも影響しているのだろう。

もちろん体毛だけではなく、翼の羽毛もまた体毛とは違う極上の……それこそ、いつまでも触っていたいと思ってしまう触り心地だったが。

「グルルルルゥ」

撫でられるのが気持ちいいのだろう。セトの喉からは上機嫌な声が漏れる。

そんなセトの様子に、ローズリーも嬉しくなって何度も撫でる。

それもただ撫でるのではなく、どのように撫でればセトが気持ちいいのかを確認しながらだ。

撫でられたことによってセトが嬉しそうに鳴くのを確認しながら、そっと撫で続けていく。

こうしてセトと一緒の時間を楽しむローズリーだったが、それはこの日から毎日のように続く。

いつもはセトを構っているレイが忙しく、あまりセトに構っている時間がなかったのだが……ローズリーはそんなセトの寂しさを埋めることになる。

そしてこれが切っ掛けで、ローズリーはテイマーに対して強い興味を抱き、将来的には冒険者として成功することになるのだが……それはまた、別の話。

◆◇◆◇◆◇

「さぁ、入ってちょうだい。本当なら、お店の厨房《ちゅうぼう》に案内したかったんだけど……今は営業中なの。そっちを使う訳にはいかないから、ちょっと狭いけど我慢してね」

イメリアがレイたちを案内したのは、アパート……というよりは、マンションに近い場所だった。

高層マンションといったようなものではなく、三階建て程度の建物だったが。

それでも建てられてからまだそこまで月日は経《た》っていない新築に近い建物に見える。

（結構な家賃がかかるんじゃないのか？　その金があれば、独立したときも……いや、その辺はイメリアが自分で考えてやることか。俺がそこまで関わる必要はない）

そんな風に考えながら、レイはシュティーやロブレと共に案内されたイメリアの部屋に上がる。

マンションといった印象を覚えたレイの予想はそこまで間違っていなかった。部屋はイメリアが口にしたように狭いということはなく、四人くらいなら十分快適な広さだ。

ただし……台所はレイが予想していたよりもかなりの規模をもっていた。

台所ではなく、厨房……それも料理店の厨房と呼ぶに相応《ふさわ》しい規模。

「これは、また……凄《すご》いわね。普通の部屋にこういう台所があるとは思えないけど」

「ええ。私がちょっと……いえ、かなり無理をしてここに住んでる理由がこれなの。私の前に住んでた人がお金持ちだったらしくて、この部屋を作り替えたの。ただ、料理に一時的に凝っていたけど、あっさりと飽きたみたいで……残ったのがこの部屋よ」

最初に会ったときと比べると、イメリアも大分気軽な言葉遣いになっている。レイは堅苦しいのは苦手だし、シュティーとロブレも同様なのか特に気にしている様子はなかった。

「でも、こういう部屋だと家賃が高いんじゃない？」

シュティーの問いに、イメリアは首を横に振る。

「そうでもないわ。厨房がこんな風に改造されてるから、はっきり言ってこの規模の家賃として考えれば、かなり安いわ」

だから、私の給料でも何とか借りられたのよと、そう笑みを浮かべるイメリア。

その言葉に納得すると、早速料理大会についての話となり、レイはここに来るまでの間に聞いた情報から教える料理を選ぶ。

「課題は肉料理だったな。肉は嫌いな奴《やつ》がいない……とまでは言わないけど、好きな奴の方が圧倒的に多いから、この課題も納得だ。けど、てっきりトーナメント形式でやるのかと思ったけど、本戦出場者が全員で料理して一度で優勝を決めるんだな」

イメリアからその話を聞いたレイは驚いたが、同時に納得も出来た。

肉料理を教えて欲しいと言われたので、それだけでいいのか？　と思ったのだ。

だが、一度料理を作ればいいのなら、肉料理が一つで十分間に合う。

最初乞食鶏《こじきどり》……山の恵みについて教えようかと思ったのだが、あれは作るのに時間がかかる。

この大会は調理時間が決められていて、地面に入れて長時間蒸し焼きにするのは難しい。会場も地面が土じゃないから、そういう意味でも乞食鶏は難しかっただろう。

なら、トンカツはありか？　とも思ったものの、どうせならレイがまだこの世界で食べたことのない料理の方が嬉しい。そうして思いついたのが……

「スコッチエッグ？　それ、どんな料理なんです？」

スコッチエッグという料理については聞き覚えがなかったのか、イメリアが尋ねる。

そんなイメリアの横では、シュティーも初めて聞く料理名に興味津々といった様子だ。

当然ながら料理に詳しい二人が知らない以上、ロブレもそんな料理は聞いたことがない。

「簡単に言えば、肉を細かく切って味付けをして、茹《ゆ》でた卵を包んで揚げるって料理だな。イメリアは俺がトンカツという料理をイボンド……ドモラの弟子に教えたのを知ってるな？」

「あ、はい。高温の油で煮る料理ですね？」

「あー……うん。まぁ、そんな認識でいいと思う」

実際には油で煮るという料理法はアヒージョの類《たぐい》で使われているので、揚げるのとは違う。

しかし、油を大量に使って料理をする方法を知らない者にしてみれば、未知の調理法である〝揚げる〟よりも、油で煮るといった表現の方が分かりやすいだろう。

それに、今は揚げるという調理法について分からなくても、実際に作ってみれば分かるというのが、レイの予想だった。イメリアが料理人であるからこそ、違いが分かると思ったのだ。

「とはいえ、ドモラからも連絡されているかと思うが、俺が教えられるのはあくまでも料理の概要でしかない。スコッチエッグがどういう料理なのかは大体のことは教えられるけど、実際にそれを形にしていくのはイメリアになる。……シュティーも手伝う気満々みたいだが」

料理が趣味のシュティーにしてみれば、自分が全く知らない未知の料理を作るのに協力出来るというのは、自分の料理の腕を上げるという点でも大きな意味を持つ。

「ええ、任せてちょうだい。イメリアには及ばなくても、私もそれなりに腕には自信があるわ」

「なら……そうだな、俺は味見担当ということで。……嘘《うそ》だよ、嘘」

未知の料理を食べられるという期待から味見担当に立候補するロブレだったが、シュティーに視線を向けられると慌てて言葉を翻す。

「全く。……で、レイ。具体的にはどういう料理なの？　肉を細かく切って茹でた卵を包んで油で煮るって話だったけど」

「それは大雑把な説明だな。肉を細かく切ったあとはその肉を捏《こ》ねて……粘り気が出るまで捏ねるんだったか？　で、それに塩や胡椒《こしょう》を入れて下味を付けて、細かく切ったパンを入れる」

正確にはそこにタマネギを入れたりもするのだが、料理に詳しくないレイはそこまで考えが及んでおらず、そのまま説明を続ける。

「茹でる卵は鶏……もしくは山鳥の卵だろうな。それを硬めに茹でてから殻を剥《む》く。その卵を肉で包んでから、外側に小麦粉をまぶして、溶き卵に潜《くぐ》らせてからパン粉……これは肉を細かくしたやつ、挽肉《ひきにく》と呼ぶんだが、その挽肉に入れたのと同じのをつけてから揚げる」

「聞いた限り、そこまで難しい料理じゃなさそうですね。いえ、色々と大変そうですけど」

スコッチエッグの作り方を聞いていたイメリアは、早速頭の中でイメージしているのか、何かを考えながらそんな風に言ってくる。

「具体的に何の肉を使うか、挽肉にする際の肉の細かさ、それに入れる香辛料を何にするかとか、そういう工夫はイメリアが考えてやらなきゃいけないぞ？　俺も、どの肉が向いてるとか、どういう注意が必要とか、そういうことは分からない」

「そうね。香辛料の方は基本的な物なら大会の方で用意してくれるわ。特殊なものとか、希少な香辛料の類なら自分で持っていかないといけないけど……」

「その辺の判断はイメリアに任せる。イメリアが納得出来るような味付けにすればいい。香辛料の問題以外にも、揚げるという調理法に慣れる必要があるし、何よりもスコッチエッグに使うソースを考えたりする必要もある」

「最初に挽肉に入れる塩や香辛料は下味なのね」

「そうなるな。まぁ、俺としては下味をしっかりと付けて衣のサクサク感を楽しむというのも好きだけど、オーソドックスなスコッチエッグは、ソースがかかってるな」

サクサクの衣？　とレイの言葉が理解出来ていないイメリアとシュティーだったが、詳しい説明はしない。揚げ物のサクサク感というのは、実際に食べてみないと分からないのだから。

（こういうのが百聞は一見にしかずって言うんだろうな）

ともあれ、……まずは試作だと、早速一度作ってみることにする。

なお、鶏や山鳥の卵はイメリアの部屋にもなかったので、狼《おおかみ》の獣人であるロブレが買い物に走り、素早くその材料を買ってきた。

このおかげで、これからのロブレの仕事は決まった。

……買い物に行くのはレイでもよかったのだが、宿にセトがいる状態ではレイだけで買い物に出ることになり、レイだけだと、華奢《きゃしゃ》な容姿のせいで侮られたり絡まれたりする可能性が否定出来ない。

そんなレイに比べると、ロブレは外見からして強そうだ。

実際に戦闘能力も、ランクB冒険者相当の実力があるのだが。

そうして材料が揃《そろ》ったところで、早速スコッチエッグの試作が始まる。

「肉を細かくするのがかなり面倒ですね。……この料理を考えた人は何を考えていたんでしょう」

「肉を細かくする道具があったんだよ。具体的にどういう風にその道具を作るのかは分からないから、道具があるということしか教えられないけど」

「そうですか。肉を細かくするというのは、料理に使った肉の切れ端や、硬くて食べられない部位も食材として活《い》かすのに向いていますね。……その道具がないと手間がかかりますが」

「その辺は今回の料理大会が終わったあとで鍛冶師《かじし》にでも相談してくれ。それに……道具で処理するよりも、そうやって包丁で刻んだ方が味的にはいいと思う」

当然ながら、レイがそのようなことを口にしたのは日本にいるときに得た知識からだ。

何かの料理番組か漫画かは本人も忘れたが、そんな風に言われていたのを思い出したのだ。

「美味しい、か。そう言われると頑張る気になってきますね」

トントントンという音から、トトトトトという素早い音に変わり、まな板の上にある肉は、見る間に細かく刻まれていく。

　取りあえずは試しということで一人分を作るのだが、色々と工夫をするためには、当然ながら何度もスコッチエッグを作る必要がある。

　そのたびに毎回挽肉を作るのも大変なので、一度に大量に作っておくつもりなのだろう。

　肉の塊が見る間に挽肉になっていく様は、料理人の本領発揮といったところか。

　それもただの料理人ではなく、腕の立つ料理人。

（料理大会で優勝して独立するって言ってたけど、この腕を見ると口だけじゃなくて、十分に実力もあるみたいだな）

　レイが考えている間にも挽肉がどんどん出来上がっていく。レイが知っている挽肉よりは若干大きめだが、食べるときに肉々しさを感じるという意味で、それで正解なのだろう。

「よし完成と。これを捏ねればいいのね。取りあえず試しだし、このくらいでやってみましょうか」

　そう言うとイメリアは木で出来たボウルに肉を入れて、それを捏ね始める。

「こっちの余った挽肉は、このままにしておくか？　一応悪くならないように俺がミスティリングに収納しておくことも出来るけど」

「あ、じゃあお願いします。冷蔵用のマジックアイテムは壊れてるんですよね」

　ここは元々貴族が趣味で建てた……正確にはリフォームした部屋だ。

　そのようなことが出来る財力を持つ貴族だけに、冷蔵用のマジックアイテム……レイの感覚だと冷蔵庫の類もあるのだろうが、それは壊れているらしい。

マジックアイテムを修理するとなると、当然のようにちょっとした金が必要となる。

もちろん、マジックアイテムの中でも着火用のマジックアイテムのような安いものなら話は別だが、冷蔵用のマジックアイテムを修理するとなると、イメリアのような一般庶民の給料では厳しいだろう。

冷蔵用のマジックアイテムは、壊れているからこそ、ここに置いていかれたのかもしれない。

もしまだ動くのなら、高価なマジックアイテムだけに貴族も持っていった可能性が高かった。

「レイさん、このくらいでどうかしら？　それなりに粘りが出てきたみたいだけど」

肉を捏ねていたイメリアがレイにそう尋ねるが、尋ねられたレイもそれに答えることは出来ない。

「具体的にどこまで捏ねればいいのかは分からないんだ。悪いが、俺の知識じゃなくてイメリアの料理人としての勘に任せる」

「そうだったわね。イメリア、私にも見せて？　……うん、見た感じいいと思うわよ？　これでいきましょう」

イメリアに自信をつけるようにシュティーがボウルの中身を見ながら言う。

シュティーの言葉に元気づけられたのか、イメリアは少し迷いながらも肉に味付けをしていく。

塩、胡椒……それとレイは知らないような調味料や香辛料をいくつか。

そして再び捏ねると、卵を入れる。

なお、ゆで卵に関してはシュティーが担当している。

とはいえ、ゆで卵はその名の通り卵を茹でるだけだ。

料理らしい料理という訳ではなく、料理が得意ではないレイであっても容易に作れる。

しかし、シュティーは何故《なぜ》か卵を茹でるときに、鍋《なべ》にお玉を入れて軽くかき混ぜていた。

「シュティー、それは一体何をしてるんだ？　何でわざわざかき混ぜるんだ？」

「こうすることで、卵の黄身が真ん中に来て、茹でるときに熱が均等に入るのよ。こうしないと、中の黄身が端の方にいったりしてしまうの」

そう言われ、レイは以前に何度か作ったゆで卵のことを思い出す。

エルジィンに来てから作ったこともあるし、日本にいるときに作ったこともある。

基本的にレイは熱湯に卵を入れるだけで、かき混ぜたりといったようなことはしなかった。

その結果として、黄身が真ん中にないゆで卵というのが大半だったし、酷《ひど》いのになると白身から半ば黄身がはみ出しているといったようなゆで卵も珍しくはなかった。

とはいえ、黄身がずれているゆで卵であっても、レイは特に何か問題があるとは思わなかったが。

あくまでも見た目の問題だろうと考え……そして、料理大会の料理だからこそ見た目も重要なのだろうと納得する。

そうしてゆで卵が出来ると、レイが指示した通りにスコッチエッグを作っていく。

そんな中でイメリアが最も苦労したのは、やはり油の温度だった。

一体どのくらいの温度であれば、スコッチエッグを揚げるのにいいのか。

あるいはここにイボンドがいれば、トンカツを揚げた経験からアドバイスが出来たかもしれないが、生憎《あいにく》とここにイボンドはいない。

つまり、初めて作る料理であるにもかかわらず、イメリアが料理人としての勘でどうにかする必要があったのだ。

それでもパン粉を落としてみるといったようなことをしたので、最終的には何とか無事に揚げることが出来たのだが。

幸い、レイはどのくらいの温度が揚げるのにちょうどいいのか、あるいはその温度を測る方法は知らなかったが、揚げ物はパン粉が小麦色になればいいというのは知っている。

そうして揚げたスコッチエッグの数は全部で四つ。

レイ、イメリア、シュティー、ロブレの前に皿があり、それが載せられている。

なお、ソースは取りあえず後回しということで、今回はソースの類《たぐい》は何もない、プレーンなスコッチエッグとなっていた。

そんなスコッチエッグを、最初に食べるのは……当然のように、イメリア。

初めて作った料理だけに、やはりここはそれを作った者が食べるべきだろう。

「では……食べますね」

ごくり、と。初めて食べる料理に小さく唾《つば》を飲み込んでから、ナイフとフォークでスコッチエッグを切り分ける。

すると真ん中にはゆで卵があり、そのゆで卵をハンバーグ……あるいはメンチカツが包み込んでいるといった形になっていた。

揚げ時間も悪くなかったのか、サクリとした音が聞いている者の耳を楽しませ、切り分けた場所からは、肉汁が溢《あふ》れてきている。

イメリアは切り分けたスコッチエッグをフォークで刺し、口へと運び……

「っ!? これは……」

初めての味や食感に、イメリアの口からは驚きの声が漏れる。

そんなイメリアの様子を見ていたシュティーとロブレも、切断面から溢れる肉汁に好奇心を抑えきれなかったのだろう。フォークとナイフで自分の分を切り分け口に運び、初めての食感に二人揃って驚きの表情を浮かべる。

レイは日本にいるときに何度かスコッチエッグを食べたことがあったし、何よりもガラリアでトンカツを食べてからまだそう時間も経《た》っていない。

そのおかげでイメリアほどの衝撃は受けなかったが、それでも出来にはかなり満足だった。

ソースがかかっていないので、肉の下味でつけたくらいしか味はないが、肉汁から肉自体の味が感じられ、揚げたての食感も相まって十分に美味《うま》いと思える。

「うん、なかなかだな。あとはソースをどうにかする必要があるけど、どうする?」

平然としたレイの問いに、スコッチエッグを味わっていたイメリアはすぐ我に返って口を開く。

「その、そうですね。ソースは……トンカツのときはどうしていたんですか?」

「色々入れたスープをトロリとした感じになるまで煮詰めていたな」

「具材とか、そういうのは分かりませんか?」

「山に生えている果実や木の実、香草とかを使っていたな」

レイの説明を聞いて、イメリアはそれなりにイメージ出来たのだろう。

納得した様子で再びスコッチエッグを口に運び……ふと、口を開く。

「レイさん、スコッチエッグというのは、鳥の卵でなければならないという決まりはありますか？」

「は？　あー……いや、どうだろうな」

そもそも、本来のスコッチエッグは山鳥の卵ではなく鶏の卵で作る。

あるいはレイが知らないだけで、鶏以外の卵を使ったスコッチエッグがあるのかもしれないが。

「では、鳥以外の卵を使ってもいいんですね？」

「それは構わないと思うぞ。けど、何の卵を使うつもりだ？」

「魚です。正確には魚のモンスターの卵ですね。このスコッチエッグを食べてみた感じ、私が想像している食材を使えばかなり美味《おい》しくなると思うんですよ」

「魚のモンスターの卵……？　海と山の食材は相性がよくないって一般的に言われてるけど？」

イメリアの言葉にそう返したのは、シュティー。

自分でも料理をするだけに、海と山の食材の相性がよくないというのを知っていたのだろう。

しかし、イメリアはそんなシュティーの言葉を聞いて首を横に振る。

「相性が悪い訳じゃなくて、その人が上手《うま》く組み合わせることが出来ていないだけなの」

自信満々にそう言うイメリアに、シュティーも反論出来ず……この日から、スコッチエッグの改良の日々が始まるのだった。

◆◇◆◇◆◇

『さて、いよいよ料理大会の本戦です！　審査員たちも楽しみにしておりますから、頑張って下さい！』

司会を務めるゾランドの言葉が周囲に響き渡る。

その声を舞台上で聞くのは、本戦に出場する料理人とその助手たち。

シュティーはイメリアの助手として舞台に立っているが、レイとロブレがいるのは観客席だ。

「なぁ、レイ。どう思う？　イメリアとシュティーは優勝出来ると思うか？」

「俺に聞かれてもな。ただ、素人の俺からしても、イメリアが作ったスコッチエッグはかなりの出来だった。ロブレも食ったんだから、それは分かるだろ？」

昨日食べた完成版のスコッチエッグの味を思い出したのだろう。ロブレはまた食べたいといったような表情を浮かべる。

『では……制限時間は、二時間となります。料理開始！』

レイがロブレと話している間に、審査員の紹介や細かいルールについての説明は終わってしまったようだ。司会のゾランドのその言葉で、本戦に進んだ料理人たちが一斉に動き出す。

『おおっと、優勝候補の一人と言われているドラゴンの尻尾亭《しっぽてい》のサザーラン選手が真《ま》っ直《す》ぐに向かったのは……イエローベアの肉です！　高ランクモンスターの肉だけあって、味はいいが非常に癖が強く、食べる者も好き嫌いが極端に分かれるという、そんな肉を選びました！　これは、自分なら癖の強い肉であっても美味しく調理出来る自信があってのことなのでしょう！』

ゾランドの言葉通り、サザーランと呼ばれた男が手にしたのはイエローベアの肉。

ランクCモンスターとして知られており、それなりに高ランクモンスターなのだが、肉にはかなり強い癖があり、その香りをどうにかしなければ万人受けする食材にはならないだろう。

『そしてこちらは……五《いつ》つの目亭《めてい》のガガダス選手、こちらも優勝候補の一人と言われていますが、選んだのは山鳥です。それもただの山鳥ではなく、素早く飛ぶので獲《と》るのが大変だと言われている、イレナ鳥。どう料理するのか、楽しみですね』

そんな実況を聞きながらも、レイとロブレの視線が向けられているのは当然ながらイメリアとシュティーの二人だ。

二人が向かった先にいたのは……巨大な魚。

この本戦のお題は肉料理だが、用意された材料は肉だけではない。

付け合わせに使えるように、各種野菜や……シュティーたちが選んだ魚介類も用意されている。

しかし、肉料理というお題で真っ先に魚に向かった二人の姿は、司会をしているゾランドの注意を引いたのだろう。イメリアとシュティーについて話し始める。

『おっと、あれは……予選から勝ち上がってきたイメリア選手が選んだのは、何故か魚!?』

ざわり、と。その解説を聞いていた観客たちがざわめく。

副菜でも何でもなく、いきなり魚を選んだのが驚きだったのだろう。

もしレイが魚について詳しければ、その魚を見てチョウザメと認識しただろう。

チョウザメ……名前にサメとついてはいるが、実際には鮫《さめ》の仲間ではなく魚類だ。

キャビアに使う卵の親と言えば、もしかしたらレイにも分かったかもしれない。

もっとも、レイが日本にいたときに住んでいたのは東北の田舎で山のすぐ近くであった以上、キャビアなど食べる機会は全くなかったが。

それでも高級食材として、料理番組や料理漫画で取り上げられることの多い食材だ。

その上、イメリアたちが持っていった魚はただの魚ではなくモンスターだ。

「これ、肉料理の大会だろ？　なのに、何で魚なんだ？　勝つ気があるのか？」

レイやロブレの近くに座っていた客の一人が、そんな風に言う。

肉料理がお題なのに、魚のモンスターを食材として選ぶのでは、最初から負けるつもりだったのではないか。そのように思われてもおかしくはない。

そんな客の言葉にロブレは不満そうにするものの、何かを言い返すような真似《まね》はしない。

もしロブレもイメリアの作るスコッチエッグについて知らなければ、その客と同じような疑問を持っただろうと自覚しているからだ。

レイやロブレの視線の先で、イメリアは素早く魚の腹を割く。

するとその腹の中から出てきたのは、卵。

腹を割いて出てきた卵は、キャビアのような小さなものではなく、それこそ鶏の卵くらいの大きさを持つ、特別な卵だった。

鶏や山鳥の卵とは微妙に違うが、それでもタラコやイクラのような小ささはなく、魚卵と呼んでもいいのかどうかと悩むくらいの大きさの卵だった。

そうして卵を取り出すとワインを使って軽く洗い、次の工程に移る。

シュティーが次に取ったのは、オークの肉。それを切り分けていく隣で、イメリアは両手にそれぞれ一本ずつ包丁を持つ。

それもただの包丁ではなく、巨大な……レイの認識では中華包丁に近い形をしている包丁。

当然ながら、そのような大きな包丁ともなれば重量はかなりのものとなる。

そんな包丁を、イメリアは片手で一本ずつ持ち……シュティーが細かく切った肉に向かって振り下ろしていく。

包丁の重量を思えば、男であってもリズミカルにタイミングよく連続して振り下ろすといった真似は難しいだろう。

しかしイメリアは包丁の重量などものともせずに、包丁を扱っていた。

一体どれだけの腕力があればそのようなことが出来るのか。

どうすればイメリアの細腕でそのような真似が出来るのか、見ている者の多くは理解出来ない。

先程イメリアの様子を見て呆《あき》れたように不満を言っていた客も、今のイメリアを見て驚きの視線を向けているのだから、それがどれだけ驚きの光景なのかが理解出来るだろう。

そんな様子で、意外性を見せるイメリアが観客たちの視線を集める。

イメリアほどの美人が外見に似合わぬ力業を見せているのだから、それも当然だった。

観客の多くの視線がイメリアに向けられ……その結果として、他《ほか》の料理人に視線が向けられておらず、他の料理人はどこかやりにくい思いを感じてしまう。

お題が肉料理なのに魚を使い、巨大な包丁を使って観客の視線を集める。

そんなパフォーマンスの連続で視線を集めるというのは、本来なら邪道。

しかしここは普通の料理を作るのではなく、料理大会だ。

こうして多くの観客の前で料理をするのだから、通常とは違う。

だからこそ、今の状況を思えばこうしてパフォーマンスを重視するのは間違っていない。

そして……イメリアのパフォーマンスはこの程度では終わらない。

スコッチエッグの下準備を終えると、鍋《なべ》に大量の油を入れていく。

明らかに炒《いた》めるためではない油の量に、観客たちはざわめく。

いや、観客たちだけではなく、審査員たちもこれから一体何が起きるのかとイメリアの料理が気になっていた。

観客も審査員も視線は皆イメリアたちに釘付《くぎづ》けで、先程やりにくいと感じていた料理人たち本人ですら、初めて見る調理法に興味津々といった視線を向けている。

当然だが、イメリアも周囲からの視線は十分に感じていた。

他の者たちの視線を集めているのは、イメリアにとっては大きなプラスだろう。

だが同時に、ここでもし何かミスをした場合、それはイメリアにとって大きな……非常に大きなマイナスとなってしまうのも、間違いのない事実だった。

だからこそ、それを思えば今の状況はイメリアにとって有利でもあるが、不利でもある。

しかしイメリアは周囲の視線を全く気にした様子もなく——少なくとも表情には出さず——料理を続けていく。

そして、スコッチエッグの最大の見せ場である、揚げ始めの一瞬。

シュワア、という揚げ物特有の音が周囲に広がる。

同時に、揚げ物特有の食欲を刺激する香りも周囲に漂い始めた。

料理大会に出場している者たちは、料理人が多数だ。

中には本職の料理人ではなく、趣味で料理をやっているといった者もいるが、そのような者も含めて多くの者がイメリアの料理に注意を向けてしまう。

それでも本戦に出てくる料理人たちだけあって、自分の料理を台無しにするといったようなことはない辺り、さすがなのだろう。

とはいえ、本人の気が付かないところで細かいミスをしている者も多かったのだが。

イメリアがスコッチエッグを揚げている間に、シュティーもまた自分の仕事をしっかりこなし、スコッチエッグにかけるソースを煮詰めたり、副菜に使う野菜の準備をしたりしていた。

そして……多くの者の視線を向けられている中で、イメリアはスコッチエッグを油から引き揚げる。

油を切って、シュティーの用意した皿に載せ、上からソースをかけ……料理は完成。

「出来ました！」

視線が数多く向けられる中で、イメリアはシュティーと共に料理の入った皿を審査員のいる場所まで運ぶ。

なお、ソースの入った容器は別になっており、自分の好みでソースをかけたりも出来る。

レイは知らなかったが、この料理大会の審査員たちはこのアプルダーナにおいても有数の食の権威とでも呼ぶべき者たちだ。

そのような者たちだけに、イメリアの作った料理には興味津々だった。

……中にはそんな新しい料理法をイメリアが披露したのが気に食わないと言った者もいたのだが、そのような者であってもスコッチエッグに興味を持っているのは間違いない。

「この料理はスコッチエッグといいます。料理そのものに味はついていますが、お好みでソースをかけて食べてみて下さい。また、熱した油で揚げてありますので、かなり熱いですから注意して下さい」

イメリアからの説明を聞き、審査員たちは早速スコッチエッグにフォークとナイフを伸ばす。

やはり最初はソースをかけず、料理そのものの味を楽しみたいのだろう。

ナイフで切り分け……次の瞬間、何人かの審査員が驚きの声を上げる。

「これは……肉汁がこんなに⁉　普通の肉量では、ここまで肉汁が出ない……ということはないですが、それでも珍しいくらいに肉汁が多いですね」

「これはつまり、この外側の……パン粉か？　それによって、肉汁を閉じ込めていたのだろう」

「揚げると言いましたか、この調理法は。私が知る限りでは、油の生産が盛んな場所では一部行われているところもあるらしいですが……」

審査員の一人がそう言うと、他の者たちは興味深そうな視線を向けると同時に納得する。

油を大量に使う『揚げる』という調理法は、コスト的にアプルダーナでやるにはかなり厳しい。

しかし、油の生産が盛んな場所なら、当然だが油の値段も他よりは安い。

……とはいえ、油は基本的にそれなりに高価だ。

今回のように採算度外視でも問題がない場で作るのならともかく、普通に店で出すとなると厳しいだろうというのが審査員たちの結論だった。

そうして切っただけで驚いたスコッチエッグを口の中に運ぶ。

まず最初にパン粉のサクリとした食感があり、口の中に驚くほどの肉汁と……ソースではないが、肉そのものについた下味でそれなりに塩気があり、ジューシーさと共に楽しめる。

それだけではなく、肉と魚卵という山と海の食材が組み合わさって、信じられないほどの味が口の中に広がった。

これは肉と魚卵のバランスが崩れれば、恐らく一気に味がぼやけてしまうだろう。

肉と魚卵のバランスをしっかりと考えて作ったからこその味。

また、当然ながらソースをかけずに食べるのではなく、ソースをかけて食べたものもまた違った味……スコッチエッグの本当の味を楽しめる。

ソースによってスコッチエッグの味は間違いなく複雑になり、それによって一段味が上がったように思えたのだ。

そうしてスコッチエッグの味を楽しんでいると、不意にその陶酔感を破るかのような声が響く。

「こっちも料理が上がったぜ！　食べてくれ！　イエローベアのステーキだ！」

癖が強いイエローベアの肉を選んだサザーランの声が周囲に響き……だが、それを聞いた者たちは少しだけ残念に思う。

肉料理がお題で、ステーキ。

それはいかにもありきたりで、揚げるという調理法を使ったスコッチエッグのあとに食べるにしては、あまり興味を抱けなかった。

しかし、審査員は料理を食べて審査をする必要がある。

そうである以上、興味を抱けない料理であっても食べない訳にはいかなかった。

「ははっ、興味がなさそうな審査員が多いけど、この料理を前にしてもそんなことを言えるか？」

そう言い。サザーランは審査員の前まで運んだ料理に被《かぶ》せていた金属の丸い蓋《ふた》を持ち上げる。

『っ⁉』

瞬間、蓋が開いた場所から暴力的なまでに食欲を刺激する香りが漂う。

それはスコッチエッグを揚げたときとはまた違った香り。

その香りによって、審査員たちが全員息を呑《の》み……同時に、知らない間に口の中の唾《つば》を飲み込む。

『これは……これは何だぁっ！　あの丸い蓋を開けた瞬間、会場にもの凄《すご》く食欲を刺激する……この香りだけでパンを食べられるのではないかと思える、圧倒的な香りが漂う！』

司会のゾランドの言葉に、審査員たちの近くにいる観客たちはこちらもまた唾を飲み込む。

食べたい。肉が食べたい。あの肉が食べたい。

そんな風に思ってしまうだけの香りが周囲には漂っていた。

「これは……カレー……か？　いや、ちょっと違うような気がするけど」

審査員たちを惹《ひ》き付けた香りは、レイのいる場所まで漂ってきた。

レイのいる場所は審査員たちから離れているのだが、レイの場合は鋭い五感がある。

その嗅覚《きゆうかく》によって、漂ってきた香りを嗅《か》ぎ取ることに成功したのだ。

漂ってきた香りは、レイが口にしたようにカレーに近いものがある。

もちろん、実際には色々と細かい違いがあるのだろうが、それでも嗅いでいるだけで腹が減ると思ってしまうその香りは、レイにとって懐かしいと思うもの。

レイも日本にいたとき、カレーは大好きだった。

しかしカレーが香辛料の組み合わせで出来るということは知っているものの、具体的にどんな香辛料の組み合わせなのかは分からないし、何より問題なのはエルジィンの香辛料は、日本で見た香辛料と名前が同じだとは限らないことだろう。

塩や胡椒《こしよう》のように一般的な香辛料は日本と同じなのだが、他の香辛料も同じとは限らない。

だからこそ、今までレイがカレーを作ることは不可能だった。

「この香り……凄《すさ》まじい。あの金属の蓋の中に充満していた香りが、それを開けた途端にこれでもかと食欲を刺激してくる……」

「たかがステーキと思ったのですが、これは……ちょっと普通のステーキと一緒には……」

そんな審査員の言葉に他の審査員もそれぞれ頷《うなず》き、ナイフとフォークでステーキを切って口に運び……一口食べた瞬間、その動きを止める。

数秒……いや、十秒以上が経《た》っても動かない審査員に、司会のゾランドも疑問を抱く。

『あの、審査員の皆さん？　どうしたんですか？　動きが止まってますけど……』

「ぶはぁっ！」

ゾランドの言葉が切っ掛けになったかのように、再び審査員が動き出した。

「凄い！　何なのこれは……ステーキ……？　いえ、これは……」

「驚いただろう？　癖の強いイエローベアの肉も、上手《うま》く調理すればこんなに美味《うま》くなるんだ」

声を発した審査員に、サザーランは自慢げにそう告げる。

実際、審査員の誰《だれ》もがイエローベアの肉をここまでの料理に仕上げてくるとは思わなかった。

ステーキというのは、極論すれば肉を焼くだけの料理だ。

しかし、単純だからこそ技量によって味が大きく違ってくる。

たとえば素人とプロがそれぞれ同じ肉、同じ焼き時間でステーキを作っても、焼き上がった肉は一口で味の違いが分かるような仕上がりになってしまう。

そんな中で肉の下処理をきちんとし、肉の焼き加減も最善のものにし……そうして出来上がった料理が、サザーランのステーキだった。

イエローベア特有の臭《にお》いも、下処理や香辛料によってかき消す……いや、それどころか他の香辛料の香りと混ざり、それによってレイにカレーを思わせるような香りになっていた。

（カレー粉で肉を炒めたようなものか？　いや、そんなに単純じゃないか）

食べたいと、そう素直に思うレイだったが、審査員でもないレイが食べられるはずもない。

あとでサザーランの店に行ってみるか？　そんな風に頭の中でメモをしておく。

「おっと、負けて堪《たま》るか！　こっちも料理が出来たぞ！　イレナ鳥のシチューだ！」

『次に料理を出してきたのは、サザーラン選手と同じく優勝候補の一人とされているガガダス選手！　作った料理はイレナ鳥のシチューのようです！』

肉料理でシチュー？　と一瞬疑問に思ったレイだったが、実際に肉が使われているのだから肉料理と言ってもいいのだろう。

何よりも優勝候補と言われているガガダスが自信満々に出した料理なのだ。

そうして出されたイレナ鳥のシチューは……

「心の中が温かくなる味ですね。別に私の故郷ではイレナ鳥のシチューが有名な訳ではないのですが、これを食べると小さい頃《ころ》のことを思い出します」

「イレナ鳥のシチューって話だけど、肉だけじゃなくて内臓も使ってるね。人によっては内臓系は嫌いだって人もいるんだけど……このシチューは内臓の臭さが消えている」

「肉だけじゃなくて、野菜もいいな。肉と野菜がお互いを高め合っているというか」

それぞれに料理を食べた感想を口にする。

そんな審査員たちの様子を見て、次の料理を持っていく者は躊躇《ちゅうちょ》してしまう。

優勝候補の二人と、全く新しい——審査員の中には知っていた者もいたようだが——調理法で作られた料理を出したイメリア。

そんな三人のあとに、自信を持って料理を出せるだけの度胸を持つ者は多くはない。

他《ほか》の料理人たちも本戦に残っている以上、相応の技量を持つ。

中には優勝候補の二人ほどではないにしろ、美味いと有名な店で主力として働いている料理人もいた。いたのだが……そのような者たちであっても、やはり躊躇してしまう。

それだけ前の三人が出した料理は特別だったのだ。

とはいえ、このまま料理が完成しても出さないままでは、せっかく作った料理が冷めてしまう。

そうなってしまえば、自分が技術の粋を凝らして作った料理の意味がなくなる。

葛藤《かっとう》の中、一人の料理人が自分の作った料理を出したのだが……

「うーん、味そのものは悪くない。悪くないんだけど、前の三人に比べると平凡ですね」

「肉の火の入れ具合はいいと思います。ですが、先程のイエローベアのステーキと比べると、どうしても数段……いえ、もう少し劣ってしまいます」

そんな二人の言葉を皮切りに、他の審査員たちも否定的な意見が多くなる。

中には料理を褒める者もいたが、それでも最初の三人に比べると劣ってしまうと言外に告げるようなもの。

そうして次々と料理が出されるが、結果として最初に出した三品以上の料理は出ず……

『では、これより審査に入ります！』

全員の料理を出し終わったところで、司会のゾランドの声が周囲に響く。

「どう思う？　シュティーが……いや、イメリアが勝てると思うか？」

ロブレが話し合っている審査員たちの様子を眺めながら、そうレイに尋ねてくる。

心配で堪らないといったような、そんな態度を隠し切れない様子で。

「そうだな。取りあえず最初に料理を出した三人の中から優勝が出るのは間違いないと思う」

「あー……それはそうだろ。あの三人以外の料理は、どれも審査員の受けがよくなかったし」

「正直なところ、俺は食ってみたい料理がいくつもあったんだけどな」

美味い料理を食べるのが好きなレイにしてみれば、どの料理も興味を惹かれる。

とはいえ、レイが開発に協力したスコッチエッグはともかく、イエローベアのステーキやイレナ鳥のシチューよりも強い興味を抱いたかと言えば、その答えは否なのだが。

そんな風に、気楽に会話をしているレイやロブレとは違い、審査員の発表を待っているイメリアは、かなり緊張した様子を見せている。

料理をしているときは、そちらに集中出来たのでそこまで緊張した様子がなかったのだが、料理が終わって待つだけになると次第に緊張し始めた。

シュティーの方は、特に緊張した様子を見せてはいなかったが。

ランクB冒険者のシュティーは、貴族や商人からの依頼を請けるのも珍しくはない。

パーティーに参加することもあれば、お偉いさんと直接話すこともある。

そんなシュティーにとって、このような状況は特に緊張するものではないのだ。

「落ち着いたらどう？　もう料理は出した。あとは審査員がどう決断を下すかよ。今ここでイメリアが緊張しても、それが結果に影響したりはしないわ」

「でも……この状況で緊張するなって方が無理よ。スコッチエッグなら優勝出来ると思っていたのに、まさかイエローベアをステーキにするとか、イレナ鳥のシチューとか……」

自分の料理に自信はあった。しかし、イメリアの料理は結局のところレイに助けて貰《もら》って完成させた料理なのだ。他の二人のように、完全に自分の力だけで作った訳ではない。

「あのねぇ、別に優勝候補の二人も全部一人でやってる訳じゃないでしょ？　他の料理人に協力して貰ったり、味見をして貰ったり、アドバイスを貰っていたり……私たちと同じよ」

それはイメリアも理解出来る。自分も店で料理を作っているときに、他の料理人からアドバイスや意見を貰うことはよくある。

だが、自分で作った料理に対してアドバイスを貰うのと、他人から料理そのものを教えて貰うのでは大きな違いがある。

おまけにレイは料理人でも何でもなく、料理に関する知識はあるものの、本職は冒険者だ。広く浅いという表現が相応《ふさわ》しいレイの言葉に従って作ったスコッチエッグがどう評価されるか、イメリアは自分の実力を出し切れたのかという意味でも不安なのだった。

「イメリアの気持ちは分からないでもないけど、それでも結局のところ、スコッチエッグを完成させた……それもただ完成させたのではなく、改良して料理人の舌でも満足いくようにしたのはイメリアの実力でしょう？」

改良した最も大きな場所は、レイの知識では鶏の卵だった部位を魚の卵にしたことだろう。

いわゆる魚卵ではあるが、モンスターの魚だけあって、その卵は鳥の卵に近い。

それでいて、スコッチエッグの味が一段……いや、二段か三段は上がったのだ。

そういう意味では、十分にイメリアは料理人の腕を発揮しているのだが、本人は自信が持てずにいるらしい。

「しっかりしなさい。この料理大会で優勝して、自分の店を持つのでしょう？　なら、ここで怖《お》じ気《け》づいていてどうするのよ」

シュティーの感情を示すように、尻尾《しっぽ》が振られる。

そんな尻尾を見ていたイメリアは、何故《なぜ》か不思議と心が落ち着いてきたのを感じる。

もしかしたら尻尾を使ってシュティーが何かをしたのでは？

そんな風にも思ったが、理由の有無はともあれ自分がこうして落ち着けたのは事実。

「そうね。しっかりと……」

するわ。そう言おうとしたイメリアだったが、その言葉を口にするよりも前に、会場に司会のゾランドの声が響き渡る。

『お待たせをしました！　審査が終了しましたので、これから発表を行います！　発表されるのは、優勝と準優勝の二人になります！』

その声が周囲に響いた瞬間、会場が静かになる。

『今回の料理の審査は、審査員の方々も非常に大変だったと聞かされています。それだけ素晴らしい料理が出たのは、数年ぶりだとか』

ゾランドのその言葉は、決して間違ってはいない。

スコッチエッグ、イエローベアのステーキ、イレナ鳥のシチューという、他の料理を圧倒する味の料理が出たからこそ、他の料理人たちの料理の格が低くなったように思えるものの、実際には他の料理人たちが作った料理も例年なら十分褒められるべきものだった。

今回、イメリアたちと同じ料理大会に出てしまったことが、運が悪かったとしか言えない。

『さて、このような状況でいつまでも待たせるのも何ですし、早速発表していきましょう』

ごくり、と。

ゾランドのその言葉に、イメリアが唾を飲み込む。

そんなイメリアとは違い、すでに諦《あきら》め顔の者も多い。

審査員たちの評価から、自分たちの料理が発表されることはないと、そう理解しているのだ。

それだけではなく、自分たちも知らなかった〝揚げる〟という料理法。

あるいは香辛料を使いこなし、癖のあるイエローベアの肉を香りの爆弾に変貌《へんぼう》させたステーキ。

材料を吟味し、丁寧に下処理をして火入れの時間も計算されつくしたイレナ鳥のシチュー。

そのどれもが、自分たちが作ったものよりも上だと、納得してしまうだけの料理だった。

『まずは準優勝から！　審査員長、お願いします』

ゾランドからマイクのような性能を持つマジックアイテムを渡された老人は、前に進み出る。

『うむ。では早速。……準優勝は、イレナ鳥のシチューを作った、ガガダス選手！』

わぁっ、と。審査員長の言葉を聞いた観客たちが歓声を上げる。

『イレナ鳥は食材としては非常に美味だ。しかし、同時に火入れの時間を間違えば、硬くなってしまう。もちろん、それで食べられなくなるほどに不味《まず》くなる訳ではないが、それでも味が落ちてしまうのは間違いない。そんなイレナ鳥を、ここまで美味く仕上げたのは素晴らしい！』

べた褒めという表現が相応しいほどに、ガガダスの料理を褒める審査員長。

しかし、それを聞くガガダスは複雑な表情だ。

この料理大会で出す料理だけに、自信があったのは間違いないだろう。

最高の素材を使い、自分の出せる限りの技術を使って作ったイレナ鳥のシチュー。

自信を持って出せる逸品ではあったし、実際に審査員長にもここまで褒められている。

褒められてはいるが……それでも、優勝ではなく準優勝なのだ。

つまり、ガガダスのイレナ鳥のシチューよりも上の料理があったということになる。

それは誰だ？

ガガダスはそんな思いと共に、優勝する可能性のある残り二人……サザーランとイメリアを見る。

するとそのタイミングで、審査員長はガガダスの料理についての話を止《や》めて次の話に移る。

『さて、では次は優勝者の発表となる。……その前に一言言っておくが、今回の上位に位置した者たちの料理は、正直なところ順位を付けるのに非常に悩んだ。それこそ、中には三人全員を優勝にしてもいいのではないかといった意見もあった』

優勝と準優勝の二人だけではなく、三人と表現しているものの、その言葉に違和感はない。

観客たちも……そして料理大会に参加していた料理人たちも、自然とそう理解出来た。

『しかし、これはあくまでも料理大会。大会である以上、順位を付けなければならない。今回優勝出来なかった者も、自分の料理に自信を持ち、次の大会の出場を目指して欲しい。……優勝者、スコッチエッグを作ったイメリア選手！』

『わあああああああああああああああああああああああああああああああああ！』

イメリアの名前が審査員長の口から出た瞬間、ガガダスの名前が出たとき以上に観客たちや料理人たちの口から歓声が上がる。

「え……？」

そして名前を呼ばれたイメリアは、間の抜けた声を出す。

料理に自信はあった。レイから聞いた料理を、自分で色々と改良もしたし、それによってレイから聞いたスコッチエッグよりも美味《うま》くなっているのは間違いないと思えた。

だが、まさか本当に自分が優勝したとは思わず……それでも周囲の視線が自分を見ているのを自覚し、それで改めて自分が優勝したのだと、そう思うのだった。

◆◇◆◇◆◇

「あはははははは。やった、やった。優勝よ優勝。あはははは」

イメリアの部屋に、その家主の笑い声が響き渡る。

「おい、一体誰《だれ》だ。イメリアにあそこまで酒を飲ませたのは」

呆《あき》れたように言いながら、レイはテーブルの上にあるスコッチエッグを口に運ぶ。

現在、イメリアの部屋では料理大会の祝勝会が開かれていた。

祝勝会とはいえ、参加しているのはレイ、イメリア、シュティー、ロブレの四人だけだ。

本来ならもっと大々的に祝勝会をやってもいいし、計画もされているのだが、それは後日ということになり、料理大会があった今日はこの面子《メンツ》での祝勝会となった。

イメリアにしてみれば、大勢に祝われるのも嬉《うれ》しいが、それと同じくらいに、協力してくれたレイたちと一緒に祝勝会をしたかったのだろう。

そうして用意された料理は、何故か祝勝会で祝われるはずのイメリアが作ることになる。

……イメリアも、料理大会が終わった以上、この四人での生活はもう終わりだと理解していたからこそ、出来れば自分の料理の味を知っておいて貰いたいと思ったのだろう。

そんな寂しさと、そして料理大会で優勝出来た喜び。

それによって、イメリアは多くの酒を飲むこととなり……現在、こうして酔っ払っていた。

「ったく、祝われる奴《やつ》が真っ先に酔っ払ってどうするんだよ」

ロブレもまた、イメリアの作ってくれた料理を楽しみながらそんな風に告げる。

しかし、そう言って呆れつつも、どこか名残惜しそうな様子がある。

何だかんだと、ロブレもイメリアやシュティー、レイと一緒に料理を完成させるために四苦八苦したのは、悪くない……いや、十分に満足出来る生活だったのだろう。

「仕方がないわよ。あれだけ優勝したがっていて、それが実現したんだから。イメリアにとっては、まさに夢のような出来事なんでしょう。……あら、これ美味《おい》しいわね」

野菜と木の実の炒《いた》め物を食べていたシュティーが、感心したように言う。

素人が趣味としてやる分としては、十分な技量を持っているシュティーだったが、それでもやはり本職の料理人には敵《かな》わないと思わせるには十分な味。

街中の喧嘩《けんか》自慢ではあっても、本当に鍛えた者と戦えば勝てないのと同じようなものだろう。

もちろん、世の中には天才がいる。

本当に鍛えた相手に、街中の喧嘩自慢の男が勝つといったようなことがあってもおかしくはないような、そんな天才が。

だが、残念ながらシュティーは料理の技量という点ではせいぜい秀才止まりだった。

「ねぇ、シュティー。シュティーも冒険者なんて危険な仕事は止めて、私と一緒に料理の道に進まない？　貴方《あなた》が補佐してくれて、凄《すご》くやりやすかったのよ」

先程までは酔って笑っていたイメリアだったが、今度は真面目な表情で、料理を味わっていたシュティーに誘いの言葉を口にする。

そんなイメリアの言葉を聞き、スコッチエッグを味わっていたロブレは口を開こうとするが、それよりも前にシュティーが口を開く。

「私も料理は好きよ？　でも、それ以上に冒険者としての自分が好きなの。それに……」

そこで言葉を切ったシュティーの視線は、何かを言おうとしたロブレに向けられる。

「ロブレを一人には出来ないでしょう？」

「シュティー……」

ロブレにしてみれば、ここでシュティーが自分を選んでくれたのが嬉しかったのだろう。

感激した様子で何かを言いかけ、しかしそこでイメリアの視線に気が付き、何も言えなくなる。

イメリアにしてみれば、シュティーは協力者として是非とも欲しかった。

欲しかったが、ロブレの名前を出されるとそれを強行する訳にもいかない。

それは分かっているのだが、だからといってロブレに嫉妬《しっと》するのを止められる訳もない。

「なーにーよ！　男なんて、男なんてねぇ、ちょーっと美人だったり可愛《かわい》い女がいれば、すーぐそっちに行くのよ」

そう言うイメリアは、過去に男関係で何かあったのは間違いない。

それは分かっていたが、こうして愚痴を言っているイメリアも十分に美人だった。

それこそ街中を歩いていれば、何人かは間違いなく振り向き、声をかけてきてもおかしくはないくらいには。

だが……そのような美人だからこそ、今のように何かあったのだろうと想像出来る。

「あー、もう。ほら。イメリアは思ったより酒癖が悪いわね」

シュティーが愚痴るイメリアを落ち着かせ、困ったように言う。

レイたちがイメリアと行動を共にするようになったのは、料理大会の予選が終わってからだ。

そして、そこからの短い時間のほぼ全《すべ》てをスコッチエッグの改良につぎ込んでいた。

酒を飲む暇も余裕もなかったので、イメリアがここまで酒癖が悪いと分からなかったのだろう。

優勝したことにより、プレッシャーから解放されたというのもあるのだろうが。

「じゃあ……いい？　私が今の店から独立して店を持ったら、必ず食べに来ること！　そのときはぁ……スコッチエッグよりも美味しい料理を用意しておくからね！」

そう言い、フォークを壁に向けるイメリア。

「なぁ、ロブレ。あれって……実は俺に向けて言ってるんだと思うか？」

「多分そうだろ。ったく、何だってこんなに酒癖が悪いんだか」

「酒を飲むからだろ。俺はこの果実水で十分だけど」

イメリア、シュティー、ロブレの三人は酒を飲んでいるものの、レイが飲んでいるのは果実水だ。レイも決して酒を飲めない訳ではないのだが、酒を飲んでも美味いとは思えない。

無理して飲むのなら、それこそ自分が美味いと思える果実水を飲んだ方がいい。

料理を食べつつ、果実水を楽しんでいたレイは、未《いま》だに壁に向かって何かを宣言し、あるいは愚痴っているイメリアをそのままにして、シュティーとロブレに話しかける。

「それで料理大会は終わったけど、お前たちはこれからどうするんだ？」

「どうするって言われてもな。アプルダーナには特に何か用事があって来た訳じゃないし。このままここに残るか、それとも別の街にでも行くか。シュティー、どうする？」

「そうね。私としてはもう少しここに残ってもいいと思うわ。料理大会をやるだけあって、アプルダーナには美味しいお店が多いもの。それらを味わって、出来れば再現出来るようになりたいの」

「……って、ことだ。俺とシュティーはもう少しアプルダーナに残ることになりそうだな。もっとも、そうなるとイメリアからの誘いを断るのが大変そうだけど」

そう言うロブレに、シュティーは酒を楽しみながらも呆れの表情を向ける。

「あのね、酔ったイメリアの言葉を本気にしないの」

「でも、イメリアはシュティーを本気で誘っているように見えたぞ?」

レイとしては素直に先程の感想を言ったつもりだったのだが、シュティーは困った様子を見せる。

実際、シュティーもイメリアが本気で自分を誘っているというのは分かっていたのだろう。

酔っているから誘ったのだが、それはある意味で酔っているからこそ本音を口に出来たということでもあるのだから。

「それでも、私はロブレと一緒に冒険者を続けるわよ。……もっとも、ロブレが私と別れたいと言うのなら、話は別だけど」

「そんな訳がないだろ」

シュティーの言葉に、一瞬の躊躇《ちゅうちょ》もなくロブレはそう告げる。

それこそシュティーが言い終わった瞬間に否定する言葉を発したのだ。

「……そう」

シュティーはロブレをからかうつもりで言ったのだろうが、ロブレの言葉を聞いて自分が照れて頬《ほお》が赤くなってしまう。

そんな自分の様子を隠そうとするシュティーと、自分の行動に照れ臭くなったロブレ。

レイはそのような二人を見て笑みを浮かべ……そして先程までは壁に向かって話しかけていたイ

メリアは、いつの間にかそんなシュティーの様子を眺めながら息を吐くのだった。

「あ……ちょっと気持ち悪いかも」

息を吐くだけではなく、胃袋の中身まで吐きそうになるイメリア。

咄嗟《とっさ》に口を押さえたものの、その行動が余計に吐き気を強くする。

「うおわぁっ！　ちょっ、待て待て待て！」

狼《おおかみ》の獣人だけあって嗅覚《きゅうかく》の鋭いロブレにとっては、ここで吐いて欲しくはない。

慌ててシュティーに介抱を頼む。

ここでロブレが介抱をしてもいいのだが、恋人の目の前で別の女を介抱するといった真似《まね》は出来なかったのだろう。

何だかんだとシュティーにベタ惚《ぼ》れのロブレにとっては、浮気を疑われるような真似は避けたい。

シュティーはそんなロブレに笑みを浮かべつつ、イメリアを連れていく。

「さて、肝心のイメリアも酔っ払ってしまったようだし……祝勝会はこれで終わりだな」

「そうだな。それにしても、このスコッチエッグは美味いな。レイもよくこういう料理の知識があったたな。出来ればもっとレイの知ってる料理を食いたかったところだけど」

ロブレの言葉に、レイは首を横に振る。

「イメリアに何度も言ったのを聞いていただろ？　俺が知ってるのは、あくまでも料理の概要だけだ。自分で実際にそれを作ることは出来ない。俺の話を聞いて料理を実現させるには、相応の技量を持つ料理人が必要となる」

「なら、レイはもう少しアプルダーナにいて、料理の発展に協力したらどうだ？　こう言っちゃなんだが、純粋に料理の腕となると、イメリアは料理大会で戦った優勝候補の二人よりも劣っていたんだろ？　それを優勝に導いたのはレイの料理の知識だ」

「まぁ、それは否定しない。……けど、別にイメリアの腕が極端に劣っていた訳でもないぞ？」

「それは知ってるよ。それでも、優勝出来る腕じゃなかったのも事実。……だろ？」

そう言われれば、レイも否定は出来ない。

実際にイメリア本人が、自分の技量が優勝候補の二人よりも劣っていると認めていたのだから。

「そうだな。けど、料理大会の本戦に残ることが出来たんだから、そこら辺の料理人よりも腕があるってことは証明されてる」

「ああ。けど、あの優勝候補の二人……準優勝と三位の奴にレイの料理の知識を渡したらどうなるかと思ってな。ちょっと食べてみたくないか？」

「その気持ちは分かる。けど、イメリアが作ったスコッチエッグも、多分そう遠くない将来に他《ほか》の料理人たちが同じようなのを作るぞ？」

スコッチエッグそのものは、そこまで難しい料理という訳ではない。

それに、イメリアは料理の材料を選ぶときに肉がお題だというのに魚のモンスターを選んで、観客や審査員、それに他の料理人たちの注目を浴びていた。

それだけに、イメリアがどのような手順でスコッチエッグを作ったのかは、多くの者が見ているだろう。

唯一今までとは全く違うところは、揚げるという調理法だが……それもまた、これだけ料理人が多数集まっているアプルダーナであれば、揚げるのに最適な温度を見つけるのは難しくない。

油はそれなりに高価だが、未知の料理を自分でも作りたいと思う者は多いはずだった。

あとは、それぞれの料理人が自分なりの改良を加えていくことで、スコッチエッグは色々なバリエーションが増えていくだろう。

それこそスコッチエッグだけではなく、もっと別の揚げ物料理が増えていってもおかしくはない。

レイがイボンドに教えたトンカツは当然ながら、スコッチエッグの卵を抜いたメンチカツ。魚のフライやエビフライ、貝を使ったフライ等々。

揚げるという料理は、それだけで非常にたくさんのレパートリーがあるのだ。

「ふーん。そうなると、やっぱりもっとアプルダーナにいた方がいいかもしれないな。油で揚げたときの、あの食欲を刺激する香りが何とも言えないんだよ」

嗅覚が鋭いだけに、レイが感じるよりも揚げ物の香りはロブレにとって魅惑的なのだろう。

「その辺は好きにすればいいと思うぞ。俺は……」

そこまで言ったとき、ちょうどイメリアを連れたシュティーが姿を現す。

酔ってぐったりしたのだろうイメリアは、見るからにもうこれ以上は起きていられない様子だ。

「取りあえず、今日はこれでお開きにしましょう」

そんなシュティーの言葉に、レイもロブレも素直に頷《うなず》くのだった。

エピローグ

「レイさん……本当にありがとうございました」

レイたちだけの祝勝会を行ってから、数日……本当の意味での大勢が集まって行う祝勝会も終えた日の翌日、レイはイメリアから深々と頭を下げられていた。

ロブレとシュティーはまだアプルダーナに残るという話だったたし、レイもまた色々な店で買い食いをするつもりだったのだが……ギルドの方から緊急の依頼を受けて欲しいと頼まれたのだ。

依頼内容そのものは、そこまで難しくはない。

だが、その書類を至急とある街にあるギルドまで持っていく必要があり、それを行えるのは現在のところレイ……正確には空を飛べるセトを従魔に持つレイだけだった。

他にも召喚獣で手紙のやり取りを行っているという者もいるのだが、書類を守るという点では召喚獣よりも圧倒的にレイの方が信頼出来る。

そのため、ギルドとしてはレイに頼むことにしたのだ。

正直なところ、レイはその依頼を受けなくてもよかったのだが……この書類が届くのが遅れると、数百人単位に迷惑がかかってしまうと言われ、ギルドマスターに懇願されては断れない。

報酬もそれなりに高額だったので、結果としてその依頼を引き受けることにしたのだ。

「本当はもう少し色々とアプルダーナの中を見て回りたかったんだけどな。イメリアの勧めている店でも、まだ料理は食べてないし」

「今度、是非来て下さい。たっぷりとご馳走《ちそう》させて貰《もら》います」

レイに向かって満面の笑みを浮かべてそう告げるイメリア。

イメリアとしても、正直なところここでレイやセトと別れるのは寂しい。

しかし、いつまでもレイの料理の知識に頼る訳にいかないのも、また事実。

料理大会で優勝した以上、次からは自分が追われる立場なのだ。

だからこそ、これからは自分がしっかりとしなければと思っていた。

「そうさせて貰うよ。じゃあ、またな。今度来るときは、もっと美味《うま》いスコッチエッグを食べさせて貰えることを期待するよ」

そう言うと、レイはセトと共にイメリアの前から立ち去る。

そんな一人と一匹に向け、イメリアは手を振り続ける。

レイはセトと共にスコッチエッグを始めとした色々な料理を食べられたことに満足し、また何か美味い料理を求めて旅立つのだった。

あとがき

『レジェンド』本編からお楽しみ頂いている方も、初めましての方も、この度は『レジェンド レイの異世界グルメ日記』のご購入、ありがとうございます。本編の方でも料理描写はそれなりにやっていたのですが、まさか料理をメインにした外伝を出すことになるとは思ってもいませんでした。私は元々それなりに料理はする方です。もっとも、それはあくまでも男の料理ですが。

この作品には、今までの私の経験がところどころ反映されています。たとえば、「ソラザス豊漁祭」にあった、イカのカーテン。これは子供の頃、毎年夏になると海に泳ぎに行っていたのですが、その途中にある店でイカが干されており、そのときの記憶をストーリーに入れてみました。

ちなみに道中にはお殿水という湧き水がある場所もあり、そこでは湧き水を自由に飲んだり、持って帰ったりすることが出来るんですよね。他にもラベンダー味のソフトクリームがあります。海水浴の帰りにお殿水で喉を潤し、ラベンダー味のソフトクリームを食べるのが楽しみでした。

さて、それではそろそろあとがきのページも終わりなので挨拶を。

担当のW氏、今回は番外編のお誘い、ありがとうございました。

そしてイラストレーターのみく郎《ろう》さま。素敵なイラストありがとうございます。

神《かん》無《な》月《づき》　紅《こう》

カドカワBOOKS

レジェンド
レイの異世界《いせかい》グルメ日記《にっき》

2021年12月10日　初版発行

著者／神無月紅《かんなづきこう》

発行者／青柳昌行

発行／株式会社KADOKAWA

〒102-8177
東京都千代田区富士見2-13-3
電話／0570-002-301（ナビダイヤル）

編集／カドカワBOOKS編集部

印刷所／大日本印刷

製本所／大日本印刷

Printed in Japan
ISBN 978-4-04-074300-4 C0093

新文芸宣言

かつて「知」と「美」は特権階級の所有物でした。

15世紀、グーテンベルクが発明した活版印刷技術は、特権階級から「知」と「美」を解放し、ルネサンスや宗教改革を導きました。市民革命や産業革命も、大衆に「知」と「美」が広まらなければ起こりえませんでした。人間は、本を読むことにより、自由と平等を獲得していったのです。

21世紀、インターネット技術により、第二の「知」と「美」の解放が起こりました。一部の選ばれた才能を持つ者だけが文章や絵、映像を発表できる時代は終わり、誰もがネット上で自己表現を出来る時代がやってきました。

UGC（ユーザージェネレイテッドコンテンツ）の波は、今世界を席巻しています。UGCから生まれた小説は、一般大衆からの批評を取り込みながら内容を充実させて行きます。受け手と送り手の情報の交換によって、UGCは量的な評価を獲得し、爆発的にその数を増やしているのです。

こうしたUGCから生まれた小説群を、私たちは「新文芸」と名付けました。

新文芸は、インターネットによる新しい「知」と「美」の形です。

2015年10月10日
井上伸一郎